SUBLIME AMOUR

Du même auteur aux Éditions J'ai lu

L'amour dans la vie des gens (7479)
Le savoir-vivre efficace et moderne (7956)
Fonelle est amoureuse (8084)

SOPHIE
Fontanel

SUBLIME AMOUR

ROMAN

J'AI LU

Ce livre est dédié à Knar, Anahide, Ara, Tigran, Vahé, et à tout ce qui, arménien, a croisé mon chemin.

Ce livre est dédié à la famille Barbaro de Vénétie, et à tout ce qui, italien, a croisé mon chemin.

Tu vois, ces histoires que les amoureux se racontent, que le temps n'a pas d'importance, qu'ils se retrouveront toujours, qu'ils finiront ensemble... eh bien, eux, c'est exactement cette histoire qu'ils se sont racontée. Un jour, en temps voulu, ils feraient l'amour. Ils partaient de là. Lui, avec une vague appréhension, disait même : « Le jour où on fera l'amour, ce sera sublime. Les sentiments donnent des pressentiments. Le jour où on fera l'amour, il faut me croire, ce sera sublime. » Il le disait d'autant plus volontiers que, pendant des années, ce projet allait lui sembler un tapis sur lequel on pouvait tout miser, où on ne vous demanderait jamais vraiment des comptes. Elle hochait la tête. Au début, elle répondait : « Tant qu'on ne le fait pas, Claudio, c'est sublime », espièglerie qui était sa manière d'être, sa lucidité, et, plus loin encore, son refuge. Puis elle avait arrêté de le dire, et elle s'était mise, non pas à croire, mais à comprendre qu'il avait raison et que ce serait révolutionnaire d'une façon nouvelle pour elle aussi. Pas la poésie qu'elle avait connue jusqu'à présent. Pas l'extase parce que c'est orange et kaki. Sublime · c'est tout.

Bien sûr, pour en être là, il y avait des empêchements, faire l'amour ne pouvait être qu'un horizon. Bien sûr, il y avait une impossibilité. Il y avait des résistances. Ne va pas t'imaginer que les obstacles viennent de l'extérieur. Il était peut-être, lui, quelqu'un qui pouvait vivre le réel, mais pas le sublime. Et elle était peut-être, elle, quelqu'un qui pouvait vivre du sublime, mais pas du réel.

Ils allaient dépasser ces limites.

Seuls les grands inventeurs vont confiants vers les choses impossibles.

Ça n'était même pas un adultère. Ça n'était pas la chose dégoûtante qu'est l'adultère. Ça n'était pas une liaison. C'était bien plus fort qu'une liaison : c'était un lien. C'était leur cas. Et puis, ça n'était pas non plus une aventure, ils n'allaient pas à l'aventure. Au contraire, ils savaient où ils allaient, vers eux-mêmes, un jour, vers eux-mêmes réunis.

Ça n'était pas une double vie, puisque c'était vivre.

Ils se sont tenus connectés l'un à l'autre. Ils ont dansé à la barbe de tous, en faisant croire que c'était l'effet de l'ébriété. Ils se souriaient à dix mètres. Ils se prenaient la main sous la table. Ils se mettaient flanc contre flanc dans la foule d'un cocktail, cocktail où d'ailleurs ils buvaient dans le même verre. Lui, il essayait de rester réaliste. Et elle assurait le sublime.

Et ça a duré des années. Pendant longtemps, personne n'a pu imaginer ce qui se tramait, ni leur famille, ni leurs proches, ni leurs amis, collègues, connaissances. Ce que l'amour fomentait en eux et allait faire d'eux est resté secret, jusqu'au jour où, rétrospectivement, alors là vraiment tout le monde a découvert le pot aux roses, à savoir qu'ils s'aimaient.

Ils s'aimaient, les chameaux.

Et alors là tout le monde les a enviés.

Même ceux incapables de vivre l'amour de cette façon-là, les friands du quotidien, ceux qui croyaient que l'amour dure trois ans, ceux qui croyaient que l'amour dure sept ans, ceux qui se maintenaient par le dialogue, ceux qui se targuaient d'être un couple, ceux qui variaient les positions, ceux qui avaient traversé l'infidélité et les trahisons du corps, ceux qui fêtaient leurs cinquante ans de mariage, ceux qui s'étaient remariés intelligemment, ceux qui avaient réussi à ne pas souffrir, ceux qui avaient sauvé leur peau, ceux qui avaient trouvé un équilibre : ils étaient verts.

C'est-à-dire que ces deux-là, par la pureté et l'imaginaire, avaient réussi quelque chose. Réussir par l'imaginaire est souvent déconsidéré. Le monde a vite fait d'appeler fantasme la création. Réussir par la pureté est comme réussir par la non-violence : c'est improbable, et certains préféreront penser que c'est louche, rien que pour ne pas avoir à s'y mesurer. Et pourtant là, les deux Gandhi, ils avaient atteint le truc infini, le truc qui fait que, sur la plage en vacances et devant la mer splendide, tu restes les yeux plongés dans un roman, parce que, justement, c'est dedans : le grand amour.

Mais ce préambule n'est encore rien si je ne te dis pas à quel point l'amour va nous chercher loin. Il faut plus de deux corps pour faire une rencontre : il faut deux origines.

Ils s'appelaient Arminé Alischane et Claudio Barbaro, et ces deux noms ce sont deux mondes.

Je t'ai promis leur histoire d'amour.

Vois où elle commence.

Les aïeux d'Arminé n'avaient cessé de bouger, d'apprendre, et de négocier leur savoir. Le projet de sa famille, des émigrants arméniens : « Tout ce qui est vivant dans ce monde. » Leur devise : « Grands. Immenses. » L'élan d'Arminé pour Claudio Barbaro avait sa source là, dans ce profond idéalisme. Ils étaient originaires d'une ville d'Anatolie, qu'en 1603 un grand roi safavide avait décidé de réimplanter au sud d'Ispahan, capitale des Safavides. Ce roi avait eu l'intuition décisive du no man's land. Il voulait établir entre les Ottomans et les Safavides un territoire désert, facile à surveiller. Il promettait aux Arméniens qu'il déplaçait massivement une vie paisible à Ispahan.

En contrepartie, les Arméniens, eux, étaient invités, en quelque sorte, à partager leur don pour les langues. Qu'ils le veuillent ou non. Depuis toujours, en tant que chrétiens isolés sur le continent musulman, ils avaient développé d'impressionnantes aptitudes à se faire comprendre. Des Arméniens étaient installés en Inde, à Calcutta. En Mongolie. D'Ispahan, ils allaient acquérir d'autres langues. La route des épices, aussi bien que celle des soieries, traversait la ville, en longeant la rivière Zāyandeh. Ils allaient apprendre l'italien pour commercer avec les Vénitiens.

Et nous, cette question nous intéresse, parce que Venise, c'est Claudio Barbaro.

Puis, milieu dix-neuvième, Anatoli Alischane, arrière-arrière-grand-père d'Arminé, avait voulu retourner vivre en Anatolie, sur les anciens territoires arméniens. Il investissait sur son prénom mille qualités et charges prodigieuses. À peine arrivé en Anatolie, il regrettait déjà le mouvement perpétuel d'Ispahan. C'est alors qu'il entendit parler de Smyrne, et d'une mer, et du fait que cette mer ouvrait sur un autre univers.

Cela pour te faire comprendre qu'ils avançaient vraiment vers quelque chose.

Trois générations d'Alischane allaient vivre à Smyrne. L'Histoire confirme que les Arméniens de Smyrne ont eu leur compte. 1922, septembre, les Turcs ont pris les Arméniens, dans leur maison, et ils les ont poussés dehors. Les Arméniens quittaient leur maison en hurlant. Ils sautaient dans la mer. Ils pensaient aller en Amérique d'un bond, par l'opération du Saint-Esprit. Ils perdaient la boule.

Mais les Turcs voulaient la disparition des Arméniens, pas leur fuite. Ils bloquaient tout. Ils massacrèrent la Smyrne arménienne. Les vieilles femmes, les Turcs leur faisaient chiquer des détritus.

Les grands-parents d'Arminé, jeunes épousés, avaient réussi à fuir jusqu'à Antalya, sud de la Turquie. Là, Armen et Loussiné Alischane avaient acheté une barque. Même pas à prix d'or, parce que le propriétaire était un passeur chypriote, par chance, et qu'il y avait communion entre chrétiens. Le rejet des Turcs les compactait dans l'amour.

— Tu nous sauves, Grec, disait le grand-père d'Arminé.

— La mer est interdite.

— Inch'Allah, répondait le grand-père d'Arminé.

Il tenait des Turcs quelques gimmicks.

Et à sa femme, il avait dit :

— Tu sais ce qu'on va faire : on va voguer.

— Voguer ?

— Voguer, ma chérie.

Il avait de la poésie jusque dans son courage. Il aimait Musset. Son plan : gagner le Liban. Et il l'avait mis à exécution. Il avait sauvé sa femme.

— On a tout perdu, elle disait.

Inébranlable, il rectifiait.

— On a tout perdu, mais la beauté, on l'a.

Elle, les cils à présent brûlés par le sel, elle voyait pas trop où.

— On ne l'a pas.

— On l'a. Et tu sais pourquoi ?

Il fallait la questionner sans rémission, la solliciter, la mobiliser.

— Non.

— On l'a, parce que la beauté, c'est dans l'art.

Cela jusqu'à la côte libanaise.

À Beyrouth, ils allaient s'enrichir. Un vieux et lointain cousin s'était développé en organisant le négoce du pétrole. Quand ce cousin avait vu débarquer cette partie de sa famille qui avait fui un massacre, il avait ouvert sa maison de Beyrouth, son cercle d'amis, et offert plus que son aide : son amour infini. Vieux, attendri par sa philosophie, il cajolait ses chers survivants, lui qui n'avait pas d'enfants. La famille, eh bien, c'était juste ceux-ci. Il n'y avait plus qu'eux. Et quand était né Aris, le fils d'Armen et de Loussiné Alischane, ce cousin philanthrope, dont la maison était en front de mer moyennant un sentier d'une centaine de mètres, plus précisément un escalier de marbre, avait cavalé jusqu'à la mer, le nouveau-né dans ses bras, pour clamer au vide la promesse renouvelée : « Tout ce qui est vivant dans ce monde ! »

Et cet Aris, c'est le père d'Arminé.

Aris était plus grand que son père, avec une grâce de fakir. Il gérait le pétrole du bout des doigts, pas du tout concerné. Il aimait les livres. Et, par-dessus tout, il aimait les histoires. Ses parents avaient survécu par l'imagination. Il tenait de son père la passion de la parole, et de sa mère une naïveté toute faite d'intelligence qui porte un nom : la bonté. Mais c'était aussi un coquet. Il faisait faire ses tailleurs à Alexandrie, et se pavanait en beige et blanc, un œillet rose à la boutonnière.

C'est nonchalant et distrait qu'une Grecque le vit un jour à Athènes.

Et cette Grecque, c'est la mère d'Arminé.

Hélène Ferdinakis aussi était grande, légère, mobile, francophile. Aris savait que l'amour existait, il avait vécu dedans. Là, il voyait que c'était aussi à conquérir, et qu'il fallait y plonger, autre affaire. Hélène Ferdinakis voulait bien être approchée. Hélène Ferdinakis voulait bien être embrassée. Hélène Ferdinakis voulait bien envoyer valdinguer sa culotte écrue, emboîtante. Hélène Ferdinakis voulait bien se mettre tête-bêche. Attention, c'était un tout, et elle voulait aussi courir pieds nus sur le lit, et qu'on joue à s'attraper, et qu'on se fasse des foulards dans des cravates, et qu'on lise Françoise Sagan. Elle était : moderne.

Quand il fut question de mariage et qu'Aris proposa de l'installer à Beyrouth dans la maison familiale, elle fit un bond de principe. La maison était moderne, un souhait de blancheur et de Bauhaus. Mais c'était pas moderne, de vivre avec des proches âgés. À Beyrouth, elle se campa devant Loussiné et Armen Alischane.

— Je veux garder mon nom.

Loussiné voyait une solution évidente.

— Viens avec ton nom.

— Ah bon ?

Ils voulaient bien tous s'appeler Ferdinakis. Ils l'accueillaient ébahis, l'étrangère du pays qui leur avait un jour vendu une barque pour le prix d'un loukoum.

Arminé était née le 24 août 1957. Clinique Kefalonia, Beyrouth, Hélène Ferdinakis avait appelé la sage-femme, qui ne venait pas. Elle avait jeté un verre contre le mur pour ameuter le milieu hospitalier. Puis, elle avait jeté la carafe, un nouveau roman de Sagan contre la vitre, et une chaise. La sage-femme avait déboulé et poussé un cri déchirant, comme si c'était elle qui naissait, sauf que c'était juste devant le désordre de la chambre. Très vite, il avait fallu tirer sur la tête de l'enfant qui arrivait.

Le téléphone avait sonné dans la maison de sucre blanc. Aris lui aussi avait poussé un cri. Décidément, tout le monde naissait. C'était le jour ! Armen avait fait tomber son bilboquet. Loussiné, là-haut, dormait. Elle voguait, dans tous les moments importants. Dans la limousine qui longeait le front de mer, Aris Alischane l'avait dit distinctement, à voix bien intelligible, il avait pensé à le proférer en anglais pour que ce soit vraiment international, s'était ravisé et l'avait dit en français, langue des lettres :

— Merci, mon Dieu.

Ensuite, sortie de la maternité, Arminé elle aussi fut également proposée aux éléments. Tout ce qui est vivant dans ce monde se hissait une nouvelle fois devant la mer. Cette fois-ci, au bout des bras d'Aris. Le cousin ne pouvait plus porter personne avec son corps, il venait de mourir. En revanche, on pouvait s'élever jusqu'à lui par l'amour, et Aris Alischane devant la mer, près de l'appontement, son enfant dans les bras, pile là où le cousin l'avait baptisé, avait de nouveau murmuré sa gratitude :

— J'offre mon enfant à tout ce qui est vivant dans ce monde.

Jeunesse d'Arminé : elle avait huit ans, elle avait neuf ans. Elle courait sur la terrasse. Armen Alischane, un matin, était tombé devant elle. Étalé sur le sol, il avait essayé encore de ramer avec sa canne. Il ne pouvait plus. Ils n'étaient pas immortels. Loussiné Alischane lui avait survécu un moment. Elle n'était pas une veuve tonique à l'européenne. Elle avait voulu tomber sur la terrasse, elle aussi. Elle s'était juste brisé la hanche, un mouchoir coincé dans sa main bosselée, pour aider au cas où on la pleurerait. Et puis, la vraie mort était venue. Juste avant, elle répétait encore pour Arminé, qui venait d'entrer au lycée, les mots qui l'avaient aidée à vivre : Musset, l'eau, voguer, barque.

— Est-ce que tu nages bien, Arminé ?

— Oh oui, ça oui !

— Jusqu'où tu nages ?

— Jusqu'aux grandes bouées !

— Pas plus loin ?

— Jusqu'au phare !

— Pas plus loin, mon petit lutin ?

— Jusqu'à Smyrne !

— On a dépassé Smyrne. Tu fais bien attention à toi ?

— Oh oui !

— Il faut pas. Il faut pas tant que ça. Il faut pas trop se préserver. Il faut se jeter à l'eau.

— Ah.

— Tu n'oublieras pas ?

— J'oublierai pas quoi, déjà ?

— De te lancer, de te jeter à l'eau.

— Non, ça j'oublierai pas.

Sinon, le milieu d'Arminé pendant ces années décisives, c'étaient aussi les négociants en pétrole. Et parmi eux, notamment Souhel Aristi, pétrolifère en chef et chef du syndicat des Pays producteurs de pétrole. Il était de tous les dîners dans la maison de Beyrouth, avec sa fascination pour l'argent, qu'il inscrustait dans chaque conversation. Sa môme, Yasmine, l'âge d'Arminé, en était à faire des crises d'asthme dans l'air des pauvres. Elle étouffait dans les rues de Beyrouth, près des échoppes. L'angoisse la prenait là, presque à la gorge, où se situeraient si vite les rivières de diamants.

Une fois, Arminé avait montré sa chambre à cette enfant qui toussait. Yasmine avait détaillé le lit, à même le sol, les livres empilés contre le mur, le tableau d'Emil Nolde qu'Aris Alischane avait mis au mur, les dahlias bordeaux dans un vase orange. Elle avait demandé :

— Où sont tes jouets ?

Une aveugle. Le pétrole des aïeux avait giclé sur son visage.

Et bientôt, adolescente, la même Yasmine en rentrant du lycée :

— Moi, j'ai fait l'amour avec Guillaume Stevenet.

C'était un ami du lycée français. Le fils d'un industriel.

Elle avait ajouté :

— C'est grand, un sexe.

Arminé :

— Grand ? Immense ?

Claudio Barbaro, lui, était italien. Les Barbaro mijotaient dans le raffinement depuis des siècles, depuis avant le raffinement, depuis avant les croisés, avant le temps où les ancêtres de Claudio

Barbaro avaient tenu des glaives, notamment en Anatolie, à Constantinople et à Antioche, terres d'Arminé. De loin, on aurait pu dire que tout ce qui était raffinerie chez les Alischane était raffinement chez les Barbaro. Ils la firent, Claudio et Arminé, la vanne stupide. C'est-à-dire qu'elle la fit, et qu'il ne sut pas, lui qui connaissait les manquements des siens, si elle lui accordait sérieusement ce raffinement. Il redoutait son humour, elle y plaçait sa franchise, bien au cœur de la sarbacane.

Il s'agissait d'une famille vénitienne et milanaise, implantée à Milan. La famille avait prospéré dans la politique, le clergé, puis la navigation, elle en avait connu les débuts, l'apogée et ce qu'elle appelait maintenant le déclin. En effet, on avait refait fortune dans le matériel médical, notamment radiologique et échographique, les scanners. Le père de Claudio était neurochirurgien. Ce n'était plus le panache des flottes vénitiennes, et d'ailleurs on ne parlait pas trop ni radiologie ni argent, on restait chic et perchés sur les picots des armoiries.

Le système dans lequel était né Claudio, c'était celui des nurses et parents impressionnants qu'on voyait, quand on les voyait, le plus souvent le soir, en tenue justement de soirée. Ils devaient toujours filer. Ils se posaient à peine, des oiseaux l'effet mésange. Voici pourquoi, tant qu'on était un petit enfant, on n'osait pas trop saisir la main de ces parents, de peur de les décevoir. Claudio Barbaro avait rompu une seule fois le pacte de non-insistance. Sa mère sur le départ, un de ces soirs comme il y en avait tant, il avait insinué, d'un air de proposer une occupation épatante :

— Mamma, et si tu restais ?

Après un bref mouvement de recul, significatif d'un oiseau menacé, Atalanta Barbaro avait demandé :

— En quel honneur, mon chéri ?

L'enfant Claudio avait répondu, les doigts écarquillés devant la mère, pour la frapper d'évidence :

— Mais, en MON honneur !

Tous deux avaient ri, tellement en fait ces choses étaient drôles. Comme il allait loin, le boute-en-train ! On ne retenait pas Atalanta Barbaro. Même son époux ne la retenait pas. Par conséquent, comment un petit bonhomme de rien du tout, un enfant, un certes adorable Claudionino, lui aurait fait changer ses plans ? Au bout du compte, il en convenait : il ne faisait pas le poids, même face à la mère légère. Son inexistence de tout petit enfant, Atalanta la résumait d'une phrase :

— Claudionino, tu n'es pas le centre du monde.

Ça pouvait pas, puisque le centre, c'était elle.

Et il la vénérait, sa mère, et lui seul, lui mieux que les autres, il voyait comme cette mère était belle et loin. Il aimait qu'elle soit petite, parce que lui aussi l'était. Il aimait son visage, une miniature, ciselée d'endroits minuscules et précieux à aimer. Il respirait sa mère, de loin. Il trottait, mouflet, pour être adoré. Vassal merveilleux de cette mère pas concernée, qui rêvait de se la couler douce, loin de sa famille. Elle voulait faire la fête. Même donner des ordres aux nurses figurait trop de maternité. Elle considérait que, maintenant, la conception accomplie, il fallait lui foutre la paix. Atalanta avait gentiment bien fait ce que la société exigeait d'elle. Elle avait deux fils et une fille. Du masculin et du féminin. Donc, si elle résumait, elle n'avait pas seulement une bonne éducation (elle piquait lentement sa fourchette dans l'assiette, comme s'il y avait une réelle surprise à avoir à se nourrir), un beau mariage, un beau maintien. Elle avait aussi les beaux enfants. Et ces enfants, c'était son droit à la liberté. Elle avait fait son boulot, elle avait le droit de donner des signes de saturation. Sitôt ses enfants mis au monde, Atalanta s'était bien vue avoir une seconde jeunesse, loin des emmerdements de la création.

Claudio, il venait de là. Loin, si loin des valeurs d'Arminé. Et si jamais il avait pu échapper à cette logique écrabouillante, il en serait toujours resté une autre, plus vaste que la famille : la généalogie.

Et alors là, je vais te dire que tout ce qui était expansion chez les Alischane était généalogie chez les Barbaro.

Sur tant de siècles depuis 932, trente-trois Claudio Barbaro avaient été fondus dans un moule, et quand on dit « fondus », c'était sinistrement vrai au moins pour dix d'entre eux, terrassés tandis qu'ils se débattaient pour flamboyer. Un Claudio Barbaro né en 1728 avait mangé de l'or, pour se prouver que c'était reconstituant et pas seulement sa drogue psychologique. Il était mort l'estomac perforé, pas vraiment d'avoir absorbé le métal, plutôt d'avoir privilégié un remonte-horloge, objet contondant. Deux Claudio Barbaro avaient été cardinaux, et ces deux-là, à quelques générations d'intervalle, voulant joindre le mystique à l'agréable, avaient poussé si loin le bouchon du libertinage que deux papes, qui pourtant n'avaient rien en commun, les avaient écartés du Vatican. 1937, un Claudio Barbaro avait été un problématique ami du fascisme. Il avait pris des positions publiques pour démontrer que Benito Mussolini était la classe incarnée, au motif que son profil se découpait dans l'azur. D'autres Claudio Barbaro avaient eu des divinations encore plus lyriques, notamment celui qui avait trouvé un moyen de fortifier des coquelicots, et ce trois siècles avant les manipulations transgéniques. Toutefois, sa recette était perdue, et à part les textes où il jurait que ses coquelicots, une fois coupés, tenaient trois mois dans un vase et, au passage, lui conféraient une exorbitante virilité, on n'avait aucune preuve de son génie d'horticulteur, sinon qu'il était mort en devenant très rouge. Voilà, un destin.

Claudio regardait les portraits des Barbaro dans les pièces du palais milanais. Ils étaient là, engoncés dans, selon les époques, une espèce de fraise ou jabot ou cravate, avec, certes, des profils de médaille. Que ces visages sans illumination aient pu gagner l'affection même d'un chat, c'était impensable. L'ambiance générale hurlait le manque d'amour à plein nez. Quand notre Claudio Barbaro tombait sur un de ces portraits, il courait dans la salle de bains se regarder dans le miroir, pour traquer ce qui, de près ou de très près, pourrait un jour ressembler à ces anonymes qui portaient son nom : manquait-il d'amour, lui ?

Pour les trois enfants Barbaro, le but avait été de se réaliser malgré tout. Margherita, la fille, avait tout de suite, disons dès qu'elle avait pu, épousé un bon gros nobliau, un maniaque des ancêtres. Quelqu'un qui lui redirait à jamais d'où ils émanaient, eux tous.

Alvaro, l'aîné, s'était fiancé à quasi une cousine, si on s'en tenait aux preuves par neuf que le nobliau maniaque des ancêtres s'était empressé de dérouler sur la table. De toute manière, ils étaient liés par le sang à tout ce qui brillait. Eh, ils n'allaient pas aller à l'ombre pour vivifier l'espèce ! Quelle aberration !

Quant au cadet, Claudio, eh bien, c'était le nôtre, le futur adoré, sauf que son heure n'avait pas encore sonné, pour le moment emberlificoté dans l'amour qu'il voulait dispenser. L'amour éprouvé pour sa mère, avec lequel il se faisait hara-kiri. Un tendre et un affolé. Il avait conscience qu'il vivait dans un temps qui tirait sur sa fin et qui, faute d'espace, s'entortillait sur lui-même et se bouffait les racines. Il étudiait le droit. Pour détordre les choses. Il était même allé l'étudier à Paris, pour être plus tranquille et neuf.

Et voici qu'une nuit, de passage dans la maison milanaise, Claudio, alors âgé de vingt-cinq ans, avait remarqué de la lumière dans le bureau de son père. Ce détail ne voulait pas dire que Carlo Barbaro était là. On n'éteignait pas forcément toutes les pièces. Claudio avait poussé la porte parce que, au cas où son père serait là, malgré tout c'était une occasion. Une occasion de quoi ? Ah, seule une enfance de demande et d'espoir pouvait répondre à cette question.

Ce qu'il avait vu : Carlo Barbaro, en pleurs, dessinait avec un gros feutre.

Cette vision ne collait avec rien de ce que Claudio savait de son père. Carlo Barbaro avait levé la tête.

— Mon petit bonhomme, ça fait longtemps que tu es là ?

Il tenait son gros feutre en l'air, encore plus étonné que son fils.

Le père s'était mouché. Il avait les yeux rouges. Il avait dit à son fils :

— J'ai pleuré un petit peu.

— Non, non, avait démenti Claudio.

Le père avait eu un sourire dans les boursouflures de son visage.

— Si, Claudio, j'ai pleuré. Et puis, je dessinais des cœurs.

Il avait bel et bien dessiné des cœurs au marqueur sur son papier à en-tête.

— Tu es mignon, avait-il dit à son fils, tout en détaillant les dessins comme si c'étaient ceux de Claudio et qu'il fallait donner un avis dessus.

Claudio était le préféré du père. Claudio était le plus doux, peut-être parce que c'était le plus petit. Claudio lui aussi était un surdoué des études, comme son père. Il y avait quelque chose de consciencieux chez ce gosse, qui rafraîchissait la dynastie.

— Claudio, veux-tu que je te raconte ?

Et Claudio avait dit oui, sans trop voir le baptême que ce serait, ni en quoi cela préfigurait Arminé et les satanées ouvertures du langage.

Carlo Barbaro avait raconté que, dix ans auparavant, lui et sa femme recevaient ici, à Milan, pour un grand dîner. Comme c'était si souvent le cas.

Puis Carlo Barbaro raconta qu'à la fin de ce dîner, tout le monde était allé dans le jardin. Il raconta comment, alors, sans vraiment savoir pourquoi, il avait lâché ces gens et marché jusque derrière la serre, là où le jardinier entreposait son matériel. Soudain, il avait entendu un bruit dans la pénombre. Il y avait des bestioles incroyables dans le parc. Ce soir-là, dans le jardin, au lieu d'une bestiole, il y avait une femme qui faisait pipi. C'était atrocement gênant, et en même temps d'un tel inattendu dans l'attendu de tout que lui, Carlo Barbaro, formé à savoir se conduire, eh bien non seulement était resté devant cette femme accroupie, mais en plus s'était approché d'elle. Elle était à terre, plus ou moins assise, les pieds très écartés, et les coudes entre les cuisses. Très tranquillement, la femme s'était relevée. Elle était éditrice, à Genève. À cause de l'irruption du social, la gêne s'était abattue sur Carlo Barbaro. Il avait dit qu'un livre, il en concevait la portée, ô combien. Il était fier de dire à cette femme qu'il avait étudié. Depuis l'enfance, il rêvait d'en rajouter, lui qu'on avait élevé dans l'art de rester modeste, vu tout ce qu'il était déjà de naissance. Là, il y allait à fond. Il détaillait la femme, nullement séduit. Lèvres trop fines, rien d'irrésistible. Il aimait les lèvres charnues. Il affectionnait les visages enfantins, pleins de sève, et en aucun cas ceux élaborés de cette femme. Aussitôt cela ne fut plus vrai. Il ne savait plus ce qu'il aimait ou n'aimait pas. Le visage de cette femme s'imprégnait en lui. Les lèvres se détachaient des sentiments esthétiques amassés jusque-là. Il s'était immédiatement replié sur ses connaissances. Il connaissait ces lèvres, il les reconnaissait. Où avait-il déjà vu ces lèvres ? Avait-il opéré cette femme, un jour ? Il allait éclaircir le problème, bien qu'à son avis il n'y eût pas de problème. Il n'avait pas trouvé ce visage dans ses souvenirs. Quand il avait lâché l'effort de se souvenir, la réponse lui avait sauté à la poitrine. Oui, il avait déjà vu ces lèvres. Il les avait vues quand il avait surpris cette femme, l'instant même, dans le jardin. C'est cela que son cerveau s'était empressé d'enregistrer, pour en faire un point de ralliement, un guet-apens. Un souvenir important. Voilà que je tombe amoureux. C'est ce qu'il s'était dit, avec aussi : le début de ma vie. J'ai un métier dans les mains, je puis exercer ce métier dans n'importe quel pays avec cette femme. Puis, avec tout autant de conviction, il avait pensé : tu t'emballes. Du calme. Tu as trois enfants. Pas un, pas deux, trois. Claudio n'a que quinze ans. Tu as une belle maison. Et ce jardin, le sous-bois, le pré. On ne pouvait aller vivre d'incertitude et d'amour. Il s'était mis bien face à la femme, les poignets sur les hanches, et bien en face, les poignets sur les hanches, il avait dit à cette femme : « Malheureusement, vous êtes seule dans cette histoire. » Peut-être avait-il fermé les yeux. En tout cas, quand il les avait ouverts, elle n'était plus là. Il avait regagné sa maison.

Là-dessus, dans le bureau, un silence.

Claudio ne savait trop comment réagir. Il s'était levé comme quelqu'un qui va maintenant rentrer chez lui. Carlo Barbaro l'avait tout de suite arrêté.

— Tu t'en vas ? Je n'ai pas dit pourquoi je pleurais.

— Tu ne pleurais pas.

— Je pleurais.

Donc, il restait à savoir que ce soir, en se mettant devant son ordinateur pour rédiger des notes de travail, Carlo Barbaro avait eu l'idée d'écrire un livre. C'était comme une envie de s'emparer d'un bistouri et, après seulement, de chercher sur quoi intervenir. Il avait de nouveau pensé à l'éditrice de Genève. Au début, comme un éditeur possible, à contacter d'urgence, au cas où il achèverait le livre là dans la nuit. Puis, très vite, comme à la personne sur qui écrire, tout bonnement. Il reconnaissait le visage de cette femme. Il la revoyait accroupie les poings entre les jambes. Il la revoyait debout qui l'appelait. L'avait-elle appelé ? Il revoyait les possibilités de cette ancienne soirée-là. Il revoyait le précipice que cette femme incarnait, avec lui qui essayait de ne pas glisser dedans. Et puis voici que cet abîme, au lieu d'être cette femme, devenait le reste de sa vie. Il avait pris le roc pour le vide, et le vide pour le roc. Il avait interverti le monde. Il avait manqué sa vie. Ce jour-là, dans son propre jardin, il avait été nommé. Combien de fois dans la vie est-on nommé ? La réponse, mon Dieu, il l'avait. Une fois et après basta. Tu crois que c'est basta parce que tu n'en veux plus davantage, et puis les années passent et tu comprends que c'est basta parce que c'est fini. Il en était là. À comprendre. Il avait repoussé son ordinateur et il s'était mis à pleurer. Un bien fou. Lui qui ne pleurait jamais, il avait sangloté seul dans son coin avec un plaisir neuf. Ses mains de neurochirurgien tremblaient, manquer de précision n'avait plus d'importance. Sa tête s'était ouverte, son être s'était dispersé sur ses mains inutilisables. Il en avait plein les mains, de son défoulement. Il avait un encrier dans le cœur, jamais utilisé.

— Toute l'encre est sortie par mes yeux, mon chéri.

Disant cela, Carlo Barbaro s'impliquait dans les yeux de Claudio. Claudio restait en suspens. C'était du nouveau, ce père qui vous regardait. Il se lança à dire, prudemment :

— Au fond, papa, tu as eu la chance de vivre un moment d'illusion.

— Qu'est-ce que tu as dit ?

Mais c'était bingo. Déjà, ça n'était plus la peine de répéter la phrase, elle entrait à retardement dans Carlo Barbaro. Carlo Barbaro eut un geste radical, sa belle main on aurait dit avait saisi le sens de la phrase, et maintenant la main retombait sur le cœur de Carlo Barbaro, investie de connaissance. Cette phrase, Carlo Barbaro en percevait l'onde, ah enfin une onde, après toutes ces années, une onde d'euphorie le long de son corps, à l'endroit trop éprouvé des sciatiques. Cette fois-ci, une matière nouvelle dans le corps, l'atmosphère avec son amplitude, un ciel à lui. Grâce à Claudio, Carlo Barbaro en avait fini avec le remords. Claudio avait raison : il avait fait quelque chose. Il avait vécu un moment d'illusion. Pour Carlo Barbaro, la définition de Claudio avait le côté miraculeux des portes de sortie.

Bien que Claudio fût son préféré, il l'envisagea sous un jour plus positif encore :

— Mon petit.

Claudio Barbaro ne savait pas combien ce récit contenait Arminé Alischane. Au contraire, il optait pour l'antithèse de tous ces affects. Il se mariait le printemps suivant. Il avait mûri d'un coup. Une force qu'il osait prendre, curieusement loin du délire, bel et bien, lui, dans l'amour prouvé. Et le jour de son mariage, Claudio scrutait sa femme, fier d'avoir fait aboutir une relation sympathique. Les complications de ses parents, il en était désormais immunisé par Lizzy. Claudio et Lizzy, il se répétait l'intitulé, énamouré.

Il adorait l'amour avec Lizzy. Ah, le plaisir venait facilement. Pour toutes les fois où il avait connu les limites de la sexualité, eh bien là, il y avait quelque chose d'abordable qui rendait ça, comment dire, exhaustif.

Frimeur, Claudio se pavanait au bras de sa femme. Lizzy était intelligente, Lizzy était, Lizzy était... il avait rudement du bol. Elle avait été d'accord pour l'aimer et l'épouser. D'où sortait une chance pareille ?

Une femme. Pour lui. Claudio.

Le jour de son mariage, à vingt-cinq ans. Claudio Barbaro marchait dans Milan, absolument confiant dans son corps, dans son cerveau, dans ses choix, dans sa femme, sûr d'être aimé, sûr d'être un bon fils.

Et Claudio se jugeait invulnérable.

Un jour, Atalanta lui dirait :

— Un imperméable, c'est pour se protéger de la pluie. Un invulnérable, c'est pour se protéger de l'amour.

Il me faut maintenant te dire qui était devenue Arminé Alischane, à trente-sept ans, au moment de cette histoire où Claudio Barbaro croise son chemin. Et si, en Claudio, alors âgé de cinquante ans, on trouvait encore l'optimiste que je viens de décrire, celui qui se mariait emballé. Je veux qu'au moment où tu vas les voir entrer en contact, tu saches aussi bien que moi, en tout cas mieux qu'eux, qui rencontre qui, et presque pourquoi.

Arminé, à trente-sept ans, c'est profondément une artiste. Elle te fait voir le réel auquel tu n'as pas pensé. Alors cette particularité fait d'elle une drôle de nature. Dans la vie quotidienne, quelqu'un de jovial et de clément, qui se met dans la queue comme tout un chacun, se laisse facilement doubler. Dans la vie spirituelle, plus qu'un don, un pouvoir d'embellir, en tout cas de nous sortir de là. Ces deux aspects de sa personnalité se réunissent, mettons dans cette fameuse queue où on la double. Indifférente à l'attente, joyeuse, elle peut attirer l'attention de cent personnes placides sur la ressemblance d'un passant avec l'empereur Néron.

Elle fait applaudir la foule au passage de l'impérial, et l'homme, sans que personne ne l'ait encore appelé Néron, lève un bras et agite la main pour saluer la foule.

Étant entendu que ce don, elle va bientôt le réserver à Claudio Barbaro.

Elle a fait des études de linguistique et elle est journaliste. Au milieu d'une équipe, elle fait partie des introuvables, car ils sont quelques-uns, comme ça, des irréductibles qu'on ne peut pas réduire en salariés.

Ce qu'on entend parfois dans le journal d'Arminé :

— Trouvez-moi Alischane, immédiatement !

Immédiatement ! Quelle blague ! Quelle naïveté ! Quelle croyance de limité ! Alischane n'est pas au café comme les autres. Alischane lit des romans de Robert Walser dans les jardins du Palais-Royal.

— Y a qu'à me chercher par là-bas, elle dit.

La hiérarchie proteste, au journal. Pour qui elle se prend ? La base proteste. Pourquoi elle aurait eu un traitement de faveur ? Elle va voir !

Ils sont bien trop contents de la retrouver pour lui passer un savon.

À quelques mois de sa rencontre avec Claudio Barbaro, son rédacteur en chef l'invite à dîner. Elle est assez belle, pour qui ne demande pas aux femmes d'avoir des têtes de bébé. C'est anguleux et sauvage, ce visage. Les grandes guiboles, les attaches fines, le mot de gracile et le mot de gracieux, elle a conscience de ses atouts, et sait qu'ils serviront en temps voulu. Lui, le directeur de ce journal, il se tortille sur son siège d'un bout à l'autre du dîner. Les ingérables l'intimident : il gère une équipe.

Enfin, il réussit à formuler un désir :

— Écoute, Arminé, j'aimerais... je n'ai pas l'idée de forcer. Je ne veux pas que tu penses que j'use ou j'abuse d'un pouvoir que, tu dois le savoir, en plus je ne pense pas avoir. Et si tu me dis non, j'accepte ce non et ta décision ne m'empêchera de continuer d'être pour toi un homme qui te dira toujours oui. Arminé, je t'en supplie, ne me juge pas pour ce que je vais te demander. Les hommes sont des imbéciles, on est tous narcissiques, on ne pense qu'à nous, tu le sais bien. C'est humblement et ridiculement que je te le demande : Arminé, est-ce que tu accepterais, sans que personne ne le sache, vraiment personne ne doit le savoir, ce serait juste entre toi et moi, Arminé est-ce que tu accepterais d'écrire mon portrait ?

— Ben oui.

En la raccompagnant, il se penche pour l'embrasser et elle le repousse. Elle a ces mines d'excuse pour éloigner les hommes. Que les gens aient l'idée de placer leur ésotérisme dans la vie sexuelle, ou disons dans le « fonctionnement » sexuel, ne l'intéresse tout bêtement pas.

Elle préfère écrire.

À trente-sept ans, elle a trois livres derrière elle. Elle met un temps comique à les amener à terme. Cinq années par livre, en y consacrant sa vie. Elle se demande d'abord s'il faut les écrire, s'il n'y a pas des actes plus sublimes à quoi s'atteler. Ensuite, elle se demande pourquoi les publier : elle n'a personne à séduire. Et pourtant l'art est là, dans les livres d'Arminé. Les corneilles aux basques du coureur. Une barque, même seulement dans sa tête. Le sourire navré d'un agent de circulation, boulevard Saint-Germain, alors que, d'un bras, il devait imposer l'arrêt à trois cents voitures. La fusion des rameurs dans un bras de la Seine.

Le potentiel est lyrique mais évident et son éditeur la tanne. Il s'appelle Boris Souratine. Il pense jouer un rôle dans la vie d'Arminé :

— Pourquoi tu ne fais pas un livre sur les limites géniales des femmes ?

— Quelles limites ? On peut toujours inventer, être libre.

— C'est pas ça, la réalité. À notre époque, si tu fais l'économie du réel, peu de gens se reconnaîtront dans ton livre. Ils ne l'achèteront pas, crois-moi.

— Est-ce qu'on en est là ? demande-t-elle. Est-ce qu'on en serait à ne pas inventer au motif que les autres n'inventent pas ? Est-ce que ce serait ça, au bout du compte, la démocratie ?

— Non, mais...

— Une société qui serait passée de l'idéalisation à l'identification ?

Il n'a jamais su quoi penser d'elle, au fond.

— Écoute, Arminé, et pourquoi tu n'écrirais pas une théorie sur l'art, un peu drôle ?

Il est prêt à tout pour avoir un nouveau livre.

— Non plus.

Il la perd encore.

— Mais alors, qu'est-ce que tu veux ?

— Faire aller l'amour avec l'art.

Et pendant ce temps, dans la même ville, Claudio Barbaro s'est organisé une vie. Le matin, assez tôt, il passe la Seine à pied, au niveau des guichets du Louvre, et traverse le jardin des Tuileries pour se rendre rue Boissy-d'Anglas, où il a son cabinet d'avocats. Il a la chance de vivre à Paris. Les Tuileries, ça lui plaît pour une raison lumineuse : ici, on a un horizon. Les autres jardins publics sont surtout des enclos, alors qu'ici on jouit d'une vue qu'aucun monument ne réussit à arrêter. Là, dans les allées de son parc, Claudio Barbaro commence sa journée avec une perspective. L'obélisque, forme d'homme, et plus loin l'Arc de triomphe, forme plus féminine, sur pattes, et plus loin l'Arche de la Défense, alors là effrontément une femelle, un trou. Il a ses propres pensées, à partir desquelles il se juge obsédé. Sexuelles ou pas, en tout cas, elles sont chaque matin la part de rêve de Claudio Barbaro.

Dans ce jardin des Tuileries, il cherche des yeux, parmi les chaises, les rares fauteuils. Ceux-ci sont bien sûr plus bas que les chaises, les deux pieds arrière plus courts que ceux de devant, afin que l'on soit renversé dedans la tête au ciel. Il aime l'idée. Il ne va pas jusqu'à s'y installer. Homme actif, il se contente de les recenser, comme autant d'endroits où, dans une autre vie, dans une autre disposition, de lui et peut-être des fauteuils, il pourrait être un flâneur. Il détaille les gens qui trouvent le temps de s'avachir. En février, ça commence, les végétatifs. Comme, à cette saison, ils ne peuvent se perdre dans les feuillages, leurs yeux se contentent de la terre des allées. N'importe quoi, pourvu que ce soit la nature. Claudio lui aussi lorgne vers la terre. Parfois, les jardiniers font un gros trou dedans, pour replanter un arbre ou mettre à nu une canalisation. Il ralentit comme devant un accident, Claudio Barbaro ressent les plus petits gouffres. Il a, au fond, une sensibilité intacte. Il prend conscience du sens de la vie, rien que parce qu'on lui en montre les sous-couches.

Ensuite, c'est la place de la Concorde, on change d'ambiance. Il arrive à son travail : dans les escaliers, une flèche. Il fonce sur les dossiers ou repart direct au Palais de justice, auquel cas il reprend les Tuileries en sens inverse, cette fois-ci sans rien se commenter, pris par la loi.

Le soir venu, il essaie de sortir. Il trie. Il ne va pas à tout. Mais enfin, il aime bien, après le travail, la relative débauche. Le tête-à-tête avec Lizzy, ça, il ne peut pas. Ces retrouvailles comportent des conséquences qu'il liste aisément : évitements jusque dans la conversation, harmonies de compromis sur les sujets sans risques... il compte aussi une manière spéciale que lui et Lizzy ont de se regarder, apparemment droit dans les yeux. En réalité, pour réussir cet exploit, ils ont recours à plusieurs doses d'hermétisme. Ces yeux qui s'aimantent ont, sous leurs airs de transparence, une opacité sans laquelle le contact serait insoutenable. Moyennant quoi, entre l'iris de Lizzy et l'iris de Claudio, le pitoyable sujet de conversation, sans jamais pouvoir s'accrocher nulle part, ricoche de l'un à l'autre jusqu'à ce qu'ils en aient par-dessus la tête, lui de plaider son surmenage en tant que raison à ses négligences, et elle de faire croire qu'elle n'est pour rien dans cette désolation.

Avec les années, il accepte n'importe quel dîner ou fête, parfois les deux.

— Ça me distrait, dit-il à sa femme, qui ne demande rien.

— Mais ça te distrait de quoi, Claudio ?

Voilà, il sort de chez lui, un lion. Il se fout dans le fond du taxi, super-énervé. Il énonce sa destination. Pas bonjour. Pas merci. Le chemin, il s'en balance. La tour Eiffel, jambes de femme, rien à cirer. Tiens, c'est maintenant du taxi qu'il bondit comme le fauve du fourgon. Et le code des gens chez qui il va, où il est, ce connard de code ? Il prend l'ascenseur, à bout. Il sonne, qu'on ouvre.

Et la porte s'ouvre.

— Dido !

Qui est son surnom.

La personne qui reçoit, son visage aussi s'ouvre. Elle sautille à la simple vue de Claudio Barbaro. Alors, lui, qu'est-ce qu'il fait, Claudio Barbaro ? Il se radoucit. Ah bon, c'est comme ça ? Ça peut être comme ça, aussi ? Il se souvient qu'il est révéré pour sa vitalité. Un whisky dans chaque main, il se fond en un rien de temps dans plusieurs conversations à la fois, où il est question de gens qu'il connaît et dont on ne dit pas du bien. C'est pas du mal, non plus : c'est la réalité. La réalité sans amour. L'actualité, après « qui baise qui », tourne aux divorces. « Qui prend le pognon de qui » passe de main en main. Claudio est au courant de tout, un vrai chroniqueur mondain. Il annonce :

— J'ai des potins.

À cause du fort accent italien, dans sa bouche le mot sonne comme « popotin ». Raccourci fantastique.

Après le dîner, on danse. Claudio se rue le premier, si possible sur une cavalière, devant laquelle il se place, les bras levés, les poings fermés, complètement fou de bonheur à l'idée de se défouler.

Et nous voici avenue Gabriel, à Paris, la nuit de leur rencontre. Lui dans sa tenue officieuse, en jean, la chemise ouverte, prêt à se débrailler davantage. Elle, dégingandée, dans une de ces robes chemises de nuit et qui, une fois retirées, tiennent dans la main. Nouées à la cheville, orange et kaki, spectaculaires, les chaussures à semelles compensées d'Hélène Ferdinakis.

En plein juillet, une de ses amies, Edwina Kessel, avait réuni chez elle ce qu'elle appelait les « Aparisiens », ceux qui étaient à Paris pendant les vacances. Arminé Alischane et Claudio Barbaro allaient se lier dans ce qui avait été jadis le jardin quasi-parc d'un hôtel particulier du dix-neuvième siècle, où s'édifiait maintenant un immeuble moderne. Edwina Kessel habitait le dernier étage de cette création des années 70, la seule de l'avenue et pour ça une trouvaille architecturale au milieu des monuments et habitations classées. Cet appartement surplombait tant de choses, le palais de l'Élysée, les Champs-Élysées, le Grand Palais, la Concorde, la Seine, les Invalides, la tour Eiffel, qu'on pouvait passer la soirée à prosaïquement envier le sort d'Edwina. Elle se levait le matin devant l'absolu, étant entendu que, quand on examinait Edwina, l'idée semblait insolite. Que l'absolu ait échu à une femme aux jeans cloutés était comique. Ce privilège lui appartenait pourtant bel et bien, titres de propriété à l'appui. Et quand elle n'en profitait pas, c'est qu'elle l'avait décidé. En effet, elle fuyait l'hiver vers les destinations ensoleillées, se carapatait au chaud sitôt achetées ses dernières veste en fourrure, qu'elle laissait sur place, car, à la chaleur, les vestes en fourrure ne servaient plus à rien. L'été elle filait vers un peu d'air. Elle se démenait, poussée par un inconfort, une histoire de température, de biorythme, de saison intérieure, agitée, peut-être coincée entre son intelligence, chose inventive et réelle qui lui donnait de l'humour, et sa condition plaquée au sol : l'amour de l'argent. D'ailleurs, on l'enviait tout de suite moins après avoir vu son époux, Toby Kessel, un creux comme on en faisait peu, pas léger pour autant, lesté par le leurre de l'argent, et en plus idiot à en fabriquer des palmes, ce qui était son métier. Il était richissime du fait du caoutchouc. Dans les années 80, au retour de la prophylaxie sexuelle, son chiffre d'affaires avait tout bonnement ressemblé à un feu d'artifice, ce qu'Edwina, qui avait cet humour de plus en plus aiguisé à force de se voir agir pour de l'or et de la sécurité, appelait le « feu d'artifesses ».

Elle improvisait des fêtes. Elle avait bamboché chaque nuit des années 80 dans les boîtes à la mode, pendant que son mari vendait de quoi se prémunir contre ces mêmes abus nocturnes, et maintenant, elle bambochait chez elle, avec les mêmes personnes, lesquelles ne changeaient pas. On n'avait aucun cas de réelle métamorphose, à part les liftés, les morts et les bouddhistes.

Ce que Claudio Barbaro faisait avenue Gabriel ? On l'a vu, il était de toutes les fêtes.

Ce que faisait Arminé avenue Gabriel ? Elle était venue avec son éditeur. Boris Souratine avait un nom à Paris. Il était russe, et épuisait son énergie, par chance colossale, à se fondre dans la jet set. Les relations lui servaient d'études et, par la même occasion, de diplômes. Être international le protégeait de ses origines.

En plus de Claudio Barbaro, d'Arminé, et de ceux qu'on vient de voir, tout le monde était là. Ici se trouvaient brassés tant de sortes de gens qu'au bout du compte on aurait pu croire que la vaste société était représentée, échantillonnée autour des serveurs philippins. En vrai, c'était un microcosme qui se comptait en grappes de genres, avec division socioculturelle à la machette, les gens chic d'un côté et les enrichis lambda de l'autre, ces derniers se déportant naïvement du côté des autres. Il était difficile de penser qu'on n'était pas admis, une fois qu'on avait reçu l'invitation d'Edwina. Elle ne faisait pas la différence, elle. Pour mesurer en quoi on n'avait fait que rêver, il fallait être de la grappe d'élite qui débriefait, le lendemain, au téléphone. Là, la bande arrêtait le bilan final. Il n'y avait pas un grand ravin entre cet univers et celui de Carlo et Atalanta Barbaro. Ici, oui, on acceptait davantage de mélanges : tous les Gabriéliens ne posaient pas les deux couverts bien parallèles vers la droite dans l'assiette après le repas, comme on l'aurait vu chez les Barbariens. Certes, on comptait des malotrus dans le palais milanais, sauf que l'esprit était différent, on supposait toujours, chez les vrais chics, une impolitesse qui serait une liberté supérieure. Alors qu'ici, sous le vernis, on n'avait pas vingt couches de laque étalées sur dix siècles, et quand la surface se craquelait, dès la poignée de main, ce n'était pas dû à un excès d'aristocratie, non, on tombait directement sur un écorché d'anatomie, l'être humain dans toute son horreur, la biologie du plouc. Claudio la voyait, lui, la différence. Il savait mieux que personne que, si cela n'était pas grand-chose, c'était aussi significatif que la fissure à peine formée dans le béton du barrage, à terme, fatale. Qu'à cela ne tienne, il avait décidé d'être indulgent et de se commettre. Il adorait voir des gens d'un autre milieu que le sien. Moitié pour échapper aux conventions du gotha, moitié pour juger des conventions des autres, avec le délice de ne pas être enfermé dedans. Ses explorations lui confirmaient que, heureux ou pas, il l'avait échappé belle. Maintenant, tant qu'à voir des ploucs, il préférait que ce soit avenue Gabriel. La fameuse vision périphérique, tant mieux si on réussissait à l'avoir intra-muros.

Ils se complimentaient de visage en visage. Ils excellaient en flatteries. Leur prodigalité triomphait à vous raconter n'importe quoi : ça, c'était à cause de leur vie qu'ils foutaient en l'air. La chute leur donnait de l'élan, en somme, avec toute cette hypocrisie emmagasinée qui maintenant faisait partie d'eux et, quand ils parlaient, les premiers mots qui sortaient de leur bouche étaient des compliments, et puis juste après des vacheries sur les autres, ceux qui, à l'écart, ne pouvaient pas entendre. S'ils entendaient, on était très mal. Des fâcheries mémorables prenaient naissance dans ces fêtes, il fallait des années pour restaurer une amitié qui avait périclité sur une phrase comme :

— Le malheureux, il ne se rend pas compte.

D'ici, rien ne pouvait sortir de bon, en revanche les possibilités de jouissance étaient captivantes. Si on se contentait de jouir, vraiment du plaisir égoïste qu'on prend au milieu des autres, on pouvait passer une bonne soirée.

Voilà, c'était une sorte d'enfer moderne, avec des personnes fières d'être le diable. Espérer en être, c'était supposer réussir à être diabolique. Cette aspiration n'étreignait personne sérieusement parce que le vrai espoir, celui d'être riche, était satisfait.

Eh bien, dans ce genre d'endroit Claudio Barbaro allait rencontrer Arminé Alischane. Dans ce genre d'endroit l'amour allait manifester sa pureté, là, devant Edwina Kessel et son corsage d'éventrée, devant le quant-à-soi des camés, devant la fourberie des baiseurs, qui faisaient comme s'ils voulaient réellement faire votre connaissance. Oui, devant l'ironie de chacune de ces personnes et elle était incommensurable, car tous la considéraient comme un laissez-passer.

Là, eux deux. Le début de leur œuvre.

— Dido !

La porte à peine ouverte, Edwina avait hurlé le prénom aimé.

Claudio, ça se voyait à ses yeux plissés, réduits à des fentes, qu'il allait crever dans ce milieu, qu'il se protégeait comme il pouvait.

— Dwina !!!

Il chargeait toujours sur elle en la pelotant. Elle couinait des mots de bonheur, en s'accroupissant toute tordue dès qu'il la chatouillait. Jadis, elle avait presque fait l'amour avec lui, mais ils étaient trop ivres, et elle et lui, pour que la chose même la plus décadente puisse se produire.

— Claudio !

On l'appelait encore.

— Dido !

Dès qu'on le voyait, on l'appelait. C'était un réflexe que de vouloir la vivacité de Claudio Barbaro près de soi.

Arminé était debout sur la belle terrasse, avec Boris Souratine à ses côtés. Il était en train de la mener vers le buffet, une main sur ses hanches, et elle avait senti cette main, elle se crispait chaque fois qu'on l'envahissait, elle qui voulait juste être abordée, comme toute barque.

Elle avait vu entrer Claudio Barbaro. Elle avait vu comme on l'arrêtait groupe après groupe. Et elle avait entendu à dix mètres l'enchanteur accent italien. Elle venait d'un pays où chacun a un accent. Quand son père parlait français, bien que ce soit sa langue, car il était francophone, il roulait dans une lave tous les *r* jusqu'à ce que ce soient des *l*, comme tous les Libanais, il les déroulait dans du miel. Il ouvrait le monde par son intonation. Quand sa mère parlait français, c'était aussi avec un accent, plus guttural, plus rustique, et qui lui n'ouvrait pas le monde, pour les Grecs le monde était déjà ouvert, mais le faisait voir en relief. Elle-même, Arminé, n'avait pas d'accent. La faute en était à l'action de l'école sur les méandres du seul palais qu'elle croyait posséder, sa bouche. Elle en aurait eu un, si elle avait parlé italien. Elle y pensa immédiatement. On peut presque dire que la première certitude d'Arminé devant Claudio Barbaro, c'est qu'un jour elle parlerait italien avec l'accent français, et que des oiseaux miraculeux, par exemple couleur d'azur, sortiraient de sa bouche. La linguistique abandonnée, elle restait intégralement dans le langage, née dedans.

— Veux-tu un autre verre, Arminé ?

Boris Souratine, lui non plus, n'avait pas d'accent. Il venait pourtant de Volgograd, ancien Stalingrad. Il était né du désir momentané d'un militaire et d'une ouvrière, après la guerre. On reconstruisait alors en gris, en bloc : cette tristesse que Staline ordonnait de considérer comme la paix retrouvée. Le militaire était vite parti avec une autre ouvrière. Les travailleuses ne manquaient pas. On était dans la Russie communiste. Boris Souratine avait quitté son pays à dix-huit ans, laissant sa mère. À l'époque, si tu partais, tu savais que tu ne reviendrais jamais. Tu payais et tu partais. Le reste de ta vie, dans les tréfonds de ta conscience tu payais d'être parti. La mère avait essayé de le retenir, elle n'avait pas pu. Déjà, il parlait presque le français. Déjà, faisait mine de chercher ses mots en russe. Dix-huit ans plus tard, les frontières s'étaient ouvertes et il avait pu revenir. Il avait quarante ans. Sa mère l'attendait à Moscou, car il ne tenait pas à revoir Volgograd, un retour l'aurait déchu ou happé. Elle avait pris le train. Mille kilomètres de Volgograd à Moscou. Le car jusqu'à l'aéroport. Épuisée. Elle faisait de la rétention d'eau. Elle était aux arrivées. Sa blouse et ses bottes fourrées. Ses joues de matriochka. Sa gêne d'être pauvre. Son échec. Et lui, si aisé. Son grand manteau de chez Sulka posé sur les épaules. Son beau métier d'éditeur. Son nom dans les dîners. Les livres. La culture. La réussite. Ils avaient vécu dix jours à l'hôtel. Elle ne voulait pas sortir. Elle ne voulait rien acheter. Elle n'avait personne à voir. Son fils, et c'est tout. Elle tenait juste à passer en second. Vivre malgré une mère qui pense cela. Quand Boris rentrait, elle se ruait sur lui. Elle l'exaspérait parce que, pas de mesure, dans rien. Pire qu'une indigène, une indigente. Par elle, on voyait nettement d'où il venait. Bien avant et surtout sans connaître le microcosme de l'avenue Gabriel, elle proclamait sans le dire que sous le sublime manteau de chez Sulka, le grand éditeur restait le tout gris, le tout en bloc de Volgograd. Pour Boris, c'en était trop. Par une ignorante aussi, il voulait être reconnu. Il avait fondé une maison d'édition qui portait son nom, Éditions Souratine. Il savait lire. Ses auteurs avaient du succès. Il avait capté la fin d'une époque, du bout d'une route, d'une limite. La haine de soi. L'obsession de soi. Avoir l'intuition d'une souffrance, chez un être. Voilà sa tâche. Il ne choisissait que des grands sensibles, qu'il travaillait jusqu'à ce qu'ils réagissent. La description de leur échec était de la littérature. L'âme humaine ne se sondait pas par le haut. Une jauge devait toujours s'enfoncer vers le bas, dans la vase de sentiments troubles et de mauvaises pensées. Tous les autres livres n'étaient que chatoiements esthétiques. On n'en était plus aux bons sentiments. On les avait dépassés. Boris Souratine disait à l'écrivain, au poète : « Tu vas mourir. Et avant, tu vas pourrir. C'est ça, la vie. » Il rendait les gens lucides. Du coup, les livres étaient bons. Les femmes écrivaient moins bien. Il aimait malgré tout les femmes.

Entre cet homme qui lui tripotait la taille, tout accent éliminé, et le petit Italien qui affriolait l'atmosphère avec l'intrépidité de son débit vocal, Arminé n'avait pas hésité une seconde. Elle voulait être dans les bras de cette voix italienne. Elle s'était avancée vers le groupe où Claudio Barbaro s'agitait tant qu'il en était à reboutonner sa chemise et la renfiler dans son pantalon, elle avait penché le cou, elle avait bu les paroles dont elle n'aurait pu dire le sens, parce que c'est autre chose qu'elle écoutait, comme le spécialiste prête attention à des phonèmes.

Il amusait la galerie.

Il imitait quelqu'un, sans doute quelqu'un que les autres reconnaissaient, parce que les autres riaient.

Elle s'était mise à rire, elle aussi, ses bons yeux fixés sur Claudio Barbaro. Elle s'épanouissait en regardant le profil fermé de Claudio Barbaro, les yeux qui étaient des fentes où un éclat bleu, une eau transparente, semblait attendre de couler. Elle regardait qu'il retenait par ses yeux ce qui devait jaillir. Elle regardait les mains qui bavardaient, les mains plus vivantes que tout ce qu'elle avait pu voir jusqu'à présent, des mains plus vivantes que celles des ciseleurs d'or du Levant. Elle regardait le dos ramassé de cet homme qui se mettait en boule à des moments, puis se redressait, électrifié. Une bombe, et le détonateur, c'était lui. Et puis, elle regardait comme il tenait ses bras le long de son corps, pliés au niveau des coudes, avec des mouvements de pianiste qui venaient des cours de l'enfance. Or, ce qu'il jouait, c'étaient encore des mots. Elle regardait l'homme le plus bavard du monde et penchait encore plus le cou vers lui, fascinée par quelqu'un avec tant de mots. Elle le voyait comme une fontaine de langage. Ça lui parlait, forcément. Elle regardait qu'il était d'une élégance inouïe, inouïe n'était pas le mot, vu tout ce qu'il donnait à entendre. Elle regardait les jambes de cet homme, la manière dont il se mettait debout, bien droit pour que les mots puissent lui remonter de partout. Et, au bout du compte, elle retournait vers la bouche de cet homme et voulait entrer dedans. Elle regardait que c'était un homme. Elle n'en avait jamais vu. Elle regardait où la vie se situe, vers les hanches, encore un peu plus penchée, avec un biais supplémentaire pour scruter le centre de Claudio Barbaro, d'où il lui semblait que, vraisemblablement, l'homme pouvait partir en toupie.

On pouvait détailler Claudio Barbaro, et c'était un homme habitué à paraître, mais si on fixait son sexe, il le remarquait immédiatement. On l'a dit, il se posait en lubrique que rien n'arrête. Cette fois-ci, quand il leva la tête, il fut très étonné de trouver cette femme et son absence totale de vulgarité. Il avait toujours pensé être d'abord attiré par les indélicatesses des femmes. C'est ce qu'il contrôlait en premier. Il aimait les femmes, voire des mastodontes avec des seins en chantilly, qui étaient communes. Parce que communes voulait dire : à tout le monde. À tout le monde voulait dire : qui baisaient. Et qui baisaient voulait dire : qui ne diraient pas non à Claudio Barbaro.

Lizzy n'était pas vulgaire.

Ces observations n'étaient que fausses pistes et conneries d'exécutant, et il le comprit là, avenue Gabriel.

Pour Arminé, c'en était fait : il était un papillon. Car elle voyait maintenant nettement ce qu'elle n'avait pas vu tout d'abord, à savoir comme il scintillait, comme il était délicat, comme il venait de l'éternité de la création, comme il avait des ailes, comme il était multicolore. De sorte qu'elle était à deux doigts, si on peut dire, de faire un écrin de ses mains pour le recueillir.

— Claudio !

On l'avait encore appelé. Il en avait profité pour disparaître vers un nouveau groupe. Il pensait, de cette manière, impressionner cette femme en lui montrant que, de toutes parts, on le désirait. Il était loin de se douter qu'elle ne partirait jamais, que celle-ci Dieu l'envoyait avec l'ingénuité butée des choses divines qui se tiennent à vos côtés, infatigables, incarnées dans la gentillesse.

Claudio Barbaro n'était pas gentil. Il se jugeait méchant parce que sa mère lui avait dit qu'il l'était. Il avait notamment fait de salaud plusieurs choses à partir desquelles la preuve était établie. Il avait coupé les cheveux de son frère Alvaro, une nuit où

Alvaro, bien entendu, ne se doutait de rien, mais en plus avait passé la soirée à dire quel espoir il plaçait maintenant dans ses cheveux, et en quoi, dès le lendemain, parce qu'il avait seize ans et une petite amie, ses copeaux d'airain allaient asseoir sa gloire. Alvaro s'était fait un prodigieux shampooing à base d'écorce de bois de cade, et des rinçages au vinaigre, et pour ôter l'odeur du vinaigre, des rinçages au citron. À table, fantastiquement chevelu et bien dans sa peau, il avait mangé comme un roi, alors qu'il n'était que prince, si on suivait scrupuleusement la généalogie. Tout du long, Claudio avait écouté sans mot dire. « Claudionino fait ses coups en douce », avait coutume de dire Atalanta. C'était aussi une façon de rappeler que, quand on ne redoutait pas le mini minuscule petit Claudionino, il était conseillé de se méfier de lui. La nuit venue, Claudio Barbaro avait ratiboisé son frère avec les ciseaux à rucola. Lesquels, venant à manquer à la cuisine, avaient été cherchés dans le palais et trouvés sous le lit de Claudio, constellés des cheveux sublimes.

Plus grand, Claudio Barbaro avait révélé l'adultère de son beau-frère, le génie de la généalogie.

Plus vieux, Claudio Barbaro avait fait porter la faute d'une erreur dans l'appréhension d'un détail de jurisprudence sur un de ses associés, le plus faible et qui était en adoration devant lui.

Il avait conscience de sa faiblesse. En même temps, il se devinait sauvable, parce que ulcéré par les verdicts maternels. Révolté si fort, à proclamer son innocence, à attraper Atalanta, à la soulever, le plus petit des Barbaro avait la force de l'incompris, et à bien le lui enfoncer dans le crâne pile au moment où, avec les pattes, elle gesticulait : je ne suis pas un mauvais homme.

Bref, en contact avec la gentillesse, Claudio Barbaro eut quand même pour première pulsion de tourner les talons. Le philosophe Krishnamurti dit que l'être humain peut changer à l'instant où le changement se présente. À Claudio Barbaro, il allait malgré tout falloir quelques minutes, durant lesquelles il ferait le tour de la pièce, de groupe en groupe, attaché à ce qui, d'un instant à l'autre, serait sa vie ancienne, n'aurait plus jamais d'intérêt pour lui. De temps à autre, il jetait un coup d'œil vers le coin de la terrasse où la femme aux chaussures orange le regardait, cette fois-ci comme on guette un retardataire. La pression. Il soupçonnait une vague inquiétude. C'est qu'Arminé, de son côté, n'avait pas compris. Elle était embarquée, elle, barrée. Pour tuer le temps, elle détaillait maintenant cet homme de loin. C'était le stade où elle ne le voyait plus. Maintenant, elle le respirait, avec le génie de l'odorat quand il s'illumine en flair. Il y avait une peau par là. Des veines avec le bruit qu'elles font, qui ressemble tant au big bang. Elle avait entendu ce bruit en menant sa grand-mère à l'hôpital de Beyrouth. C'était tout craché le don d'Arminé que de penser aux scanners et dopplers devant un homme pour qui ces machines symbolisaient famille et fortune.

Edwina avait lancé le signal de la danse. On n'ouvrait pas le bal comme dans un rallye. Edwina et deux ou trois de ses copines se mettaient à danser, du coup quelqu'un montait le son, du coup on dansait.

Claudio Barbaro adorait gigoter. Là, il s'agitait devant Alvaro qui venait d'arriver, toujours conquistador, Dieu merci attaqué par la calvitie. Ils avaient pris Edwina Kessel en sandwich pour jouer les frères qui partagent tout. Ça dansait de manière débridée, Alvaro sans toutefois oublier qu'il était le plus important, et Claudio les bras brandis, pas du tout pour se grandir mais parce que cette position permettait de se frotter ouvertement aux femmes présentes.

Et parmi ces femmes, Arminé.

En pivotant, il s'était trouvé nez à nez, enfin, nez à cou, avec cette grande fille si fine que ses bras partaient de ses épaules comme des rubans. D'ailleurs, s'enrubanner, c'est ce qu'il fallait faire. Dès lors, c'est avec elle qu'il se mit à danser. Pour elle, les bras levés au ciel. Pour elle, les sourires de joie complète. Pour elle, les coups de hanche donnés par hasard. Pour elle, les paroles de chanson disco qu'il fredonnait, « *oh, i wanna hold you so much* ». Pour elle, les yeux, profondément les yeux, surtout en les fermant presque, d'un air de viser, comme on pouvait, comme on osait.

Arminé n'avait jamais rien approché d'aussi vif. Elle pensait que la vie, c'était sa famille. Elle voyait que non, que cela s'étendait. En dansant avec cet homme, elle repartait vers la félicité des temps anciens, quand elle dansait sur le Riva, déchaînée, pour finir par se jeter à l'eau, et à la fois tellement loin de cette adolescence, en tout cas certainement lui disant au revoir, à trente-sept ans. Elle entrait dans le nouvel âge où la peau de l'autre est directement la surface où écrire. Elle reniflait l'homme qui sentait la fleur d'oranger, et la fleur d'oranger évoquait les orangers, et les orangers évoquaient les salades d'oranges à la menthe, et les salades d'oranges à la menthe évoquaient que la vie est délicatesses et quartiers élaborés à se mettre dans la bouche, et la bouche, allez, on revenait au point de départ.

Lui, Claudio Barbaro, avec ses lèvres, lui envoyait des baisers qui restaient en apesanteur et spirituels dans l'espace sacré au milieu d'eux, où personne n'osait entrer, Alvaro ne s'y mêlait pas, lui d'habitude si conscient de ses prérogatives. Il se tenait à l'écart du cercle, moins captivé de voir son frère se signaler, que de relever, venant de la femme, l'action d'une réciprocité. Il avait pensé que c'était une cliente de Claudio, il ne voyait pas d'autre explication à tant d'emballement et de dépendance. Elle pouvait aussi être une folle ou une camée, Claudio en raffolait.

Une autre personne assistait à cette rencontre, c'était Boris Souratine. Il envisageait Arminé comme maîtresse potentielle, ça n'était pas nouveau. Il se visualisait souvent destituant la pureté de toute manière louche de cette fille. Il avait distraitement joué de son pouvoir pour l'ensorceler par des compliments sur son écriture. Il les pensait, en plus. Il l'avait écoutée raconter son enfance à Beyrouth. Il s'était gavé d'enfance, lui qui ne pouvait pas blairer les réminiscences. Il avait gagné du terrain, index après index, en lui caressant, soit la main, soit la joue, soit tout bonnement une mèche de cheveux et en faisant l'esthète qui y décèle l'origine de l'organdi. Il avait remis des rendez-vous avec des compagnes plus compréhensives pour consacrer du temps à Arminé.

Il avait abordé, a priori bonne méthode si on s'en tient à ces histoires de barques, il avait abordé Arminé à Tanger, des années auparavant, au café Aafa, en haut de la ville. Le Salon du livre méditerranéen rassemblait les éditeurs francophones dans la grande ville symbolique du détroit. La ville hébergeait éditeurs, écrivains, journalistes, le temps de l'événement. Ils voyaient rarement Tanger de jour, parce que enfermés à écouter des conférences. Les conférenciers se distrayaient la nuit. Honnêtement, ils ne changeaient de continent que pour ça. Un auteur comme Ferdinand Sashi, un vrai grand, lui aussi ne venait ici que pour se saouler au bar du Minza, tous frais payés, et poser une main sur le poignet des serveurs. Une fois saoul, il décidait de se promener dans la casbah, sans plus voir la menace de la ville, rendue effrayante par la nuit.

— Eh... une blatte !

C'est ce qu'avait dit Boris Souratine sur la terrasse du café Aafa et qui avait attiré l'attention d'Arminé. Un des chats aussi s'était dressé.

Voyant qu'Arminé levait les yeux de son livre, Boris Souratine avait ajouté :

— Nous vous envahissons.

Il faisait partie de ces gens qui disent « nous vous envahissons », et qui le font, qui vous envahissent.

Un décideur. Il avait dit :

— Regardez, elle s'est planquée ! Le chat l'a vue.

Le chat taquinait une feuille de laurier. La blatte vivait dessous.

Le chat avait posé une patte sur la feuille, d'où immédiatement s'était échappée la blatte. Les forces de la blatte étaient incommensurables. Le chat s'était contenté d'aplatir sa patte sur l'insecte. Entre les coussinets, la pauvre blatte s'était démenée, stupide de célérité, tandis que le chat lui chatouillait le dedans avec la pointe de ses moustaches. Il en louchait d'intérêt, de voir l'insecte croustillant : la bête était dévorée, en pensée.

Boris Souratine était subjugué.

— Il va la bouffer !

C'est ce qui s'était produit.

— Elle était pas très noire, avait-il dit.

— La noirceur n'est pas dans la blatte, avait répondu Arminé.

C'était suffisamment étrange pour qu'il fût pris de court.

— Pas dans la blatte ?

— La noirceur n'est pas dans le chat, non plus.

Elle était brune, longue, sa voix impliquait une certaine société, une éducation, on avait dû croiser de telles femmes dans le bassin méditerranéen tout le temps des présences française et anglaise. À Alexandrie dans les années 40. Chez Durrell.

— Pas dans le chat ?

Et elle :

— La noirceur est en vous... et même, moi je trouve, on dirait nichée au cœur de votre intelligence.

Une agressive. Il adorait. Il les prenait avec les doigts, on les entendait crisser de tous côtés une fois bien en main. Il voulait la prendre pour lui apprendre, et après, juste après, se tenir à distance. Il ne voyait pas, le pauvre, que c'était Arminé qui le tiendrait toujours à distance. Que, comme on jette du grain aux poules, elle lui distribuerait de la distance. Qu'il en crèverait.

Là, chez Edwina, il suivait des yeux, intensément, quoique conversant avec d'autres gens, le manège d'Arminé autour de Claudio Barbaro. Il n'aimait pas beaucoup cette histoire. D'abord, il n'avait pas réussi à la mettre dans son lit et, ensuite, il enregistrait qu'il n'avait pas non plus réussi à la mettre dans le désir. Il n'avait rien réussi du tout, lui le vainqueur de Volgograd.

À un moment où elle se désaltérait au bar, il lui avait bondi dessus.

— Qu'est-ce que c'est que ce cirque ?

— Boris, mon vieux : abandonne.

Elle pouvait se passer d'éditeur depuis le début. Et puis, depuis ce soir, elle pouvait se passer d'écrire. Les mots n'étaient plus que des choses à dire à un Italien, et un jour directement en italien. Parce qu'il était illusoire de confier ces réalités à Boris Souratine, elle se contenta de lui sourire, pas tout à fait le sourire ésotérique dont elle avait inondé Claudio Barbaro, mais enfin un sourire, jusqu'au bout sa politesse avec le voyeur de blattes.

Boris fit l'homme altruiste.

— Écoute, moi je te dis les choses pour te ménager. Tu ne vois pas le regard des autres, comme d'habitude. Tout le monde ici trouve que tu es ridicule. C'est embêtant, pour un écrivain, de ne pas voir les autres. Et tu ne seras jamais crédible avec ton écriture si tu fais sans cesse la preuve de ta superficialité. Et tu es seule, en plus. Claudio Barbaro, lui, a des excuses, il fait la même chose avec tous.

C'est ainsi qu'elle apprit que cet amour portait le merveilleux nom de Claudio Barbaro. La nuit, maintenant, elle pourrait mettre un nom sur un corps, et le corps serait là à partir d'un nom qu'elle murmurerait dans ses draps, jusqu'à embuer ses yeux avec son propre souffle. Et il y aurait des lampions, non, pas des lampions, une palpitation, autour des lettres extraordinaires du nom de Claudio Barbaro. Ça clignoterait comme une boule de boîte de nuit, fanion de la fête constante du nom de Claudio Barbaro. Et quand d'autres prononceraient devant elle le nom de Claudio Barbaro, elle serait transfusée en secret. À partir de l'ADN du nom de Claudio Barbaro, le plus beau des ADN, celui abstrait, celui-là seul qui peut prendre vraiment corps, elle reconstituerait la part de poésie qu'est tout nom, et c'est pour cette raison qu'on mettait le nom des gens sur leur tombe, pour que reste d'eux, en plus de l'âme, la poésie, elle reconstituerait l'ensemble de Claudio Barbaro avec les yeux d'eau de source, les mains de bonzaï, ce cou dévoilé, ces coudes vivaces, le centre infini, centre de Claudio Barbaro, elle reconstituerait l'odeur de cet homme, odeur était un mot qui ne convenait pas, parce que le mot qu'il fallait c'était ardeur. Elle filait le retrouver sur la piste de danse pour que ce soit toujours plus beau et charnel.

Ils étaient restés à se rencontrer sous les marronniers, devant le 22, avenue Gabriel, calés contre le capot d'une voiture.

L'immeuble d'Edwina Kessel donnait sur les jardins de l'Élysée, et inévitablement, au 22, l'angle du parc présidentiel s'amorçait, avec la guérite de guet et un policier dedans, en faction. Ni Arminé ni Claudio Barbaro n'étaient plus en mesure de se sentir observés. Depuis maintenant quatre bonnes heures qu'eux-mêmes ne voyaient plus personne, les bruits leur parvenaient sourds. Pour eux il n'y avait maintenant rien d'autre à percevoir que la signification du silence, tandis que le policier, lui, faisait son métier. Il surveillait. Pour commencer, il les avait vus sortir du 22, avenue Gabriel, fête du dernier étage, un couple, le bon sens, et ensuite, il les avait vus venir, comme on dit, les deux amoureux seuls au monde qui allaient peut-être l'obliger à se faire détester. L'amour en actes avérés sur la voie publique était prohibé quelle que soit l'heure de la journée. On pouvait se tenir la main, on pouvait laisser filer la main vers où on voulait, avec arrêt, stationnement. Mais si l'ambiguïté se levait pour le passant, là, c'était considéré comme action, d'où immédiatement réaction du policier, si policier il y avait. Tout ce qui était interdit finalement concernait le policier. Donc, il était debout, juste le bassin appuyé contre une tablette fixée à la guérite, prêt à s'en mêler. Cette femme assise sur le capot d'une voiture n'était pas catégoriquement hors la loi. Le policier savait que, entre ce qui est autorisé et ce qui ne l'est pas, il y a la liberté des individus. En revanche, cette femme, les jambes autour des hanches de cet homme, là le policier jugeait que c'était à étudier de plus près. Il se tordait dans sa guérite, empalé sur une arête de sa tablette, effaré malgré tout à l'idée de devoir débouler si ces manières n'étaient pas que jeu d'enfant. À propos d'enfance, le policier était un jeune homme et, somme toute, n'avait jamais surpris d'adultes complets enlacés. Ses parents avaient tout fait pour que cela ne se produise pas et, là, il tombait en plein dessus. Cet homme avec cette femme, malgré son jean, était un monsieur. Le policier, d'origine portugaise, trouva que cet homme ressemblait à ces messieurs des beaux cafés de Lisbonne, avec un chapeau, et sans plus trop de cheveux sous le chapeau. Cet homme ressemblait à un oncle, bien que le policier n'ait jamais eu d'oncle aussi chic. Un oncle, on ne l'arrête pas. Ensuite, la femme, eh bien, c'était une compagne et pas une fille, et le policier avait beau inspecter les longues jambes, deviner une intrépidité de cette femme rien qu'à sa façon de croiser ses jambes autour de son compagnon, elle restait une femme, car seule une femme authentique pouvait se permettre une telle enfance consentie. Alors, pour ce policier, qui avait pris son service sans grand allant et qui s'était cru condamné, depuis sa guérite, à chasser les moucherons qui l'attaquaient à partir des marronniers, quelque chose de merveilleux se révélait. Il se demandait notamment depuis combien de temps ces gens se connaissaient, s'ils étaient mari et femme (il fut effrayé de la rapidité avec laquelle il se répondit non), s'ils s'aimaient (oui !). Comme quoi, aussi bien de loin, l'amour produit son effet. Il se disait que si ces gens se mettaient à faire l'amour, là, devant le palais de l'Élysée, on allait entrer dans la catégorie des choses interdites, et il faudrait intervenir. Intervenir sur l'amour. Or ce policier, qui s'appelait José Pereira, exécrait les interventions, pourtant présentées comme nectar de l'action à l'École de police. Il plissait les yeux pour estimer, dans l'embêtante pénombre, s'il pouvait faire semblant de ne rien voir ou si, emblème du bon droit, il allait devoir foncer pour disperser le groupe. Ils avaient l'air habillés. Elle avait l'air nue. Elle avait l'air légèrement vêtue. Elle n'était pas dévêtue. Elle avait des soubresauts enfantins, des jambes d'ailleurs toutes joyeuses. L'homme semblait heureux, le dos enroulé sur la femme. Mais bon Dieu, purée, baisaient-ils ?

Le policier repensait bien entendu à son patrimoine érotique personnel. Et ces réflexions lui procuraient une sensation au niveau du bassin qui n'avait rien à voir avec la pression de l'arme de service contre sa hanche.

On aurait juré une tonnelle de glycine, les branches lourdes et basses des marronniers sur Arminé et Claudio Barbaro. D'une manière ou d'une autre, ils venaient tous les deux de pays où ces fleurs correspondent au repos et à la disponibilité. Elle lui caressait la nuque. Seuls les coiffeurs et les masseurs touchaient le cou de Claudio Barbaro. Le coiffeur, c'était à peine, ça ne comptait pas. On ne peut pas prétendre non plus que ses cheveux poussaient vite au point que c'était tous les jours de bons alibis pour aller se faire tripoter la tête. Quant aux masseurs, ah il ne serait pas dit que Claudio Barbaro n'avait pas cherché de ce côté-là. Il se faisait manipuler à l'huile d'ambre, à l'huile de lavande qui brûle ce qui est à vif, à l'huile Shapurdarmi qui cautérise, à l'huile d'onagre recouverte d'argile, à l'huile glacée contact de mercure, à l'huile tiède ayurvédique qu'on vous fait couler de la racine des cheveux à l'anus. Il connaissait ses points et voulait qu'on appuie dessus. Qu'on n'ait pas peur de lui faire mal, la douleur étant de ne pas être touché. Bien sûr, il pouvait le faire lui-même. Il y avait toujours le recours de vivre sans les autres, ses propres mains sur son propre corps, sinon que c'était un cercle vicieux, et l'expression « se mordre la queue » avait été bien trouvée pour résumer cette fausse bonne idée. Il avait besoin de la main de l'autre.

Ils parlaient assez peu, au début. De sa part à elle, des murmures extasiés pour dire :

— Vous êtes beau !

De sa part à lui, une sidération plus tranchée qui ricochait sur la joue d'Arminé :

— Ce n'est pas à moi que tout ça arrive.

Comme sa mère lui avait appris qu'il n'était pas le centre du monde, Claudio Barbaro était très surpris qu'on tourne soudain autour de lui, car enfin son sort avait été arrêté des années auparavant. Il ne voyait pas trop comment rediscuter le destin, ni pourquoi le faire. Sur les murs disons bien blancs de sa vie, des meubles avaient été placés. Les meubles qu'on change de place après des années laissent partout des traces à leur ancien emplacement, traces jaunes, en plus, comme pour rappeler que le temps et l'histoire, quoi qu'on fasse, restent ici à l'endroit initial. On s'habitue à son destin, mine de rien. C'était une sacrée donnée familière que jamais, jamais, on n'ait trouvé Claudio Barbaro fantastiquement beau. C'était ligne droite et corridor inné que Lizzy, sa femme, son épouse, ait toujours eu les pieds sur terre quand il s'agissait d'apprécier les qualités esthétiques de son mari : elle se bornait à le trouver pas mal. Que, pour faire sensation, il ait toujours fallu qu'il ait bu, et qu'ensuite, deuxième étape, les autres aient été informés de qui il était. Ça, qu'un Barbaro lignée majeure se mêle à la foule, oui, pouvait produire son effet. Mais là, une femme qui ne savait rien de lui le trouvait époustouflant. Une des premières choses qu'il avait dites, dès la piste de danse, tellement la frousse le rendait honnête, c'était qu'il était marié. À quoi, elle avait répondu que oui, ça se pouvait. Et puis quelqu'un avait demandé : « Claudio, mais quand est-ce que tu nous invites à Milan, dans ton palais ? », après quoi Arminé avait blagué : « Palais ! Je crois qu'ils se fichent de vous ! » Elle était à cent lieues de savoir à qui elle avait affaire. Cet emballement, c'était pour lui, pour Claudionino, sa peau, ses os, son être. Incroyable. Mais nos têtes sont faites ainsi que, si une chose est incroyable, alors justement cela devient ce à quoi on peut croire de toutes ses forces. D'accord, il avait un destin, personne ne resterait jamais là « en son honneur », mais il savait malgré tout reconnaître le destin sous toutes ses formes. Chacun est concerné par le sens de la vie, même ceux qui jouent à être au-dessus de ça. Il comprenait que cette femme tombait, peut-être pas du ciel, mais enfin d'un endroit vers où les hommes regardaient depuis toujours. Et sa façon d'accepter cette idée, d'avoir pour lui-même la première indulgence de sa vie, allait être d'écouter, lui le bavardeur en perpétuelle incantation, et de se laisser bercer, parce que, contre le capot de la voiture, au lieu de tout ce que redoutait le policier, elle le berçait.

— Vous êtes beau.

— Je suis marié.

Il n'avait plus aucun baratin dans le cœur.

Aussi bien, il l'avait embrassée.

— Je suis marié.

Il le disait dans le baiser.

C'était nouveau, au lieu d'embrasser une bouche, d'embrasser des mots. « Vous êtes beau ! » ruisselait partout. Il essayait de tout attraper avec sa langue. Et quand Arminé se taisait, maintenant il n'osait dire « Je suis marié », il était pendu à ses lèvres, il prêtait l'oreille, il embrassait le silence car, jusqu'à preuve du contraire, dans le silence naissaient les mots, et après tout, à partir de maintenant, il n'allait faire qu'attendre qu'elle lui parle.

Ça se passerait dans cet ordre, il en avait la prescience affolante : il bavarderait avec des gens à des dîners, et soudain, ça ne pourrait plus attendre, il faudrait qu'il parte, il aurait envie de silence. Il dirait au revoir, peut-être très courtois, surtout trop reconnaissant aux gens de le laisser filer. Il chercherait du silence. À peine serait-il seul, dans l'ascenseur en descendant, dans la rue vers le taxi, dans le taxi à tous les feux, l'envie d'entendre cette femme lui monterait. Ça lui monterait, comme une perspective.

Il avait plongé dans les yeux profonds d'Arminé. Le regard noir à la clarté totale. Seigneur, qu'allait-il faire d'une perspective ?

— Vous allez chambouler ma vie, avait-il dit.

De fait, il ne pouvait pas non plus le lui cacher. Et aussi :

— Je suis marié.

Elle lui caressait le front.

Et aussi, il avait dit :

— Qui aurait pu imaginer qu'on allait se rencontrer ?

Et elle avait répondu :

— Moi.

Arminé était vive chaque fois qu'une réponse était à faire jaillir stupéfiante. Lui aurait bien voulu cadrer cette euphorie, la limiter au petit parc du jeu, avec un cynisme pour parler de son hochet, une légèreté, celle qu'il mettait dans tous ses actes sexuels, pour pas s'emmerder, pour pas merder. Hélas ce soir-là, avenue Gabriel sous les marronniers, quand il avait voulu dire : « J'ai trop bu, attention, tout vient du fait que j'ai trop bu », sa bouche s'était ouverte et il avait dit : « Vous allez être l'amour de ma vie. N'allez pas croire que ce soit l'effet de l'alcool. » Quand il avait voulu dire : « On va chez vous, non ? » (dans son milieu, on mettait « non ? », à la fin de la plupart des phrases. Ces formes interrogatives disent clairement à l'autre qu'il est invité à s'exprimer. Elles permettent aussi de ne répondre à rien), sa bouche s'était ouverte il avait dit : « On ne fera pas l'amour ce soir, parce que c'est trop important, promettez-le-moi. » Quand il avait voulu dire : « Ne nous affolons pas », sa bouche s'était ouverte et il avait dit : « Vous me rendez fou, parce que c'est l'apparition de la sagesse. » Mais quand elle avait répondu : « Un fou, ce n'est pas ça. Un fou, c'est quelqu'un qui n'arrive pas à vivre. Alors que vous, regardez... », il lui avait donné raison, c'était atroce, il s'était reconsidéré en personne rare.

Arminé le tenait contre elle et le balançait, ce contact était beaucoup aussi le rythme des vagues, et elle savait que dans l'amour, et elle savait que là c'était l'amour, le premier qui y pense prend soin de l'autre, l'emmène au calme. Elle remarquait aussi un flottement dans le corps de Claudio Barbaro qui l'incitait à flotter elle aussi, pas le flottement de la chose à laquelle on pense (chez Claudio Barbaro), mais le flottement du corps tout entier, notamment le dos en apesanteur, une corpulence retenue, ce qu'il ne fallait pas longtemps à Arminé pour appeler une élévation. Alors elle le berçait, geste des anges, elle se fabriquait deux ailes avec sa tendresse et l'enrobait dans le règne de l'étoffe et de la salive. Elle n'avait jamais été moins un ange, si un ange est une créature asexuée. Au contraire, une femme. Une femme donc c'était ainsi, des fontaines partout et la soif d'autres choses, de quoi désaltérer un homme partout sur soi, et l'envie de se désaltérer ailleurs qu'en soi, dans d'autres fontaines d'un autre corps à portée de bouche. Si on s'en souvient, ce qu'elle savait du désir, c'est que cela vous emporte et que le désir, c'est le désir de se jeter à l'eau. Elle n'aurait jamais pu imaginer que se jeter à l'eau, c'était laisser quelqu'un d'autre plonger en vous.

L'effet que ces révélations produisaient sur Arminé, c'était qu'enfin le monde était à sa place et, très très prosaïquement, qu'on nageait dans le bonheur.

— Ça se fait à deux, Claudio Barbaro.

Elle lui chuchotait sa culture.

— Je suis marié.

— Grand. Immense.

Il se demandait si elle parlait là d'un déclic qu'il aurait dû avoir, bref si elle exprimait un reproche. En effet, le corps de Claudio Barbaro luttait entre le désir et la disparition. Une insouciance montait, palpable, et s'écroulait aussitôt. Il percevait, à l'endroit selon lui capital, ces configurations opposées. Elles n'étaient pas tellement étrangères au pli qu'avait sa mère, jadis, de présenter un objet de derrière le canapé, et de le retirer vite fait. En ce temps-là, la griserie et la déception s'intercalaient jusqu'à l'excitation. Le jeu marchait. Sinon que là, avenue Gabriel, assister à ses contradictions le paniquait. Parfois, il décollait son bassin du bassin d'Arminé, dans une espèce de renoncement. Et puis, il se demandait : courir à sa perte, au fond, qu'est-ce que c'est ? Est-ce y aller, ou bien est-ce ne pas y aller ?

Affreux, il fallait le décider maintenant.

— *Need to be two to tango*, s'était-il entendu dire.

Sa culture à lui. Les slogans par lesquels son gratin international généralisait la vie, ce qui était une façon, mais alors là vraiment depuis tout le temps, de la relativiser. Voilà qu'il s'en voulait d'avoir parlé anglais. Ça lui semblait pose et distance non appropriées. Il se jugeait hors sujet. Mais au moment où il voyait la convention de, disons, une vie de slogans, tout à la fois devinait ce que disent vraiment les mots. *Need to be two to tango*, il percevait là-dedans un nouveau sens, le sens que la vérité donne à tout. Il se le traduisait aussi en français et reconnaissait que l'idée tenait. Le fait qu'il faille être deux, c'était si vrai que la notion dépassait les langues.

— Les mots..., disait-il.

— Vous êtes beau.

— Les mots, c'est important.

Chacun suivait son idée, comme il arrive également dans la fusion, Dieu merci.

Arminé aimait parler du langage. Le langage, ah c'était irrésistible. D'autant qu'affluaient vers elle là maintenant les illuminations de la linguistique, qu'elle se souvenait maintenant oui très bien que *barbaro*, le mot ne venait pas seulement de barbare, il venait aussi de l'idée ancestrale que le barbare était celui qui n'avait pas accès au langage, au sens où on ne comprenait pas quand il parlait, au sens où dans la langue du barbare seuls les *b* se distinguaient d'un magma dans lequel on refusait de voir des mots, au sens où le son *b* est le premier prononcé par un être humain quand il accède à la parole, au sens où... et puis la connaissance se reperdait, et elle renonçait à parler, événement considérable, et lui, sans rien savoir, il la serrait contre lui et, avec elle contre lui, percevait le candide et l'instruit de cette femme. Comme si les idées qu'elle n'énonçait pas, eh bien, flottaient avec l'ensemble.

Il avait demandé son nom. Au bout d'un certain temps, il n'y a plus que le nom des gens qui compte. Dans certaines situations bien typiques, on fronce les sourcils et on demande comment l'autre s'appelle, en dernier recours.

— Arminé.

— Arminé.

— Et vous : Claudio Barbaro.

Éblouie.

— Oui, Claudio Barbaro.

— Et d'où vient ce nom ?

— Venise.

Éblouie.

— À Venise, les Arméniens possèdent une île, avait-elle dit.

— San Lazzaro.

Une branche de l'Église arménienne possédait dans la lagune l'île de San Lazzaro. Un cadeau qu'on leur avait fait. Il le savait, bien sûr. Les Vénitiens savaient précisément ce qu'ils avaient donné. Il le savait comme on sait ces choses, soit parce qu'on est arménien, soit parce qu'on est vénitien.

Pour quelqu'un qui comme elle connaissait l'île de San Lazzaro, elle replia davantage ses jambes autour des hanches de Claudio Barbaro, le cajola un instant, puis, ayant visiblement privilégié une autre façon de rendre hommage à leur point commun, elle l'écarta au contraire, se laissa glisser du capot qui avait gondolé, et se mit debout, soudain très élancée sur les chaussures à semelles compensées orange et kaki. Elle les ôta en deux mouvements, d'ailleurs, et, les chaussures dans les mains, s'avança vers les jardins des Champs-Élysées, qui étaient là, à deux mètres. Elle mit ses pieds nus sur le gazon, jeta un regard de feu – c'était de l'exultation – à Claudio Barbaro, et il devina qu'elle s'apprêtait à faire une chose invraisemblable, il crut qu'elle allait s'envoler, le laisser là, et pour ça, je veux dire pour que cela n'arrive pas, il aurait pu s'agenouiller et pleurer et implorer.

Elle n'allait pas du tout partir. Elle était immobile, si on peut appeler immobile l'air malicieusement sur le départ qu'elle avait, et attendait Claudio Barbaro ne savait quoi, il supposa un signal de lui et il le donna comme il pouvait, selon l'inspiration, en se campant bien devant elle, au bord du gazon. C'est ce qu'elle attendait. Elle recula, leva les bras en l'air, un cerceau, une danseuse. Aussitôt, Claudio Barbaro vit le corps d'Arminé à son avis s'élever dans les airs, et au fond la voir s'évaporer de cette façon n'avait plus rien d'étonnant. Il regardait quasi dans le ciel ce qui restait d'elle. Mais, l'instant d'après, le corps était de nouveau debout face à lui, plus près de lui, et il comprit qu'elle avait simplement fait la roue et que, là, elle le saluait, une révérence. Il comprit que lui, Claudio Barbaro, l'homme qui connaissait un lubrifiant particulier venu des États-Unis et qui rêvait de l'utiliser avec des femmes que plus rien n'impressionnait, avait fait la connaissance d'une Arménienne qui faisait la roue. Il comprit qu'il trouvait ça normal et que la seule anomalie de la situation, c'était que, tandis que la robe de cette femme s'était retroussée jusqu'à lui remonter dans le cou et qu'elle avait donc montré son corps, eh bien il n'avait rien mémorisé, cet idiot. Il n'avait rien vu ! Il comprit que ne rien voir, et vouloir revoir, allait régenter sa vie. Il comprit ce que les hommes comprennent quand, une fois dans leur existence, ils acceptent d'être bluffés, à savoir admettre que tout nous dépasse, et qu'il faut mieux se laisser masser la main par quelqu'un qui saura vous ouvrir la paume que tenter de tenir quoi que ce soit.

Dans sa guérite, le policier vivait des faisceaux d'intensité. Pour lui aussi, l'heure était grave. La pelouse, là, c'était interdit, trois fois interdit, interdit le jour, interdit la nuit, et en dernier lieu interdit pas permis interdit, niet. Les gens n'avaient pas le droit. Il n'allait pas faire ami ami avec des violeurs de pelouse publique. Il était français, en plus. Il était français. Pour qui se prenaient ces jouisseurs des beaux quartiers, pour aller piétiner des endroits tondus pour la France ! Il voyait rouge dans sa guérite, la main sur son arme.

Juste après, son opinion évoluait. Le cas n'était pas si primaire. Ou bien, plutôt, le cas n'était pas si compliqué. Enfin, il était particulier. Ce policier avait lui aussi assisté au miracle de la femme. L'École de police était flasque d'ignorance face aux multiplicités des miracles. Le vrai coup stupéfiant n'était pas la multiplicité des pains, c'était les miracles à répétition, et si on allait chercher par là, le Portugal avait ces mystères, désolé. Des choses sacrées, ne serait-ce qu'à Nazaré, où un pape a fini par venir en personne admettre que le phénomène dépassait l'entendement. Le policier était familiarisé avec les grands événements inexplicables. Il fusionnait, portugais. Comme Claudio Barbaro, il s'était étonné du recul de la femme et avait cru qu'elle s'enfuyait. À ce sujet, il avait pensé : Oh non ! le malheureux homme ! Elle s'enfuit, alors qu'ils n'ont pas fait l'amour ! Et il s'était fait la réflexion que, s'il pensait ainsi, c'est qu'il savait, au fond de lui, malgré ses pseudo-hésitations et ses mauvais angles de vue, que cet homme et cette femme n'avaient pas encore fait l'amour. Quand elle avait levé les bras, et puis un genou aussi, il avait lui aussi cru qu'elle s'envolait, qu'elle montait dans un engin invisible, un marchepied, oui, elle fichait le camp par le haut. Et quand elle avait fait la roue, il n'en avait pas perdu une miette, figure-toi. La femme portait un slip noir, et la femme avait les seins nus. L'homme, il était face à la femme et de dos, pour le policier. Eh bien, rien qu'à regarder le dos de cet homme on déduisait qu'il perdait les pédales, qu'il n'avait jamais vu ça. Il était bras ballants, les épaules relevées, chopé en plein étonnement. Le policier avait eu une sympathie pour cet homme. Il en avait une pour la femme parce que c'était une femme extraordinaire qui faisait la roue. Alors chose absolument significative d'à quel point tout se rencontre et se répercute, le policier avait lui aussi pensé au langage, cette femme pour lui représentant le créole portugais, cette langue qui, par des bouts de portugais, te fait jouer à trouver du sens à ce que tu ne comprends pas.

Voilà comme le langage les tenait tous, ce soir-là.

Or, pendant que ce policier hésitait, l'autre policier arrivait en trombe de la guérite opposée, gueulant comme aurait dû le faire José Pereira. Il courait le bras levé genre j'ai une hache, tu vas voir. Il apparut au policier José Pereira que le premier coup de hache serait pour lui, incompétent policier mal civilisé, incapable de sévir. Passé le délire de la stupeur, José Pereira comprit que la hache l'épargnait, c'était une chance, mais moins sympathique était le fait que cette hache filait vers la pelouse où l'homme et la femme, saisis par les vociférations, ne bougeaient plus, offerts à la mort.

Si vite, José Pereira lui aussi était sorti de sa guérite, essayant de devancer l'autre policier, officiellement pour ne pas totalement perdre la face, et en vrai, mais il l'ignorait, pour sauver le couple. Il avait été très vite sous leur nez, d'abord à dévisager la femme que l'incident faisait sourire, et ensuite l'homme, si précieux, à qui des siècles de distinction avaient appris qu'on ne crie pas en parlant. Bon, ils n'avaient pas peur. Toutefois, José Pereira aurait voulu dire immédiatement qu'il était de leur côté, qu'il venait du Portugal, ville d'Évora, qu'il était gentil, et enfin dire : « Qu'est-ce que vous préférez, que dans la police il n'y ait que des fachos ou bien des gens comme moi qui sont humains et qui vous aiment bien ? » Mais son collègue se ruait.

— Mais qu'est-ce que vous foutez, bordel ?

— J'intervenais, avait tout de suite expliqué José Pereira.

Mais la question ne lui était pas adressée. Le collègue fixait le couple, les yeux exorbités.

Arminé, peut-être parce que c'était elle qui était montée sur la pelouse et avait fait la roue, avait répondu la première :

— On jouait.

Claudio Barbaro, définitivement ensorcelé, avait plaidé lui aussi.

— Oui, on jouait.

Eux aussi les deux policiers étaient épaule contre épaule. Celui qui avait pris le pli de hurler s'était adressé à Claudio Barbaro, comme si la femme ne comptait pas.

— Et cette femme, elle se met seins nus dans un jardin public, sur une pelouse interdite, et donc le jeu, c'est ça ?

Alors là, tous avaient été estomaqués. Le policier José Pereira qui s'était cru le seul policier à tout bien voir, Claudio Barbaro qui n'avait rien vu du tout des seins découverts, et Arminé qui avait juste pensé faire une innocente roue en hommage à un Vénitien.

— Vous savez où vous êtes, ici ?

Personne n'avait répondu. Cette fois-ci, même pas José Pereira qui continuait de se sentir interrogé.

— Palais de l'Élysée. Présidence de la République. Et vous vous foutez à poil devant le Palais de l'Élysée. Et vos cochonneries devant le Palais de l'Élysée, tranquillement. J'ai rêvé ?

Cette question-là était pour son collègue José Pereira. Il allait de soi que la police ne se désolidarisait jamais. Re-dilemme de José Pereira qui ne pouvait pas appeler cochonneries ce qu'il avait reconnu comme la grâce créative du créole.

— J'ai fait bien attention. Ils ne faisaient rien de mal, ni lui ni elle. Elle le berçait. N'est-ce pas, vous le berciez ?

Il implorait par son regard l'adhésion d'Arminé.

— Je le berçais. N'est-ce pas, Claudio, je vous berçais ?

Pour Claudio Barbaro on mettait un mot juste sur des faits indiscutables jusqu'alors restés flous.

— Oui, elle me berçait.

— Je le berçais, avait redit Arminé, enthousiaste.

À elle aussi, les mots apprenaient ce qui était arrivé.

Le policier leur avait ordonné de déguerpir. Ouste. Claudio Barbaro n'était pas un homme à accueillir une salve d'ordres. Toutefois, il avait adoré se sentir uni dans la fuite à cette femme, et avait bel et bien décampé, les bras en avant, heureux. Il n'avait pas pu voir le discret geste de sympathie de José Pereira, qui, le coude au corps, celui opposé au côté de son collègue, agitait la main pour dire au revoir et bonne chance et je crois en vous. Le couple avait foncé en direction de la Concorde. Ils riaient. Quand cela avait-il été, la dernière fois où Claudio Barbaro avait ri sans que ce soit pour se moquer ? Ils riaient angle de la rue Boissy-d'Anglas (« Ici, c'est mon bureau »). Ils riaient longeant l'hôtel appelé Crillon (« Ici, c'est où nous ferions peut-être mieux d'aller »). Ils riaient rue Royale « Ici, c'est désert, regardez tout l'espace ! ». Ils riaient place de la Concorde, menacés par les voitures « Ici, c'est nous, immortels ! ». Et puis c'était écrit, ils étaient venus rire devant le jardin des Tuileries. Arminé s'était arrêtée devant la grille aux dorures, presque enluminures, tout juste restaurées par les artisans de l'État, Claudio les avait vus à l'ouvrage, des semaines entières à repeindre la grille. On l'avait fait pour eux. Elle s'était arrêtée, le rire dans le corps, les enfants ont ces signes, quand le rire les prend c'est de la tête aux pieds. Comme juste avant sur le gazon de l'avenue Gabriel, elle s'était tournée vers Claudio Barbaro, alerte, à tel point qu'il avait reculé au cas où elle ferait de nouveau la roue. Elle ne bougeait pas. Alors Claudio Barbaro avait eu peur qu'elle ne se jette sur lui et demande à faire l'amour, ce que toutes les femmes demandent, même si c'était plutôt lui qui avait demandé à toutes les femmes, jusqu'à présent. Accomplir ce soir-là une prouesse, il en était incapable. Il se disait, alibi : pour un si long voyage, à quoi bon jeter l'ancre si loin du rivage ? Il voyait nettement l'ancre en train de tomber dans le puits de ses terreurs, avec une vase au fond, s'il faisait l'amour trop tôt, sur un coup de tête. Ah oui, il avait peur, vu l'esprit ! Et puis, tandis que les bouts de protection commençaient de s'échantillonner dans sa tête, qu'il cherchait comment redevenir un Barbaro sur le dos de qui on ne peut pas trop taper, Arminé avait montré en quoi les appréhensions de Claudio Barbaro étaient à remanier. Elle avait dit :

— Ici, tous les matins, je cours. Et maintenant, je vais rentrer chez moi.

Il n'aurait ce soir ni à la gagner ni à la perdre.

Il était infiniment soulagé.

Il faut savoir que, le lendemain, leurs deux mondes se répondaient, rien que par le temps qu'ils allaient passer, chacun de leur côté, à reconsidérer la nuit. Pas trop éloignés géographiquement l'un de l'autre, même coin de la ville, lui dans son lit quai Malaquais dos à la Seine, fenêtres sur jardin, et elle à ciel ouvert, sur le balcon minuscule mais en pierre de son appartement, bien entendu vue sur le fleuve, les fleuves se jetant dans la mer et la mer étant le pays d'origine. De fait, un survol aurait démontré que, lui dos à la Seine, et elle en direction de, ils se faisaient face à quelques centaines de mètres d'intervalle.

Arminé avait dormi rigoureusement du même sommeil que celui impeccable de Beyrouth avant la guerre, le clapotis de la maison blanche la suivait partout, pourvu qu'elle soit heureuse. À l'heure où nous la voyons, elle dépiautait un melon sur son balcon. Elle le dégustait si lentement que plusieurs abeilles avaient eu le temps de venir, d'une roseraie tout à fait opposée, de l'autre côté de la rue, à l'école des Beaux-Arts. Arminé n'avait pas peur des abeilles, les abeilles étaient sublimes. Elle se laissait envahir en regardant droit devant elle, pas le fleuve, plutôt au-dessus, comme si tout ce qui flottait ce matin-là avait pris de la hauteur et gagné encore plus en considération. Elle se sentait infiniment reposée, avec l'immensité dans les deux sens, d'une part vers le passé, un horizon d'où elle émergeait, et d'autre part vers l'avenir, par ici aussi vaste visibilité. Ce calme, c'était l'amour. Et on pourrait se montrer plus magnanime : ce calme, c'était la passion.

Elle avait trouvé.

On prétend que c'est quand on ne cherche pas qu'on trouve. Énoncé ainsi, ce sont des âneries destinées à ce que les êtres ne tendent vers rien et restent dépendants de la consommation, au lieu de tenter la création. Arminé, elle, cherchait. Et elle savait que ce qu'elle atteindrait serait encore du mystère, que le flux ne s'arrêtait jamais, que donc, en plus, il n'y avait pas la mort. Une fois qu'on possédait une telle intuition, il n'y avait plus grand besoin de se mettre en quête. On n'organisait pas des castings à la sauvette. On ne se répondait pas à chaque invitation « au cas où ». On ne faisait pas sa vie, « en attendant ». Non, on pouvait être totalement immobile, semblable à celui qui ne cherche pas. Le mouvement, une béquille dont on n'avait plus besoin. Il y a peut-être des gens qui diront que, ça, ce n'est pas chercher. Que justement, ça, c'est ne pas chercher. Eh bien, ce sont des gens qui se trompent. Des irréfléchis qui pensent que c'est tout noir ou tout blanc, et du coup ont des vies beiges. Car les couleurs se donnent du mal pour faire respecter leurs moindres différences. Elles se vengent quand on les méprise.

Cela posé, le regard d'Arminé continuait de flotter sur le fleuve. Voilà, maintenant, elle allait voguer. « Trouvez-moi Alischane, immédiatement ! » On la trouverait voguant. Ça se faisait à deux. Aboutir avait les échos familiers d'Armen et Loussiné Alischane, le menton dans l'eau, prouvant qu'on pouvait y arriver. Pour toutes les fois où enfant, à Beyrouth, Arminé l'avait cru, que la vie était possible, eh bien là elle en avait une concrétisation. Si on s'y prend bien, à peu près tout ce qu'on croit est suivi de faits.

Elle se recréait le corps de Claudio Barbaro, suspendue aux perceptions de l'avenue Gabriel. Les fameux volumes cou bras épaules joues qu'on embrassait au lieu du vide. Le fameux vide espace qu'était la bouche de Claudio Barbaro. L'univers à partir de la langue. Une fourmi affairée, elle prenait ces images et les poussait devant elle, les faisait rouler, les hissait jusqu'à son balcon de pierre, et ce n'est pas que les images étaient lourdes, c'est qu'elle les voulait au maximum concrètes et avec toute leur condition terrestre, pour se révéler, elle, complètement féminine. Les femmes ont besoin de ces sensations, se disait-elle. Ah, c'était bien la première fois qu'elle se fondait dans le groupe. À présent, Claudio Barbaro transbahuté jusqu'à elle, elle évaluait son trésor. Un cadeau posé sur ses genoux, vers le haut des cuisses, rien que de voir le ruban elle avait envie de crier : merci, merci, merci ! Merci était bien un cri des Alischane. Elle examinait ses cuisses presque en leur expliquant la situation, qu'à présent elles n'étaient plus seulement deux membres pour fonctionner, qu'elles avaient elles aussi droit de cité dans l'ordre des dépassements. Ou alors, ah mais oui c'était plutôt ce cas de figure, les cuisses disaient ce qu'elles ressentaient, elles ne le disaient pas à Arminé, d'ailleurs, mais au soleil de juillet, au balcon de pierre, au melon, au café, aux abeilles. Il fallait prévenir une à une les créatures du grand changement. « Vous allez l'aimer », disaient les cuisses d'Arminé aux abeilles. « Claudio Barbaro », précisait la bouche d'Arminé à plus haut que le fleuve, à plus haut que les abeilles, au ciel, à l'azur, à une autre vie peut-être, car pendant tout ce temps, l'élévation avait gagné du terrain.

Depuis son lit, Claudio Barbaro, lui, souriait à un mur qui, d'habitude, ne lui faisait aucun effet. Bien souvent, cette limite avait été comme un blanc qu'on a, couché sur le divan du psychanalyste. Le cauchemar d'une surface qui se rapproche. Alors que là, un panorama avec des marronniers de l'avenue Gabriel qu'il voyait en fleur, couverts de chapiteaux odorants, et pourtant en juillet les fleurs avaient disparu depuis longtemps, et l'allergie aux pollens de Claudio Barbaro avec. Il était parcouru par une allégresse pas souvent éprouvée, certainement pas dans ce lit, en tout cas. Le désir était souvent venu jusqu'à son lit, mais jamais en beauté pure, en grâce imméritée. Or, sur la chance absolue, Claudio Barbaro avait des choses à dire, en premier qu'elle n'avait rien à voir avec lui, et en second qu'on pouvait s'en passer si on avait d'autres chances plus matérielles. La santé, par exemple, pour éviter le thème trop facile de l'argent. Et dis donc, des années de résignation, et c'était pour se surprendre aujourd'hui dans son lit, alangui, poussant des rires, chatouillé par l'herbe du jardin de l'avenue Gabriel ! Merde, des chatouilles ! À cinquante ans ! Des frissons le parcouraient rien que d'y penser, ils se modifiaient rapidement parce que c'était un homme. À ce propos, il s'était échiné tout seul, et maintenant couché sur l'échine, il se représentait pour la dixième fois l'avenue Gabriel, et, pour la centième fois, la grande grille des Tuileries. Au moment où, justement, sa vie quittait ses répétitions, pour s'engouffrer dans la nouveauté et l'invention, il se rembobinait tout ce qu'il pouvait, replié sur ses automatismes. Après tout, jusqu'à présent, il avait vécu de souvenirs. Au besoin, il savait enrichir le passé pour le faire heureux. Une décoction. Il lui arrivait même d'imaginer se souvenir de signes d'affection qu'il n'avait jamais reçus. C'était une tisane qui lui permettait de vivre, avec aussi le côté placebo, car ce passé sentimental ne contenait aucune substance active, sinon sa soif d'aimer.

Pour ce qui concernait le passé récent, il se revoyait le col du veston relevé, après avoir laissé la femme merveilleuse dans un taxi, lui les deux mains sur le cœur, pour lui montrer (le buste sorti du taxi, elle l'avait guetté jusqu'au bout) qu'elle comptait. Il avait fait ça, lui. Il ne regrettait pas. Il avait ensuite longé les Tuileries au lieu de les traverser, les arpentant au niveau du quai, la Seine, son cours en sens inverse de sa marche, symbole de ce qu'il avait fait en dernier lieu ce soir de l'avenue Gabriel : agir, mais reculer. Était-ce lui, place de la Concorde, par des mutations hyper-subtiles de son comportement, qui avait amené cette femme à comprendre en quoi il fallait se calmer ? Avait-il obtenu, par la seule force d'une résistance occulte, que la femme revienne au pas ? Il ne s'y connaissait pas trop en équitation. Avait-il serré les jambes et tiré sur un mors, et si oui, à quel moment ? Il ne fouillait pas trop, de peur que, dans le détail, son tour de force ne perde de sa puissance. Il aurait été idiot de se laisser glisser sur la pente du doute, maintenant qu'une femme exaltante avait trouvé qu'il sentait bon, et avait admis qu'il valait mieux en rester là. Il préférait rester dans le « ouf » total de cet au revoir inespéré devant les Tuileries. En outre, seul dans son lit, il pouvait bien se l'avouer : s'il avait suivi la femme, il aurait été décevant. C'est évident. Un homme ne pouvait pas faire la roue, à lui personnellement l'effort lui aurait écartelé l'entrejambe. Il n'était ni danseur, ni gymnaste, ni yogi, et ce n'est pas parce qu'il occupait une position intenable dans sa vie sociale que cela permettait pour autant de le considérer comme un contorsionniste. Ça ne voulait pas dire qu'il ne pourrait jamais emboîter le pas à cette femme, ni à n'importe quelle autre femme. Tout bêtement, hier, il n'avait pas été prêt. Ceux qui racontent que les hommes sont toujours sur le pied de guerre parlent d'hommes précisément jamais devant des femmes qui font la roue, ou alors dans le cadre de perversions très spéciales, au cirque. Rien à voir avec l'acrobatie enjouée. Celle-ci, elle te donnait des ailes. Des choses lui avaient poussé surtout dans le dos, il admettait. Voir cette femme près de s'envoler avait été contagieux. Toutefois cet équipement n'aidait en rien à prendre la femme, à la choper. Ce n'étaient pas des poignées. C'étaient des ailes sans vice, elles vous angélisaient.

Est-ce qu'on ne pouvait pas en rester là ? Tous les Barbaro avaient un bonheur de surface. Au fond, ce qui était sublime, chez les Barbaro, c'était l'aubaine du fait social. Il vivait dans les boiseries de son cabinet, près de la Concorde. Il avait ce bel appartement quai Malaquais, triple vitrage, à moins que ce ne soit quadruple, et ce qui donnait sur le jardin était silencieux et désuet, subtilement parfait. Il y avait une saveur à se sentir loin des gros pièges de la vie : la maladie, la connerie, la laideur, et surtout, la pauvreté. En plus, lui, il dirigeait ce cabinet d'avocats, à Paris. Il avait une puissance supplémentaire rien que par le droit des affaires. Mieux que d'avoir trouvé une martingale, une martingale l'avait trouvé et s'était attachée à lui, Claudio Barbaro. Il y avait eu cette fois, au casino, où jouant nonchalamment aux machines à sous pour gaspiller sa monnaie avec des amis, il avait vu ruisseler tant de jetons sur sa main que la main avait disparu sous les pièces, et il avait brisé le cadran de sa montre. Eh oui, le temps s'arrête quand on est riche. Il l'avait apportée chez l'horloger, pour réfection. Et puis, il ne savait pas pourquoi, puisqu'il était là, il avait demandé à l'horloger comment marchait une montre. L'horloger avait dit que, pour mesurer le temps, il fallait induire un déséquilibre. Ce bruit que faisait la montre correspondait à deux pièces d'un mécanisme qui se refusaient l'une l'autre, qui se renvoyaient sans cesse de l'une à l'autre, en fabriquant, par ce jeu de ping-pong, l'unité du temps. Que gérer ce déséquilibre, c'était ce qu'on appelait régler une montre. Que l'équilibre, c'était la question du déséquilibre. Cette explication lui avait parlé à un endroit ignoré de lui. Il avait chassé l'idée, sans comprendre laquelle.

Depuis deux trois ans il pensait à l'amour fou, tantôt grâce lointaine, qu'il remisait vers le temps de son mariage, tantôt occasion ratée, dans ce cas alors il ne voyait pas du tout laquelle. Il courait voir l'amour au cinéma, où l'amour fou le faisait pleurer. Il lisait l'amour dans les romans, plein d'admiration, comme on reconnaît la virtuosité d'un tour de force. Il écoutait Mick Jagger chanter « *I can't get no satisfaction* ». Au lieu de prendre ces mots comme il les avait toujours pris, un constat sexuel, il commençait à les traduire dans un autre esprit, plus lyrique. Le lyrisme à la fois l'exaspérait et à la fois l'emportait. On dit que chez l'être humain, c'est le fait de ne pas être satisfait de son sort qui fait naître l'amour. Il faut manquer pour risquer d'avoir. Dans ce cas, il était fin prêt. Il ne manquait de rien, quelque chose manquait. Va vivre dans l'étau d'une telle phrase. Il réévaluait son quotidien à la lumière du lyrisme. Il étouffait dans une vie beige, dans une maison beige, dans des draps chamois et beige, avec une femme attachante, le moins qu'on puisse dire, hélas qui étouffait dans une vie beige, dans une maison beige, dans des draps chamois et beige. Leurs tentatives pour changer de couleurs avaient abouti à, mettons, allez, allons jusqu'au bout, la couleur caramel. Elle et lui, ils se lançaient des regards désolés. Elle et lui, ils étaient navrés. Ils ne pouvaient pas aller plus loin. C'était en eux, leur maximum. Le beige passait par capillarité d'elle à lui. Ou alors des meubles à eux. Ou alors de l'ennui à eux. Ou alors de la déception à eux. En quoi était-il déçu, lui ? Qu'avait-il attendu de la vie qu'elle n'ait pas donné ? Il avait eu ce qu'il voulait. Il n'était pas seulement riche, il était compétent. Il n'était pas seulement chic, il était innovant. Il savait nouer un pashmina sur une chemise du week-end. Et pourtant quand il prenait ce putain de miroir grossissant, qu'il le posait sur ses genoux et qu'il se penchait, tout pendait. Oui, bien sûr, il se plaçait exprès pour se voir écroulé. Il se jugeait un perdant avec des joues molles, un pauvre homme. Il mangeait sans faim, suffisamment pour prendre du ventre et grossir comme une fille. Il se détestait petit et gros, car c'était ce qu'il croyait devoir devenir.

De temps en temps, il avait un regain. Il se disait : au bout du bout, tu as les Tuileries. Et juste après, il trouvait abominable de n'avoir rien d'autre qu'un jardin public. La philosophie le prenait à la gorge. Il gémissait : « *Aiuto !* » Au secours ! Il appelait, il implorait. Que quelqu'un vienne, le caresse, et l'emmène. Il savait que seul un grand amour pourrait le sauver. Il lui fallait la force d'une illumination. Combien de fois avait-il rêvé rencontrer une femme extraordinaire, pour se révéler un homme à part entière. Combien de fois avait-il pensé que si une inconnue maintenant faisait pipi devant lui, ah lui, il ne la laisserait jamais partir. Ah non. Ah, il se démènerait lui pour vivre l'amour, mission de tout homme. Et à la fin, combien de fois avait-il donné son meilleur ? Il avait une envergure qui attendait son heure. Il avait essayé d'aimer sa femme, malgré la distance, tellement il avait envie d'amour. Combien de fois s'était-il mis littéralement dans l'amour en lui parlant gentiment, en lui proposant des balades aux Tuileries, des séances au cinéma et il avait les tickets dans la main, des voyages à Cadix. Qu'on s'en sorte. Mais Lizzy, elle n'y arrivait pas. Peut-être que quelque chose était mort. En tout cas, quelque chose à quoi elle tenait, parce qu'elle ne voulait pas non plus qu'il parte. Si elle isolait la moindre soif de vivre chez lui, elle se sentait exclue. Elle le voulait là, avec la somme d'amour qui lui restait. Ils faisaient chambre à part, officiellement pour avoir le plaisir de se retrouver, officieusement pour ne pas avoir à mentir. Une fois, sur le point de quitter sa femme, il lui avait dit, et à elle la portée de ces mots n'avait pas échappé : « Je suis partant ! » Bon, c'était pour aller à la piscine du Ritz. Toutefois, elle avait sans doute bien compris qu'une telle jubilation n'augurait rien de bon. Elle n'était pas idiote.

Ce matin d'après l'avenue Gabriel, il avait saisi son téléphone. Dans le répertoire de son mobile où défilaient les noms plus du tout importants du monde entier, son doigt s'était posé sur le nom d'Arminé. La veille elle avait entré ici son numéro de ses propres mains parce que lui, de près, il n'y voyait rien. Il l'avait regardée agir, avide. Alors là, maintenant, le numéro composé, il attendait avec la même avidité. Et il avait entendu :

— Claudio Barbaro !

Son nom épanoui, entonné dans la bouche de cette femme. Son nom, une pivoine.

Et lui, sur-le-champ :

— J'appelais, parce que je me demandais si vous aviez bien dormi.

Car lui, Claudio Barbaro, quand il trouvait le courage de composer un numéro, avait forcément quelque chose à dire, une phrase, une idée, qui lui permettait de s'engouffrer.

Et elle :

— Je flottais. Et vous ?

Et hop, la bouffée d'air. Et hop, lui un chien dans une automobile, la truffe au vent dans la fente de la vitre. Et hop, un homme devant lui et l'homme c'était lui et l'homme était une luciole illuminée et légère, et avec uniquement le vrai poids du corps, la fameuse pesanteur sacrée, lourdeur des couilles, lourdeur des seins, car le corps d'un homme, dans le désir, n'était pas limité à son corps et à ses pesanteurs mais aussi au corps de la femme. Les organes. L'amour. Ah, ça y est, il roulait dans le rêve. Il se retenait, mais vas-y, accroche-toi quand ce n'est plus toi qui te jettes dans le rêve mais le rêve qui se vautre sur toi, avec son duvet plus doux que les endroits planqués de ta peau. C'était comme s'il était monté avec une femme, attention, attention, pas comme on « monte avec une femme », mais disons qu'au moment où il avait cru que cette femme quittait le sol, pas comme on s'envoie en l'air, attention, attention...

— Je flottais moi aussi.

Combien les mots étaient faciles à dire. Eh oui, lui aussi il avait le même don qu'elle, attends ! Le langage ! Il ne l'avait pas seulement parce qu'une femme à prendre (par lui) l'avait, non, il l'avait en lui. Ah, elle venait bien dans sa vie pour un inventaire complet de ses qualités. Peut-être la mère de Claudio Barbaro avait-elle raison et n'était-il pas le centre du monde, mais, au centre de Claudio Barbaro, un monde étincelait. Il se souvenait d'avoir vu étinceler des choses en lui quand il était enfant, à de rares moments, mettons en cueillant des framboises et puis en les offrant à son frère Alvaro au lieu de les manger toutes.

Ils ne s'étaient pas donné rendez-vous chez Arminé. Ils n'avaient pas repris les thèmes de la soirée pour se les remettre en bouche. Ils n'avaient pas glissé les avances érotiques qui vous placent d'office dans un entonnoir lubrique. Aucun des deux n'avait demandé : « Bon, alors, maintenant, qu'est-ce qu'on fait ? », d'un air de passer aux choses sérieuses. Ils n'avaient pas, par des silences lourds de pression, influencé la suite des événements. Ils n'avaient pas laissé des tensions enrayer leur rencontre. Ils n'avaient pas décidé de boire un verre et advienne que pourra. Ils n'avaient pas parlé d'Edwina Kessel qui avait laissé des messages à tous deux pour se tenir au courant de ce qui se tramait sous sa houlette. Ils n'avaient pas utilisé le nom d'Edwina pour en faire le social à pulvériser, témoin et obstacle de leur rencontre. Ils n'avaient pas épilogué sur le destin. La chose, pour appeler les choses, justement, par leur nom, était restée en suspens. Arminé avait dit :

— Savez-vous que nous sommes complémentaires ?

Claudio Barbaro avait dit :

— Vous et moi ?

Arminé avait répondu :

— Arméniens et Vénitiens.

Et à cet instant, leur façon d'être avait réellement vu le jour. C'était typiquement Arminé de les insérer dans un projet plus grand et immense que leur histoire. L'Histoire. Elle savait emmener, on l'a montré. Là, elle allait mettre Venise sur le tapis, mais prépare-toi c'était un tapis d'Orient. Claudio Barbaro ne vivait pas forcément avec la conscience d'être vénitien. Venise, il en connaissait parfaitement l'histoire, parce que, au bout du compte, il y avait à la savoir quand on était qui il était. Toutefois, il avait abandonné l'Italie. Cette notion était derrière lui. Elle lui restait en irritation, quand il avait l'impression qu'on s'appropriait son pays. Très exaspérant, pour ne citer qu'un exemple, était le pli des Français de s'approprier son quartier, le Dorsoduro, excentré par rapport à San Marco, pour en faire un secret chic et de choix, avec un mépris pour les sites touristiques, en évoquant de toute manière l'ensemble comme une Venise à eux. Certes, il s'en foutait. Sauf que la faconde des étrangers le rendait possessif. On lui prenait son jouet. Il détestait. Alvaro jadis lui avait pris des mains des choses qu'il ne savait faire fonctionner, ou qu'il avait brisées par sa maladresse.

Que les Arméniens aient un lien avec les Vénitiens, Claudio Barbaro n'en doutait pas.

— Oui, vous m'avez dit : le monastère de San Lazzaro.

Pour poser qu'il prêtait attention à elle, qu'il l'écoutait.

Et Arminé :

— Dix-sept moines. Ils ont construit le monastère de leurs propres mains, puis ils ont réussi à quadrupler les dimensions de l'île par leur ingéniosité.

En admettant que ce fût vrai : première nouvelle. Mais enfin, mythe ou réalité, tiens aujourd'hui il acceptait d'être édifié. Il ne savait pas s'il avait l'indulgence du patron tyrannique pour la nièce espiègle qui fume à table, ou bien s'il acceptait la valeur de l'Histoire que les gens se racontent. Ah oui, c'était une Venise passionnante, celle où les étrangers investissent leur destinée, et pas seulement leur grotesque voyage de noces. Eh, le téléphone collé à son oreille, il avait soudain pensé que mariage et destin, au fond, étaient deux choses différentes, et il s'était senti mieux. Du coup, assez réjoui, il avait croisé ses jambes sur son lit et s'était bien calé dans les oreillers pour écouter la suite.

— 1816, disait Arminé. Pendant six mois, Lord Byron vient tous les jours deux fois par semaine étudier notre culture arménienne sur l'île de San Lazzaro. Il est fasciné par la lagune. Il partira de là sur une phrase, qu'on gravera ensuite sur la pierre à San Lazzaro : « Le visiteur comprendra ici qu'il y a des choses autres et meilleures, dans cette vie même. »

Claudio Barbaro était ému. Lui, il aurait formulé les choses ainsi : « Quelque part, ça m'émeut. » Pour dire que c'était pas partout, non plus. Il faisait son possible pour conserver un quant-à-soi.

— Vous êtes fière d'être arménienne, non ?

Propos de routine. Avec la fameuse forme interrogative de principe, véritable tic de son milieu. Et aussi une façon de remettre toujours les embarras de la conversation dans les mains de l'autre. Si ce n'est que pour Arminé, une question, quelle que soit sa forme, était un signal. Jamais d'embarras. Là, on lui demandait de dire les grandes choses connues depuis l'enfance. Alors au téléphone, pas le moins du monde entravée par l'objet trivial et distancié, elle s'était mise à dérouler sa parole, et pas seulement sa parole, aussi sa sève et la musique cent fois entendue dans la maison de sucre blanc du cousin levantin. Elle ne voulait rien prouver à Claudio Barbaro. Elle voulait qu'il éprouve. Et pour ça, la poésie ! Pour ça l'épopée ! Oui, nous valons la peine. Je ne parle pas de vous et moi, tous les deux, nous sommes complémentaires. Mais nous Arméniens, pour partie un peuple rêveur (rien n'est jamais catégorique), venus vers vous, les Vénitiens, pour vous dire notre envie de nous lier à vous. Ce n'était pas si facile, parce que vous, Vénitiens, vous vouliez bien de nous pour les taxes et nos connaissances, mais vous ne vouliez pas consacrer notre honorabilité. Ce n'est pas grave, et nous avons fini par vous toucher. Les Sheriman (des Arméniens), au dix-septième siècle, achètent le titre de patricien. C'est la fin d'un siècle entier de tentatives. Voilà notre amour pour votre cité.

Pendant que vous, vous veniez chez nous en conquérants, nous, nous savions que la terre à conquérir, c'était Venise. Et c'est si fort que moi hier soir je suis venue vers vous sans même savoir que vous étiez vénitien. Et non ce n'est pas un conditionnement, c'est au contraire une nouveauté, une création renouvelée pour vous comme pour moi. Ça l'est pour chacun. Nous, Arméniens, on a été le premier pays du monde à adopter le christianisme comme religion d'État. Et chrétiens dès 301, imaginez qu'on s'est vite trouvés isolés comme vous, Vénitiens, quand vous avez commencé à voyager, et qu'en Mésopotamie vous n'aviez pas d'amis, car ceux qui étaient là étaient des ennemis. La fin de la solitude commence par notre rencontre. Vos ancêtres et les miens se serraient la main, fous de soulagement, quand ils se rencontraient. Il nous fallait au moins ce geste. Nous, on voulait proclamer qu'on était comme vous. Même avant de vous connaître, on rêvait de dialogue. Au cinquième siècle, un moine arménien a élaboré pour nous l'alphabet arménien. Pour la communication. En 1511, et là on revient à vous, on file droit sur Venise, la première imprimerie arménienne sera sur l'île de San Lazzaro. Oui ! Chez vous ! À partir de chez vous, se faire comprendre ! De San Lazzaro, on voudrait imprimer le maximum de choses. On voudrait imprimer notre amour de Dieu, et le sacré est matériellement pour nous lié à Venise. On voudrait imprimer les mots de Grégoire de Narek : « Mon Dieu, délivrez-moi de l'espoir et de la peur. » Des mots qu'avant San Lazzaro on se transmettait oralement ou sur des textes manuscrits depuis le dixième siècle. On tâcherait de s'immortaliser, et notre vie spirituelle passerait par Venise. Mon ancêtre Artachès Alischane, en 1679, dicte l'histoire des Arméniens sous un acacia, à Venise, San Lazzaro. Il a un banc vers la lagune sud. C'est lui qui note et, celui qui dicte, c'est lui aussi. Il fait le point, humblement. Le constat qu'en 950 avant Jésus-Christ, il existe un royaume d'Ourartou. Le constat que ça ne prend pas longtemps avant que le royaume d'Ourartou ne soit balayé par les Mèdes, des voisins. Le constat que Tigrane le Grand, à une certaine époque, est le grand roi d'un immense empire, la Grande Arménie. Le constat que, de la Grande Arménie, on allait passer à la Petite Arménie. Le constat que même la Petite Arménie serait prise en 1375. Le constat qu'en quatorze siècles, les Arméniens auraient été envahis par les Mèdes, les Mongols, les Mamelouks, les Romains, les Arabes, les Turcs... mais que de cette dépossession allait naître l'envie d'avoir un pays ailleurs que sur cette terre et que deux endroits seraient choisis : l'esprit, parce que c'était dans l'air, et Venise, parce que c'était sur la mer et plein d'esprit.

Malgré, ou peut-être à cause du délice de croire les choses, Claudio Barbaro, à ce stade, avait dit :

— Il ne faut pas exagérer.

— Au Moyen Âge déjà, c'est vous-même qui parliez de vous comme de l'État Parfait.

— Mais, seigneur, d'où savez-vous tout ça !

— On vous aimait.

Et comme toujours les hommes devant l'incarnation de l'inexplicable, et les mondains devant la gêne, il s'était écrié :

— *My God !*

— Venise au dix-septième siècle était peut-être le port le plus important du monde. Y convergeait ce qui venait par la terre, les caravanes chargées d'épices, de sel, de soieries, d'or, et tout ce qui venait par la mer, avec peut-être des armateurs vénitiens ancêtres de vous, Claudio Barbaro ?

— Des armateurs, ça oui.

— Pour toutes ces transactions, on avait besoin d'intermédiaires. Par exemple, pour le sel qui, lui, provenait d'Anatolie, il fallait des personnes de confiance, parlant et l'arabe et le turc, et d'autres langues qui seraient sur le chemin, le grec, le croate, et l'italien. Quand un Vénitien mettait la main sur un polyglotte, il époussetait ses habits à la brosse de soie, et il posait des grelots d'or à son col.

— Vous l'inventez !

— Oui, ça je l'invente. Grandissement épique.

Inventer ! C'était comme si elle lui disait qu'on était tous libres !

— Grandissement épique ?

— C'est un moyen rhétorique pour mettre les hommes en valeur. Des liens évidents unirent immédiatement les Arméniens aux Vénitiens, dès le quinzième siècle. Les Arméniens, c'étaient des Chrétiens ivres d'entregent. Ils savaient la psychologie des musulmans et, plus, ils la respectaient. Cela n'allait pas prendre longtemps aux négociants vénitiens de comprendre en quoi ces hommes allaient relier les cultures, à la leur, en plus, éclatante. Votre culture. Voici ces Arméniens agents commerciaux sur le tracé des caravanes. Un jour, voici ces hommes à Venise. On sait leur nom, on le sait cas par cas. Les Charimanian, les Shahoumian, les Besadir, les Mandjighian, les Sarkistsi, les Mélidonian... tous implantés à Venise dans le quartier de Santa Maria Formosa. Au bout du compte, ils se font si nombreux – cent vingt familles –, qu'on se met à appeler le quartier du nom de leur ville arménienne d'origine, Djolfa. On est en 1550. Les Arméniens revendiquent la nationalité vénitienne pour pouvoir commercer avec les pays du Levant, et posséder de la terre.

— Après les Juifs.

— En même temps. Quelqu'un, un certain Corradino Malatesta, à Venise, leur dit qu'ils rêvent. Mais à Venise, Leontios Minassian, qui entend affréter des navires pour voir si la terre, en plus d'être ronde, n'aurait pas deux boules dont une inexplorée, et que, par conséquent, on n'arrête pas avec le principe de réalité, se rend partout où on le renvoie pour plaider la cause des siens. Les Arméniens ne sont pas des étrangers comme les autres. Eux aussi pourraient construire une ville sur l'eau, si l'opportunité s'en présentait. Quelqu'un, et ce n'est plus Corradino Malatesta, mais un autre, plus ouvert, l'entend. C'est maintenant lui qui plaide leur cause auprès du gouvernement. Un jour, les voici tous vénitiens. Le nouveau statut leur permet de posséder de la terre. Ils deviennent propriétaires de demeures, ils ouvrent des boutiques. Une première sur le pont du Rialto, puis plusieurs Piazza San Marco. Par bateaux, ils rapportent du sable de Naples pour la construction de Venise.

Caspar Malgonian possède le navire *Santa Croce,* Markar Avidis possède le navire *Madonna della Croce,* Zakar Rezian possède le navire *Spirito Santo.* Boros Aslani possède le *San Giuseppe.* Bedros Sinan possède le *San Gorgio.* Chanir Kiran possède le *Madonna della Pace.*

— Ils sont armateurs vénitiens ? Des Arméniens ?

— Ils voguent. Ils vivent en groupe jusqu'à ce que l'un d'eux, Stepan, tombe amoureux de la fille d'un patricien. C'est une fille pleine de malice, qui est d'accord pour forcer les choses. Elle a la pleine conscience du pouvoir des femmes, qu'ont toutes les Vénitiennes. Elles ont fait leurs propres testaments avant tout le monde. Les premières. Stepan adore cette double force de noblesse et de d'emportement, il veut l'épouser. Quelqu'un, un certain Alberto Albertini, lui dit qu'il rêve. Le cauchemar recommence. Mais maintenant, c'est le déclic pour n'importe quel Arménien venu du fin fond de l'Anatolie. Il va demander la main de la femme, mais avant, il demande comment on fait. Il doit notamment s'enquérir en premier des usages arméniens, dont, Vénitien depuis plusieurs générations, il ignore les détails. Il apprend qu'il doit entrer dans la maison de la jeune fille et dire au père : « Je suis venu chercher une lumière dans votre maison. » C'est la formule. On peut même dire, plus rustiquement : « Je suis venu emporter du feu de votre maison. » Parce qu'une femme, dans la tradition arménienne, c'est la garantie du feu au cœur du foyer, elle cuisine avec. Il y a aussi : « Je suis venu pour emporter une poignée de cendres de votre maison. » Il apprend aussi que, cette poignée de cendres (la femme), on peut confirmer au père à séduire qu'elle ne parlera pas, qu'elle portera bien le voile sur la bouche, du moins les premiers mois du mariage. Et alors là, l'image ne plaît pas du tout à Stepan, du coup il se braque, du coup il rejette en bloc les conventions arméniennes, et réclame les vénitiennes. Alberto Albertini les énumère. Il faudrait maintenant, pas seulement qu'il entre, ah ça n'est pas si facile avec les civilisés de premier ordre, mais qu'il soit reçu par la famille vénitienne. Et nullement par un stratagème, il faut se présenter pour la vraie raison alors que, pas question de la claironner, elle doit juste être évidente de part et d'autre, donc complexité de l'entreprise de Stepan. Voilà qui le galvanise. Finalement, il demande à être reçu à l'improviste et se plante devant le père, que d'ailleurs il connaît par les affaires. Soudain, il isole l'air débonnaire de cet homme, son sens du commerce, il ose espérer que ce ne sera pas un négoce. L'homme a une morgue, Stepan s'aligne sur cette attitude : « Voilà, votre fille m'aime. Ne soyons pas stupides, faisons bouger les choses. » Il est droit sur ses jambes, qu'il a plus courtes que le buste.

Là, Arminé avait fait une pause. Suspension épique.

— Et alors, mais qu'a répondu le père de la jeune fille ? avait demandé Claudio Barbaro.

— Il a évolué vite fait, bien sûr. Il a donné la main de sa fille.

— Au dix-septième siècle ? Chez les patriciens de Venise ? Vous m'étonnez.

— Mais oui, mais ça vous étonne parce que c'est étonnant.

— Qui vous a raconté cette histoire, Arminé ?

— Elle est consignée dans les registres vénitiens, archives du quartier de Santa Maria Formosa.

— Oui, mais la partie des sentiments ?

Réponse immédiate d'Arminé :

— La partie des sentiments, elle tombe sous le sens, non ?

Claudio Barbaro n'avait pu que se rendre à l'évidence : c'était agréable d'écouter une femme dire l'humanité. Pour sa part, il regardait depuis une heure aux alentours du plafond. Ce qui était proféré pouvait également se lire dans l'air. Il ne croyait pas trop à ce qu'il avait entendu, mais il se réjouissait, festonné de bienveillance. Après tout, peut-être était-ce possible une volonté de reconstruction, de naissance ? Dans la foulée, il avait repensé aux portraits de ses ancêtres, et tous les Claudio Barbaro alignés dans la grande galerie à Milan lui avaient semblé dignes d'amour, tout à coup.

— Un de mes ancêtres avait réussi à produire des coquelicots, qui étaient résistants comme des pavots, avait-il dit.

Et Arminé :

— Vous voyez !

À présent, la conversation téléphonique terminée depuis longtemps, il faut se les refigurer comme ils étaient au début, à savoir, elle, ses abeilles, sa terrasse, et lui son mur.

Ils savaient maintenant avec certitude que rien

ne se ferait précipitamment. Ils l'avaient partiellement compris à la façon qu'ils avaient eue, elle comme lui, d'en rester au contact par la voix. L'empressement à ne pas se donner rendez-vous. La concrétisation avait de toute manière été rendue impossible, et très pratiquement par des questions matérielles, imparables : elle, on l'attendait le lendemain, en Grèce. Et lui, il partait le jour même pour Naples, rejoindre le bateau familial. Ce n'est pas parce qu'ils seraient ensuite tous les deux dans une ambiance d'îles que ça pouvait les rapprocher. Et quand bien même ils l'auraient voulu, faire l'amour aurait impliqué, en plus du choc que c'est toujours, de véritables mers à boire, toutes celles entre Naples et la Grèce, et aussi toutes celles entre des dispositions prises et la liberté.

Il se trouve que ce stand-by convenait à tous deux. Lui – cette fois-ci on va commencer par lui –, jugeait utile de reprendre ses esprits. Il connaissait et le mot et la notion d'érotomanie, où quelqu'un vous choisit jusqu'à vouloir vous gober, et d'abord vous enrobe dans un plasma d'attentions, de présence, et d'apparente compréhension, si ce n'est que, pour vous aimer, la personne un jour sort un couteau, et la question se termine chez les fous. Il n'avait pas directement peur d'être attaqué, non. Il avait juste besoin de temps pour vérifier que Venise, par cette femme, n'était pas le couteau sous la gorge. Une part de lui comprenait qu'il n'avait pas affaire à la folie, mais à la sagesse. Cependant, le recoin de paranoïa jouait comme il joue toujours, du pili-pili, et il n'y a guère besoin d'en mettre beaucoup pour rendre le plat immangeable. Il y avait ensuite le souci du désir. La veille, il était persuadé qu'il aurait été décevant. Là maintenant il était certain que, pour plusieurs jours, il serait radicalement impuissant, car la femme avait touché à sa structure familiale. Ce n'était pas bandant. Chez Claudio Barbaro, les couilles vénitiennes étaient celles formatées génialement pour l'ardeur, c'était sa sève profonde, son point de départ et s'il devait repartir de zéro, ce serait de là. Mais enfin, cet idéal dormait dans un formol et avait été remplacé depuis longtemps par les couilles mondaines et milanaises de Claudio Barbaro, et alors là c'étaient des cyniques, qui se ballottaient sans trop rien prendre au sérieux depuis des lustres. Arminé venait le chercher très loin. Elle avait beau démontrer qu'elle avait toujours été très près, par Venise, par San Lazzaro, et par le commerce du Levant, en réalité Claudio visualisait une distance considérable. Avec cette femme, il y avait un espace à franchir. Quelqu'un, dans cette histoire, était loin. Lui ? Elle ? Non, on ne pouvait pas le résumer ainsi. Il comprenait qu'il existe une zone entre deux êtres, qui n'est ni du domaine de l'un ni du domaine de l'autre. Et, comme il se penchait, sincèrement intrigué, pour étudier la composition de cette substance entre lui et Arminé, il eut l'effroi d'établir que les grands psychanalystes ont raison, que les grands mystiques ont d'ailleurs eu raison avant eux, et que cet emplacement entre eux, merde, c'était la place de l'amour. Quand on recule devant l'amour, s'il y en a, de l'amour, alors au lieu de s'en débarrasser on lui donne toute latitude pour prospérer.

L'idée de fuir par mer et sur un puissant yacht tombait bien. Il avait besoin de temps pour classer autant d'histoire. Et comme, quand on se convainc d'une chose, elle prend momentanément les aspects d'un roc inébranlable, il était heureux de partir.

Quant à Arminé, elle était rassurée, elle aussi.

Eh, elle avait pu s'exprimer. Elle avait pu dire qu'elle était d'un peuple ami. Distances et proximités, elle s'en fichait. Elle était plutôt concentrée sur les endroits où le nom de Claudio Barbaro venait se chuchoter, au fond partout où il pouvait entrer, par tous les orifices. La nouvelle, importante, de la fin de sa solitude, suffisait à la contenter. Comme la chanson qui dit j'avais fini mon voyage et j'ai posé mes bagages. Comme le tableau de Bellini qui montre un enfant calmé par un grand ballon. Comme l'immobilité du danseur sur la scène au début du spectacle, qui contient les mouvements qu'il va lancer dans l'air. Comme partout où l'artiste a trouvé une solution.

Quant à nous, nous pouvons nous éloigner, reculer, repartir, remonter vers le ciel jusqu'à ne plus voir ni Arminé ni Claudio Barbaro, et Paris n'est bientôt plus qu'un point et maintenant la Terre aussi est un point. Ce n'est pas pour dire que les êtres humains sont petits aux yeux de l'univers, au contraire c'est pour prouver qu'ils sont ineffaçables, surtout vus de très haut.

Ils allaient être séparés pendant un mois.

Arminé filait à Gatti, un de ces joyaux grecs au milieu de la mer, celui-ci précisément entre le magister de Santorin et la Crète, sur la route des cargos. Malgré son exiguïté, l'île de Gatti n'avait qu'un village, évidemment un petit port, et au moins un café d'où on pouvait commenter le trafic maritime. L'ensemble était le fief de la famille Aristi, en tout cas tel le rêvait Souhel Aristi, le roi du pétrole. Quand ce magnat, il y a quinze ans de ça, après avoir quitté Beyrouth pour Paris, avait survolé le coin dans son avion de poche, la forme de l'île (un croissant, l'Orient) l'avait transfiguré. À cette époque, c'était un homme qui devenait chaque jour plus riche, pris de céphalées quand il fallait estimer les ramifications de ses sociétés. Ses fiscalistes le sommaient d'investir. Investir ? Il ne concevait pas dans quoi. Le déprimaient à part égale l'immobilier, l'aéronautique, les armes, l'art et l'humanitaire. Il restait bêta à changer de femme, ne comprenant pas quoi désirer.

Alors que là, sitôt découverte l'île de Gatti,

Souhel Aristi avait foncé vers l'aéroport d'Héraklion appeler Aris Alischane. Une voix justement de possédé :

— Aris, viens ! Une île !

Le lendemain, il avait filé attendre Aris Alischane à l'aéroport d'Héraklion, extasié jusqu'aux secousses à l'idée de prouver qu'il savait reconnaître une deuxième naissance, quand elle se présentait. Dans les mains, il tenait une brassée de genêts. Ce présent, ce serait pour patienter avant l'île. Pour donner le ton du nouveau Souhel Aristi. En effet, il s'était raconté qu'accueillir Aris Alischane à Héraklion dans cette configuration inaugurait des actes splendides. Il s'était combiné un cirque d'effets sur la magnificence de l'événement : lui, Souhel Aristi, il allait tomber dans les bras d'Aris, les fleurs entre eux. Deux frères se donneraient l'accolade sur un sol partagé. Il adorait sentir qu'Aris Alischane l'aimait. La tendresse d'un Alischane lavait l'argent.

Rien ne se passe jamais comme prévu et, accolade et bouquet, Souhel Aristi avait dû les accorder d'abord à Hélène Ferdinakis. Il avait oublié que, grâce aux grandes guiboles ultra-modernes, elle était toujours devant. Un Aris lunaire suivait, une épaule inclinée, le bras plié pour tendre la main puisque ce qu'il préférait, lui, c'était se lier.

— Une île ! Une île ! psalmodiait Souhel Aristi dans le cou d'Hélène Ferdinakis.

De vive voix, il l'avait plus ample, ce cri. Enfin il désirait ! Enfin le miracle se produisait ! La vie le décorait ! Il s'était mis à respirer Hélène Ferdinakis avec une soif insolite. Une Grecque ! Ah, il n'était pas le premier à qui cela arrivait, bien sûr, mais nom de Dieu il désirait la Grèce et ce qui allait avec !

— Des fleurs pour toi, Hélène.

Elle n'aimait pas le jaune, mais elle était soufflée.

Les voilà partis le jour même, par le petit avion vrombissant. Il y avait une autorité de l'eau grecque, un ciel à l'envers, moucheté d'humains. Hélène Ferdinakis, la Grèce avait beau être son pays, éberluée elle considérait le panorama. Il y avait aussi, sous la mer, ce qu'on imaginait. Ils survolaient les cités englouties. Ce qu'ils voyaient les influençait certainement car pas un ne parlait. Souhel Aristi secouait la tête devant tout ce qui n'était pas Gatti. Les îles minables l'indifféraient, c'étaient comme des personnes qu'on aborde en les prenant pour d'autres, et alors, après, on est désintégré par la déception. Il voulait son croissant. Et soudain, il avait vu la forme inspirée, il l'avait reconnue en même temps que le pilote qui la montrait du doigt et se faisait d'ailleurs aussitôt engueuler, voleur de choc. Ah, le coup de foudre l'avait repris dans les entrailles : son île ! *Souhel's island.* C'est ainsi maintenant qu'il se le formulait. Ils avaient ensemble examiné l'environnement. La vue. Pas très loin, et surtout pas très discrète, avec son à-pic de falaises, Santorin. Deux cargos qui filaient droit. Des voiliers et certains n'étaient en fait que de l'écume. Puis retour vers l'île, deuxième passage. L'imbrication très spécifique du port, en ventre de coquillage, un renfoncement d'où le village partait tout de suite en altitude, les grandes terrasses chaulées, les allées d'oliviers. Troisième passage, la présence humaine.

Un homme, en bas, qui saluait l'avion.

Souhel Aristi, tourné vers ses amis, pas peu fier de ses terres :

— Est-ce que je me trompe, hein !

Hélène Ferdinakis s'était exclamée que ça, c'était une vraie île vachement bien. Que ce serait formidable pour les jeunes.

— Je vais l'acheter. Ce sera mon île, avait établi Souhel Aristi.

Hélène Ferdinakis avait prévenu qu'un tel lot n'était pas achetable : il y avait des gens dessus.

— Pas achetable ? avait bredouillé Souhel Aristi.

Hélène Ferdinakis avait expliqué qu'une telle terre, il faudrait s'en faire aimer.

— Aimer ?

Souhel Aristi avait intégré que, là, il entrait sérieusement en relation avec les autres.

En trente ans, Souhel Aristi aurait réussi à se rendre propriétaire de la partie sud-est de Gatti. L'ouest, il pouvait toujours courir. Jamais les habitants de Gatti ne lui consentiraient la vue complète. Ils tenaient à leurs privilèges comme de vieux rois sous leurs perruques, fixés sur un ordre d'antan, alors que Souhel Aristi apportait et le progrès et des fonds. Mais, rien à faire. Son argent n'y pourrait rien, et il souffrirait de devoir monter sur la colline pour admirer le coucher de soleil. Il perdrait sept ans à ruminer son humiliation après s'être vu refuser le permis de construire, parce que les travaux revenaient, si on se penchait sur le projet, à trouer la colline pour voir à l'ouest. Puis sept autres années sur un refus supplémentaire, à propos d'un sentier des douaniers qu'il se proposait de financer, et qui longerait la colline jusqu'au versant ouest. Non. Non. C'était un homme des cent quatre-vingts degrés. La question de ses limites deviendrait une colline en lui. Il voulait sa part de grand, d'immense. Brave, chaque jour de sa vie à Gatti (il y passait quelques mois par an), il se poserait au café Méra, avec les autres le long du mur, la chaise face à la rue, tous à se parler de profil, à la grecque.

— Un trou dans la colline, on a tout à y gagner. Vous, de l'argent, et moi de l'ouest.

Un jour, le maire de Gatti lui dirait :

— Souhel Aristi, tu sais ce que c'est, ton problème : tu continues de nous voir par avion. Tu es venu ici, il y a des années de ça, il était trois heures de l'après-midi. Tu es passé et repassé avec ton avion. Les bébés qui dormaient, tu les as réveillés. Les vieux qui somnolaient, tu les as fait repenser à la guerre. Les couples qui faisaient l'amour, tu les as empêchés de jouir, avec le vacarme que tu faisais, ils ne s'entendaient plus gémir, ils ne pouvaient plus se guider dans rien. Et puis, ensuite, tu es venu par la mer avec deux Riva. Les maisons, tu les voulais toutes. Tu voulais le sud pour l'hiver, le nord pour l'été, l'est pour tes insomnies, et l'ouest pour que ce soit comme une carte postale. Tu voulais apporter ta propre peinture d'occident. Tes pigments. « Un homme qui plane en faisant du bruit », voilà ce qu'on a pensé. Et puis maintenant, tu vis ici, on a connu trois de tes femmes. On connaît tes enfants. On a connu deux maris de ta fille, sans compter le nouveau. On connaît tes petits-enfants. Tes amis sont nos amis. On te prête des bateaux parce que les tiens font trop de bruit. Et comme si ces gesticulations ne suffisaient pas, tu viens ici au café nous casser les couilles avec le moteur de tes obsessions. Tu n'auras pas l'ouest.

— Je veux de l'ouest.

— Tu feras le tour, comme tout le monde.

— Tu veux m'empêcher d'avoir une vue sublime.

— C'est notre île.

À cela, Souhel Aristi répondrait :

— Écoute, Zeus, vous étiez bien contents de me trouver.

Il se tairait aussitôt, devant l'énormité de son inversion.

Arminé s'était mise où elle se mettait toujours, là-haut, bien sûr pont supérieur, sous les auvents. Elle espérait l'air. On aurait dit que le bateau glissait dans de l'huile, il fendait une mer dolente. Les familles se passaient des bouteilles d'eau minérale, elles s'arrosaient sans illusion. Aussitôt aspergé, on avait sur soi une eau tiède, encore une huile. On ne s'en sortait pas. Des jeunes gens, des Nordiques en général, aussi des Italiens, quelques Français, des Japonais, les Grecs, qui étaient les plus âgés, tous étaient avachis sur les banquettes, au même régime, à boire au goulot. Les gens se levaient sans cesse pour aller chercher des boissons au pont inférieur. Là-bas, il y avait le bar, la climatisation, la fraîcheur, la Grèce en plein avec le peuple grec autour des jeux vidéo, mais c'était aussi être enfermé dans pas de lumière. Les hublots rongés par le sel. Alors que merde ! La lumière ! Chacun, individuellement, remontait. Tout le monde se retrouvait sur le pont supérieur.

Des îles défilaient, sans port. Une île était rarement vierge. Sur certaines, au moins une chapelle. Sur d'autres, une croix blanchie à la chaux. Aux abords de chacune, des bouées, des pieux, des repères pour la navigation et pour l'œil. Le mobilier urbain des Grecs. Le *Santorini Express* dépassait lentement les obstacles, on pouvait profiter de chaque détail. Dès qu'un îlot disparaissait, un autre apparaissait. Un dôme régulier, son bouquet d'oliviers au centre, un pommeau de rocaille. Autour : la plage rose.

Les gens sortaient les appareils photo.

Ils voulaient capter.

L'œil se posait partout sur la terre, dans cet endroit qui n'était presque que mer, à perte de vue. Si on voulait, on avait, au large, des masses plus sombres qui se perdaient dans la brume de chaleur. Ces bonnes grosses Leros, Paros, Naxos, des bourgades importantes où le *Santorini Express* ne faisait pas escale, et on s'en tenait à bonne distance.

Yasmine était étendue sur la banquette, son volumineux sac Vuitton sous les pieds, pour les garder surélevés. Depuis sa troisième grossesse, Yasmine Aristi avait des problèmes circulatoires. Presque vingt ans avaient passé depuis les criques de Byblos. Yasmine était blonde, maintenant. Deux divorces qui avaient réussi à l'enrichir davantage. Il fallait le faire ! Elle avait trois enfants, deux grands démons qui jouaient sur le pont inférieur, et un petit dernier endormi sur elle, un dieu blond, comme si les teintures de Yasmine étaient passées dans ses gènes. La vérité : elle badigeonnait son enfant à l'eau oxygénée. Elle avait son rêve d'intégration, et il passait par le clair, malgré l'attrait du mordoré.

Arminé admirait le beau corps de Yasmine Aristi. Ce que Yasmine proclamait, par lui. Un parti pris pour le dévêtir. Le rappel constant de sa condition, et chaque partie dévoilée la déterminait aussi efficacement que les voiles jadis portés par les épouses et filles des Aristi premiers. Le statut de la femme.

Au mot « femme », Arminé expirait profondément. Pendant toutes ces années, elle s'était sentie si peu définie. Pas comme quelqu'un dont on dit « il ne sait pas trop qui il est », pas comme quelqu'un frappé d'ambiguïté sexuelle : non, chez Arminé, une conscience d'être dans un autre fonctionnement sexuel, apparemment sans nom, lequel avait une fois été nommé, et en plus par Yasmine Aristi : « Toi, Arminé, tu sublimes. » Cela se passait bien loin du climat grec dans un chalet suisse, propriété bien entendu de Souhel Aristi, et où la bande primitive de Beyrouth, Matilda Frémont-Vuillet, Guillaume Stévenet, allait skier, l'hiver. « C'est quoi, sublimer ? » avait demandé Matilda Frémont-Vuillet. Parce qu'il y en a qui ne savaient pas, qui ne sauraient jamais.

Oui, Arminé avait été à part. Tandis que là ; maintenant, sur le *Santorini Express*, elle fusionnait avec Yasmine Aristi. « Yasmine, elle, c'est une femme, se disait-elle, mais moi aussi maintenant j'en suis une, par la grâce de Claudio Barbaro. »

Elle caressait des yeux l'enfant couché sur Yasmine. On ne savait pas qui des deux, de la mère ou du fils, tenait l'autre comme un doudou. Arminé n'aurait peut-être pas d'enfants, on ne pouvait pas savoir, mais déjà, déjà, ô mon Dieu, si elle pouvait approcher la gloire du corps ! Oui, il y avait quelque chose à vivre d'humain. Tout Claudio Barbaro se métabolisait quelque part vers un endroit sous les côtes d'Arminé. Elle respirait l'air de Grèce, et il ressortait en Claudio Barbaro. Des volutes, et leurs formes, c'était Claudio Barbaro. Elle somnolait d'île en île, dans la brise qu'elle s'était elle-même créée.

Yasmine Aristi avait ouvert un œil. S'éveiller et voir Arminé lui procuraient autant de sensations que Souhel Aristi s'imaginant accolader Aris Alischane à l'aéroport d'Héraklion. Il y a une fatalité du terrien, et il y a, à hauteur, une latitude esthétique qu'il peut prendre, ou du moins, admirer. Des détails chez Arminé qui la bouleversaient. Arminé avait trente-sept ans. Arminé avait ce qu'elle tenait, la veinarde, de la lignée Alischane, une silhouette, une lancée qui se poursuivait en allure. Est-ce que c'était ça, être racé ? Yasmine Aristi avait su toute gosse qu'Arminé était en amont. Yasmine Aristi avait des frères, de vrais semblables, des baiseurs-nés. Un père qui ne pouvait aimer qu'une île. Une mère à Monte-Carlo. C'était spécial, la sécheresse arrosée par l'argent. Mais par-delà les liens de sang, elle avait Arminé. Au début, elle s'était demandé comment faisait Arminé pour vivre sans les ravissements du corps. Cette étape avait duré près de vingt ans. Pendant vingt ans

Yasmine Aristi s'était arrêtée à l'incompréhension, elle n'avait rien pu dépasser. Or voici qu'aujourd'hui, d'incomprise Arminé passait à mystérieuse. Qu'est-ce qui avait changé ? Qu'est-ce qui émanait d'Arminé, aujourd'hui ? Et, comme Arminé quelques instants auparavant, Yasmine Aristi aussi détaillait le corps de l'autre son amie, la femme qu'Arminé était devenue, sur Arminé les traces d'Hélène Ferdinakis à qui Arminé ressemblait terriblement, les semelles compensées qu'Arminé, pour le moment, gardait attachées à la bride de son sac de voyage. Elle pensait : « Si Arminé Alischane disparaissait, c'est affreux ce qui partirait avec elle. » Comme elle avait entamé une analyse, qu'elle travaillait sur elle-même, elle admettait cette pensée en tant que désir. Pourquoi pas le désir de pleurer son amie et d'enfin s'autoriser la grande marge de l'amour ? Elle aurait quelqu'un qui l'éventerait, toujours une brise venant d'Arminé, le large. Le grand. L'immense. Bien sûr, c'était arrivé que Yasmine se sente jugée. Jadis, à Beyrouth, elle n'avait pas su qu'un tableau d'Emil Nolde valait mieux qu'un jouet. À Beyrouth, elle n'a pas su dire non à des garçons, alors qu'en ce temps-là, elle aimait déjà Guillaume Stevenet. Elle n'avait dit non à personne, et ses oui barbotaient dans le biologique. Elle grabotait dans la pulsion. Yasmine faisait l'amour deux fois, une fois pour de vrai, et une autre fois en enjolivant les faits pour la compagnie. Rien de bien méchant. Elle voulait trouver une bonne raison de faire l'amour. Bon, parfois, c'était a posteriori, et alors ? Et alors... et alors... Arminé disait non, elle.

Arminé avait défendu l'intégrité de son corps.

Est-ce qu'Arminé avait un corps, alors ?

Est-ce que c'était ça, aujourd'hui, le changement ? Une présence d'Arminé par son corps ? Le fait qu'on pensait soudain au concret devant elle.

— On en est où ? avait demandé Yasmine.

— On vient de passer Sifnos.

Arminé faisait le chemin par bateau depuis ses dix-huit ans. Yasmine Aristi avait froncé les sourcils. Bien que son père possédât une partie d'île, elle maîtrisait juste assez la Grèce pour savoir que Sifnos était une île proche d'Athènes.

— Sifnos ? Merde, il y en a encore pour des heures !

— Neuf heures.

— On n'aurait pas été mieux en hélico ?

— Tu n'aimes pas les voyages, Yasmine ?

— Arminé, c'est pas un voyage, là, c'est une distance.

Arminé, sincèrement étonnée :

— Et tu n'aimes pas les distances ?

Yasmine Aristi s'était redressée. Elle avait calé son enfant dans le sac Vuitton, sur une kurta. L'enfant était mou, moite, son corps tenait dans le sac, avec ses pattes pendantes, ses pieds d'enfant dont, une fois qu'on les avait isolés du reste, on ne pouvait plus détacher les yeux.

Les corps étaient présents aujourd'hui, sur le *Santorini Express*.

— Dis-moi, Arminé, je vois que tu ne lis rien.

— Ben non.

— D'habitude, tu n'es jamais vraiment là. Tu es le nez dans un livre.

— Ben oui.

Alors tout doucement, vraiment le plus délicatement qu'elle pouvait, Yasmine avait osé pousser en elle une audace nouvelle.

— Et alors, Arminé, tu n'aimes plus les distances, toi non plus ?

Les yeux veloutés d'Arminé, où le noir finissait par être un bleu savant, s'étaient fixés sur Yasmine Aristi. En général ce regard, pris en pleine face, était insoutenable. Même Arminé avait conscience de son tracé et de sa force. En parlant avec vous, elle laissait toujours pendre sa trajectoire, comme les pattes de l'enfant qui était là. Elle ne voulait rien imposer et ses yeux allaient sur d'autres points, vers des diagonales où, parfois, elle n'y pouvait rien, on les suivait, tellement ils faisaient laser et injonction sur tout. Or, là, la révolution : le laser avait toujours sa trajectoire. Là, au lieu de filer dans l'autre, il emmenait dans Arminé.

On pouvait entrer dans Arminé.

Ce furent deux mois de compréhension et de mystère, les deux vont ensemble. Une Arminé disponible, maintenant la première levée, était prête à parler avec qui voulait, tournée vers l'est, une main en visière à cause du soleil, une autre posée sagement sur sa cuisse. Une carapace tombait : la littérature. Pour une fois, Arminé n'avait pas choisi l'été pour lire Joyce ou apprendre l'hindi. Pas le moindre livre posé sur la table, pas le moindre journal car elle n'en parcourait aucun. L'humanité était en entier dans sa tête.

Un des premiers matins, elle avait demandé à

Souhel Aristi, et cela, alors, mais alors là vraiment c'était tout à fait nouveau :

— Alors, Souhel, et ce monde ?

Elle avait compris que le monde pouvait venir de l'autre.

Lui, piochant dans son journal. Elle, croquant dans des tartines. Ils étaient seuls sur la terrasse. C'était rare. D'habitude, les autres années, le matin Arminé lisait sans sa chambre. Elle retournait toujours dans les mots après avoir nagé. Or, là, le long cou bien penché, la tête marbrée par les ombres de la tonnelle, une abeille posée sur sa cuillère, elle voulait communiquer. Souhel n'en revenait pas, de s'attacher un Alischane. Il en avait posé le *New York Times*, de stupeur et de respect. Qu'est-ce qui se passait dans le monde ? C'est drôle qu'au moment d'avoir à l'énoncer, la consistance de l'actualité se volatilisait dans le cerveau de Souhel Aristi. Il ne cernait plus rien du sort des hommes, et puisqu'on lui posait la question, il ne trouvait qu'une seule façon de définir l'univers :

— Je peux avoir de l'ouest. Et tu sais comment, Arminé ?

— Dis-moi.

Souhel Aristi avait posé son journal. Il avait poussé sa chaise : il allait bouger. Il avait marché jusqu'au bout de la tonnelle, là où elle devenait terrasse ensoleillée, il était allé jusqu'au bout, jusqu'après, jusqu'au muret, et jusqu'au sentier où s'amorçait sa plage. Et de là, il avait dit, très fort, malgré les autres qui dormaient, pour être entendu voire même du maire :

— Au moyen d'une digue !

Solennel, un bras déployé vers la mer son nouveau domaine. Drapé dans, on va dire, une dignité retrouvée, Souhel Aristi semblait pouvoir se statufier, paré pour la complétude. Mocassins blancs. Il les gardait même à la plage. Ne les enlevait que pour épousseter le sable entre ses orteils, avec un plumeau pommeau de cuir. Il vivait le bonheur d'avoir eu une idée, ainsi que cet autre, aussi puissant, d'en faire part *in live* à un Alischane. Arminé n'était pas Aris Alischane, mais d'une certaine manière c'était presque mieux, car elle était aussi l'intelligente Hélène Ferdinakis. Bref, un doublé. Raison pour laquelle il gardait le bras tendu, avec la notion d'être un empereur et d'avoir un empire, les empires se jouant sûrement à l'ouest.

C'est dans cette position qu'allaient le trouver les fameux autres. Ceux-ci, c'était d'abord une certaine Caroline, sa cinquième épouse. Bien que musulman, Souhel Aristi n'avait pas eu cinq femmes à la fois. Il avait mis un point d'honneur à se vivre en Occidental. Si on fouillait, une femme lui suffisait, quand elle n'était pas tout bonnement trop. Caroline était blonde, californienne, moitié bimbo pour la part ostentatoire, moitié bambi pour la part enfantine. Assez fermée à elle-même pour ne pas avoir conscience d'aimer l'argent. Pour penser réellement que Souhel Aristi était un nounours trop chou, sans jamais voir le rapport avec les Kelly Hermès. « Foutue de paille » avait proposé un jour Yasmine Aristi, pour la décrire.

Caroline avait beaucoup apprécié de voir son mari en pacha, un bras tendu, le torse bombé. Tout ce qui confirmait la puissance de Souhel Aristi la plongeait dans, mettons, la confirmation.

Elle ne savait pas trop dans quel débat elle tombait, mais :

— *You're the best !* avait-elle crié à Souhel Aristi.

— Oui, de l'ouest ! opinait Souhel Aristi, du bout de la plage.

On n'aurait pas pu dire si c'était problème d'oreille ou focalisation problématique. Il entendait mal, de loin. De toute manière, il commençait à être sourd, sauf pour les chiffres. Souhel Aristi était un vieil homme. À soixante-quinze ans, après tant de mariages et d'enfants, tant de divorces et d'indemnités compensatoires, tant de sentiments renégociés, il savait que, à part tout miser sur l'ouest, on ne pouvait pas compter sur grand-chose. Toutefois, là, il n'était pas certain que Souhel ait mal entendu. Il avait des ruses, des éclats de subtilité. Il savait que sa femme était sotte. Il ne pouvait pas l'ignorer quand elle croyait que Michel Ange était le nom d'une sculpture, et que les gros livres provoquaient le cancer des poignets.

— Souhel veut édifier une digue, pour voir l'ouest, avait expliqué Arminé.

Et comme Caroline ne réagissait pas, Arminé avait ajouté :

— *West is the best.*

Ça y est, elle comprenait. Le miracle venait du coup en cascade, et dans la foulée elle réalisait que, peut-être, elle n'était pas le best de Souhel Aristi, qu'il caressait un autre rêve, qu'elle ne suffisait pas à faire son bonheur, alors que, ce qu'elle élaborait chaque nuit pour cet homme, un âne ne le ferait pas. Elle aussi voulait trouver sa place, et donc elle avait crié plus fort que Souhel Aristi :

— *Me, I am the best !*

Mais pourquoi aurait-il mieux entendu ?

— Oui, de l'ouest, ma chérie ! avait-il braillé à son tour, cette fois-ci les deux bras ouverts, dieu du Soleil !

Ce n'était pas terminé. Comme on a dit, tout le monde allait voir Souhel. Yasmine Aristi, son enfant contre elle et l'enfant, lui, un biberon contre lui, les deux allaient découvrir un homme révélé. Guillaume Stevenet, qui commençait à perdre ses cheveux, et se passait obsessionnellement la main sur le front sans se soucier du reste de l'univers, eh bien allait s'arrêter net devant la scène. Puis, toute la troupe des amis de vacances.

— Qu'est-ce qu'il a, papa ? avait fini par demander Yasmine.

Elle avait les sourcils froncés, et fixait son père. Souhel Aristi maintenant dansait le sirtaki sur la plage pour marquer son contentement.

— Une digue pour voir à l'ouest le coucher du soleil, avait répondu Arminé, en ouvrant un melon.

Guillaume Stevenet était devenu architecte depuis le collège.

— Il faut un permis de construire.

— Peut-être que, en Grèce, il ne faut pas de permis de construire, avait avancé Bernardo.

Au Brésil, il faisait ce qu'il voulait.

Souhel Aristi revenait vers la table. Champion. Il allait construire une digue.

Il avait posé une main sur l'épaule d'Arminé.

— On va appeler ton père, pour lui dire.

— Ils arrivent demain : on leur fera la surprise.

— Ah bon ? On pourrait construire la digue en un jour ?

Il perdait le sens commun quand il s'agissait de son ouest.

— Non, mais c'est mieux que tu leur montres, non ? C'est pas toujours mieux de montrer que de raconter ?

— C'est-à-dire, Arminé, tu m'as toujours dit le contraire.

Arminé avait le sourire Alischane, avec les lèvres fines, les fossettes et la finesse Alischane :

— Ah oui, mais moi : je change !

Ce qui avait mis un terme au débat.

Et quand étaient arrivés Hélène Ferdinakis et Aris Alischane, Souhel Aristi, qui s'était retenu toute une nuit et tout un jour, avait pu de nouveau enfin ouvrir un bras vers l'horizon et proclamer sa foi dans les installations futures.

— Une digue !

Bien sûr, les trois avaient vieilli. Mais c'était différent l'épaisseur de Souhel Aristi, sa bouche qui se barrait en babines, et la finesse accentuée d'Hélène et Aris. Eux, d'abord plus jeunes que Souhel Aristi, et ensuite, avec l'ouest à loisir, parce qu'ils n'avaient qu'à allonger le cou pour le voir. Et Souhel prévenait : il avait trouvé la solution. Une digue. Il allait la faire construire. Il n'allait pas demander le permis car il était Souhel Aristi, roi du pétrole. Il aurait une digue interdite qu'on apercevrait du village. Du café Méra, la digue serait visible. Ce serait l'insolente élégance d'un homme, en réponse à la mesquinerie du maire. La digue serait longue. On ne serait pas obligé d'aller jusqu'au bout en une seule fois. On pourrait s'arrêter, se baigner, il y aurait des escaliers tous les dix mètres. Le soir, Souhel irait au bout de la digue, pour voir le soleil se noyer dans la mer, à l'ouest. Il inviterait les gens à ce spectacle. Il y aurait quelques tables et des chaises, des transats, du pain grillé frotté à l'huile, à l'ail et au thym, des apéros comme jamais. Des happenings.

À son tour, Aris Alischane avait ouvert les bras, immédiatement Souhel Aristi s'était logé dans la tendresse d'un Alischane. Ils étaient restés soudés. Comment l'amitié faisait l'amour. Mon chéri, avait envie de dire Souhel Aristi, tu sais m'aimer, moi, un homme qui n'a pas d'ouest. Oh, je voudrais faire pour toi des choses en retour. Oh, je t'aime si fort, mon ami. Je vous aime tous, les Alischane. Je vous aimais déjà à Ispahan quand j'étais musulman anonyme et que je vous invitais dans ma ville. Je suis plombé par l'argent, mon amour. Je n'ai rien d'un héros, alors que toi tu as épousé Hélène Ferdinakis et ta fille est une héroïne.

— Ta fille, Aris.

— Oui ?

— Elle lit moins. Elle est avec nous, maintenant.

— Ah oui ?

— Yasmine dit qu'Arminé a enfin un corps.

— Un corps ?

Sa fille. Un corps. Elle déboulait justement pour les décoiffer, Souhel et lui.

— Une digue ! Et à la fin, elle s'envolera ! Qui sait là où elle nous emmènera, hein, Souhel ?

Et elle repartait.

— Moi, je la trouve comme d'habitude, Souhel.

— Y a un corps là-dessous, crois-moi. Je n'ai qu'un instinct, mon ami, mais il fonctionne bien.

Alors, voici des journées qui se suivirent, où Aris Alischane s'isola pour penser à son enfant. D'une certaine manière, il avait réalisé son rêve, et sa fille flottait, nullement entravée par sa condition de femme, tout en étant féminine. Elle écrivait. Ah, il avait cette fierté quand elle disait, adolescente : « Un jour, ma famille sera plus grande que tout ce qui est grand, par l'ensorcellement de mon écriture. Vous me direz que, pour écrire un livre, il ne suffit pas d'avoir le désir d'écrire, encore faut-il avoir quelque chose à dire ? Il faut un thème. Et j'ajouterai : il faut une valeur. Une valeur, oui. Je ne conçois pas d'écrire si ce n'est pas pour dire la valeur de la vie. » Elle l'avait dit tellement de fois qu'Alischane pouvait le répéter mieux qu'elle, aujourd'hui. Sur un certain plan, il avait réussi son enfant. Et son raisonnement n'aurait été que cette phrase, il aurait été comblé. Mais il allait plus loin. Aris Alischane avait aussi un profond amour de la réalité. La vie lui avait apporté Hélène Ferdinakis. La naissance d'une fille, aussi, avait été la chair du réel. Il n'avait jamais voulu séparer l'entité sublime des Alischane de la majesté concrète de la vie. Aris Alischane avait un corps. Il avait aimé une femme et, la nuit, aujourd'hui, après tant de temps, il lui caressait les omoplates. Il avait béni un corps. Il avait, avec les parties de son propre corps sur lesquelles, jadis, il aurait le moins parié, fait des miracles. Il avait mis son nez partout où le mystère était à respirer. Il avait pu oublier sa pudeur, et il avait pu dépasser sa honte d'avoir un organisme. Il avait aimé les méandres d'une autre et de là ils avaient conçu le monde. Et la peau d'Hélène Ferdinakis pouvait bien vieillir, il s'en fichait. Elle restait son endroit.

Il ne pouvait pas souhaiter la chasteté pour sa fille.

D'ailleurs, combien de fois avait-il mandaté Hélène Ferdinakis. Combien de fois Hélène était-elle revenue de longues balades avec Arminé, en disant : « Attends, Aris, elle sait toutes ces choses. » Combien de fois avait-il essayé lui-même : « Arminé, mon cœur, sais-tu que le corps... » Elle avait vingt ans, elle avait trente ans : « Écoute-moi, Aris Alischane : je sais que le corps. » « Mais... » « Je sais. N'aie pas peur : je ne m'attends pas à de l'extraordinaire. » « Ah bon ? » « Je veux juste l'évidence. » Il avait tremblé parce que l'enfant adorée courait trop droit vers l'idéal. Il avait compris qu'elle n'aurait pas de mari. Elle n'aurait pas d'enfant. Un jour, elle n'aurait plus de famille.

Voilà que même à cette marginalité, il avait pu s'habituer. En prendre son parti. On pouvait vivre dans l'originalité, à présent il en était sûr. Mais pouvait-on vivre en essayant d'en sortir ?

Rebelote, il scrutait sa fille. Comme Yasmine et Souhel Aristi, Aris Alischane notait bien des évolutions. Au lieu de lire des romans, Arminé décryptait maintenant le sens des plus négligeables cailloux, sur lesquels elle se focalisait pendant des heures. Elle continuait d'écrire, mais ne voulait plus rien montrer. Elle ne parlait pas trop, non plus. Elle sillonnait la compagnie du fond du hamac, gaie. Sur les photos, ses yeux noirs sortaient verts, bleus, mauves. Elle quittait l'écrit et l'oral, pour une autre présence. Laquelle ?

Il se concentrait sur le corps de sa fille, comme font les pères en cachette. Est-ce que ce corps d'Arminé avait bougé ? Il l'avait toujours vue comme elle était restée, d'ailleurs, une fine adolescente. Les chaussures à semelles compensées d'Hélène Ferdinakis et le corps d'Arminé au-dessus. Ses chaussures, des jouets. Son attitude, un jeu. Rien de bien méchant. Alors que là, bon, il ne l'espionnait pas, mais des dodelinements le perturbaient. Le corps d'une femme.

Est-ce qu'il rêvait, ou est-ce que sa fille ondoyait ?

Qu'est-ce qu'elle réservait ?

Hélène Ferdinakis, peut-être parce qu'elle avait toujours eu l'esprit moderne, trouvait la situation assez transparente.

— Je te dis qu'elle aime quelqu'un.

— Mais qui ?

Il était prêt à faire le tour des gens qu'on connaissait, quatre points cardinaux, pour trouver.

— Elle a rencontré quelqu'un, Aris. Arrête.

— Quelqu'un de sublime ?

— Peut-être.

— Mais où ça ?

Ils mouillaient à l'amorce des petits ports. Ils ne savaient pas ce qu'était une plage avec des gens dessus, sauf dans les cas où l'un lançait l'idée de faire « comme tout le monde », et alors là, ils auraient même été prêts à emporter une glacière et à planter un parasol dans un camping tellement c'était « au second degré ». Sinon, du bateau, deux canots les emportaient vers la terre ferme, avec les marins en blanc et eux plutôt en beige, pour se différencier. Une conscience de soi qui commençait dès l'enfance. Les mouflets râlaient d'être sur le bateau, au lieu d'être sur une plage à vraiment jouer. Et puis, le bateau dans un port. La passerelle, ils en sortaient faussement blasés sous les yeux des badauds, en vrai dans la jouissance à peine supportable d'en être, et il fallait se concentrer pour ne pas, de plaisir insoutenable, glisser de la passerelle au moment le plus fort de l'année.

Alvaro était le patron. Le bateau avait beau être au père, c'était Alvaro qui arpentait les coursives en quête des marins, un rien de dédain dans son apparente camaraderie. Il se sentait l'aîné total, yacht incorporé. Il aimait à penser qu'il avait le machin sur les épaules. Il faisait celui qui se sacrifiait, mais il était content que le destin de la croisière repose sur lui. Il était né important. Ce qu'Alvaro Barbaro pensait vraiment du pouvoir, c'était que commander occupe le temps, et protège de la mort, sachant qu'un jour on meurt, bien entendu, sinon rien ne se perpétue, rien ne se transmet. Son père l'avait aidé, mais attention il avait aussi sa propre réussite. Il y avait cet entêtement des Barbaro à se distinguer par eux-mêmes, en plus de la manne séculaire. Par rapport à l'argent, ils étaient loin d'être des décadents. Alvaro avait commercialisé une sorte d'appareil radiologique, à un moment du siècle où cette innovation était le jackpot assuré. Et aujourd'hui, de même qu'il gérait la radiologie mondiale, avec des droits sur les scanners, il s'était arrogé des droits sur la vie à bord. C'est lui qui, des mois avant l'été, suggérait une destination. C'est lui qui faisait participer les autres. Il y avait des broutilles à payer, même chez les riches. Et au bout du bout, c'est lui, pendant la traversée, qui trouvait des bons endroits pour jeter l'ancre et passer la nuit. Il fallait étudier le vent, s'en mettre à l'abri, ou bien s'y exposer en cas de canicule, guetter une brise, et aussi passer quelques coups de fil à ceux qui avaient déjà sillonné l'endroit pour savoir ce qu'ils en pensaient. Or, pour capter la jet set, il fallait du réseau. Voilà le type de problème qui se posait. Alvaro était un homme concret. Même ses adultères, il les vivait en bétonné, elles et lui ils se frottaient jusqu'à l'usure. Après l'usure, le ras-le-bol venait tout seul. Il avait la naïveté du roc qui croit surveiller le vent, sans conscience des séismes. Mais bon, il avait des excuses : sa terre n'avait jamais tremblé. Sa part de rêve, c'étaient sa richesse et son statut social, deux palmes le faisaient voler très haut.

Quand Alvaro avait fini de diriger le bateau, il allait recevoir ses vrais ordres d'Atalanta. Atalanta avait des idées sur les menus, par exemple. Elle voulait des plats simples, pas ceux simplistes que confectionnait le marin cuisinier, plutôt d'autres, mieux. Elle en donnait l'esprit à Alvaro, afin qu'il répercute. Depuis des années, il pensait s'en tirer en écoutant d'une oreille distraite, et il se faisait toujours avoir.

— Note sur un papier ce que je vais te dire, Alvaro.

— Mamma...

— Tu vas oublier.

— Mamma...

— Prends un crayon.

Elle voulait manger des fraîcheurs magnifiques. Il y aurait des germes à jeter neufs et noisettés dans la soupe froide de tomates. Il y aurait des lamelles de mangue, et puis des lamelles de poulet, et puis au milieu une fine moutarde, avec du cerfeuil. Il y aurait de l'estragon haché avec de l'avocat et mis avec le citron vert. Il y aurait de la coriandre à croquer.

— Mamma... on n'a pas de coriandre fraîche.

— Tu en trouves.

Il se mesurait à sa mère. La beauté autorité incomparable de sa mère. Le culte des détails. Un mode de vie qui ficherait le camp avec elle. De la coriandre ? Il téléphonait pour avoir de la coriandre. Il mettait trois assistantes sur un coup de FedEx.

Après, il avait son père. Carlo Barbaro n'avait qu'un désir, hélas de taille : il voulait discuter de jadis. Et autant dire que remonter là où s'enfouissait un Barbaro (vers l'an 1000) prenait un temps fou, et à la fin Alvaro n'en pouvait plus, de l'alliance coriandre-croisés. Il diligentait son beau-frère. Est-il possible de croire que même le mari de Margherita, ex-fayot majeur, qui avait dessiné l'arbre de la famille avec un pinceau à calligraphie pour se montrer aimable, finissait par lui aussi rendre son tablier devant l'invasion du passé. Il s'emmêlait les pinceaux dans tous ces Barbaro. Il foutait à Antioche des anachronismes. Il rougissait. Le bateau tanguait, ou alors c'était sa mémoire qui mélangeait les cardinaux. Carlo Barbaro, en plus, était déçu. Comme d'habitude, on n'avait rien compris. Il ne voulait pas d'une discussion de principe sur l'origine des familles patriciennes de Venise. Il ne voulait pas remonter si loin. Il voulait juste, même pas Venise, juste Visconti. Son enfance. Les maisons avec les nurses. Lui qui avait tant souffert d'en avoir, à présent il les réclamait. Il filait, les doigts noués, par des chemins qu'il traçait sur la nappe, vers des volets tirés à l'heure de la sieste, des cousines. Il finissait par parler tout seul, avec toujours quelqu'un pour vite l'écouter, principalement Claudio qui aimait bien sentir la vie de famille, fût-elle celle ancienne et rétamée de son père. Alvaro écoutait d'un fond du salon. À un moment, il saturait. Il revenait sur le pont, il fixait son frère, car il n'aurait pas osé fixer son père, et il disait, tranchant :

— Basta !

Claudio craignait son frère. Il faisait celui qui pensait justement à changer d'ambiance.

— *Bagno, no ?*

Le père, à ce mot de l'enfance :

— *Bagno, si !*

Mais pour baigner Carlo Barbaro, c'était une autre affaire. En maillot, le père faisait penser à une plainte. Un gémissement dans les couilles, et qui vous les déchirait. La fin d'un homme. Claudio avait peur qu'il coule, ce père, alors qu'il nageait, si léger. Ce n'était pas si bon signe, d'ailleurs parfois les coquilles vides, d'où toute vie est partie, sont légères et ne coulent pas. Trois hommes suffisaient à peine pour faire remonter Carlo Barbaro sur le bateau, une fois qu'il s'était rafraîchi. Cela énervait

Alvaro. N'empêche, il était bien obligé de se montrer clément. Si on ne trouvait pas les mots gentils à dire, dans une langue onctueuse et filiale, pas mielleuse, le père restait dans l'eau, buté, fragile.

Séché, il se desséchait.

Il avait soif. Il avait faim.

Les mains de neurochirurgien ne pouvaient plus couper les aliments. Lui qui, jadis, aurait retiré un nerf du rôti avec une pince à épiler, il repoussait l'assiette, découragé. Il voulait de la soupe. Avec de la coriandre. Celle de sa femme.

Bref, Alvaro serait rentré à Paris sur les rotules si ces désagréments n'avaient pas été compensés par un certain délice social. Là où ils mouillaient, ils croisaient des amis. Il y avait toujours une ou deux connaissances dans le coin, avec une maison magnifique, d'autres relations et même des surprises, des gens qu'on ne s'attendait pas à trouver là, parce que, eux aussi, ils avaient eu la bougeotte, et ils n'étaient plus à Marrakech comme prévu, ils étaient à Minorque. Ah, le monde est petit ! C'est ce qu'on se disait en scrutant l'horizon, le téléphone à l'oreille.

Et Claudio Barbaro, là-dedans ?

Claudio Barbaro adorait les croisières. Un grand bateau blanc le mettait dans un état extraordinaire. Devant la fortune, il était aussi frais que le gagnant du loto. Frimeur comme le dernier des tocs, alors qu'il était profondément cet homme chic. Le gamin de banlieue qui fait le tour du bloc avec sa motocyclette, eh bien il s'incarnait dans ce petit frimeur, avec son yacht de trente-six mètres ! C'était peut-être une façon d'avoir conscience des choses. Tout ce qu'Alvaro trouvait naturel, Claudio Barbaro, lui, y voyait une exception culturelle. C'est aussi ce qui faisait sa peur de perdre. On ne peut pas avoir conscience d'une exception, pour ne pas dire d'une imposture, sans craindre un revirement de situation. Oui, il était tenu par ses avantages. Oui, il était quelqu'un d'acheté. Oui, il y avait une liberté, par rapport à cet argent, qu'il n'arrivait pas à prendre. Oui, il ne pensait qu'à l'empire, à la somme rassemblée de l'empire. Il ne comprenait pas qu'il existait, lui, tout seul, un individu. Il ne savait pas se dégager du rouage. Il ignorait que créer, c'est se dissocier. Il ne pensait même pas à créer quoi que ce soit, parce que ça, en plus, c'était plus grave que la liberté, c'était l'inconnu.

Il faut admettre qu'il était cet homme. Amarré. Amarré, même si le mot, prononcé en italien, veut dire aimer.

Le matin, Claudio Barbaro allait faire de la plongée avec les autres. Leur rapport à la beauté, je veux dire à la vraie beauté sublime, celle qui fait qu'on se tait, de toute manière, c'étaient ces virées sous-marines, où Alvaro, au lieu de pointer une fille du cigare, eh bien montrait d'un doigt incertain la fleur céladon et le poisson merveilleux. L'eau scintillait presque gazeuse, et puis ils osaient aller plus profond, dans des failles. Ils se sensibilisaient devant la nature. Leur échappée durait un certain temps, et puis ils revenaient à la réalité du yacht, à présent bien conscients que la mer n'était pas toute la vie. Oui, il y avait « autre chose », mais enfin, pour le vivre, il faudrait toujours se mouiller et il est un temps pour tout, un temps pour le rêve humide et un temps pour être un homme sec. Ils remontaient sur le bateau. Ils rinçaient leur combinaison, dans un rituel. Alvaro se badigeonnait d'eau douce, il en avait fini avec les miracles de la nature. Dans deux minutes, il lirait le journal ou serait au téléphone.

Cet été-là, une fois sa combinaison rincée, au lieu de discuter avec les autres, Claudio avait pris l'habitude de ressauter dans l'eau pour se finir au masque et au tuba, avant le repas. Il se présentait en forcené maritime, et calé contre les coussins de sa banquette, qu'il avait rassemblés pour se tenir le dos, Carlo Barbaro faisait quelques réflexions, quand son fils disparaissait encore une fois derrière l'échelle.

— *Bagno ?*

Mais Claudio était dans l'eau et n'entendait plus rien. Il filait au large. Ce n'était pas vraiment le large, au contraire, il se rapprochait de la côte et des rochers. C'était seulement le large par rapport au bateau. La liberté relative, avec la sécurité de savoir que le bateau était là, et il le vérifiait. Cette sécurité posée, il pouvait enfin prendre ses distances avec son quotidien, son père, sa mère, ses frères, sa famille, Lizzie qui bronzait pont avant, pour se connecter sur ce qu'on aurait appelé, dans un documentaire, « le Claudio intime ». Il pensait ne trahir personne en furetant au large, avec le masque et le tuba. C'était pas « tromper ». D'ailleurs, de loin, on voyait son cul, un goujon, la partie concernée de son corps n'avait rien à cacher. Assez tranquillement, il se tenait au-dessus des bancs de poissons avec sa discrétion, jusqu'à se faire oublier, des poissons et de sa famille. Puis, une fois les poissons mis en confiance et figés dans leur univers, Claudio Barbaro faisait le geste furtif de plonger davantage. Les poissons s'éparpillaient en fleurs bizarres. C'était triste de les faire fuir, mais c'était enchanteur ce kaléidoscope. Les poissons partis, il admirait son ombre au fond de l'eau, à l'aplomb de son corps. L'apesanteur. Les organes. L'amour. Arminé. Est-ce qu'une femme en réalité portait ce nom-là ? Il ne voulait plus sortir de l'eau. Il resterait avenue Gabriel, une ville commençait depuis là derrière les algues du rocher. La pelouse des jardins était là aussi, bien verte, bien longue et grasse et la houle la faisait se balancer, comme les hanches de Claudio Barbaro le soir d'Arminé. Il était un enfant. Car les enfants se racontent : on dirait que la mer, ce serait l'air. Et on dirait que les immeubles, ce seraient les rochers. Et on dirait que les policiers, ce serait le bateau. Il cherchait la belle femme, le masque embué. Il la cherchait, son maillot enroulé autour de son poignet. Il la cherchait, nu. Il la cherchait derrière les poissons. Elle était partout, bien entendu. Fidèle au poste. Estomaquée devant l'anatomie de Claudio Barbaro. Ah bon, il est comme ça votre corps ! Je l'aime. Elle était l'eau, l'eau le caressait. Elle était la mer avec une force colossale pour repousser le bateau familial. L'ancre, imperceptiblement, glissait dans le sable. Et lui, il était dans la paix d'être accepté. Ah, il était libre. Attends, il nageait au large. On n'allait pas lui dire ce qu'il devait faire ou ne pas faire, merde ! Libre ! Libre ! Libre !

Il avait froid. Il montait sur un rocher, pour se sécher avant de repartir. La chair de poule, et est-ce qu'Arminé aimerait sa peau ? Est-ce que son épiderme, qu'il détestait, pouvait être accueilli comme le reste ? Il se disait : est-ce que les femmes, réellement, ne se rendent pas compte ? Est-ce qu'elles ne voient pas la laideur des hommes ? Par quelle absolution nous accordent-elles la beauté ? Le soleil l'avait réchauffé. Maintenant, il était dans la sensualité de la chaleur et Arminé était la brise. Il attendait ses frémissements sous le cagnard de midi. Ou bien, sur son dos brûlant, la joue fraîche de la baigneuse. Être éclaboussé. Une vie avec l'intrépidité.

C'est alors qu'il pensait à repartir. Il trouvait le bateau rudement loin. Il allait falloir nager tout ça. Il mettait un pied dans l'eau. Soudain, l'eau lui semblait glacée. Il était sec, se remouiller n'allait pas être agréable. Il faisait des signes pour qu'on lui envoie le youyou. Personne ne voyait rien. Pourquoi auraient-ils regardé vers Claudio Barbaro ? Il n'était pas le centre du monde. Arminé, elle, l'aurait guetté. Il essayait de voir Lizzy sur le pont avant. Mais quand elle cramait, elle cramait. Elle disparaissait de la circulation. Une peau de chamois sur le pont de teck. Indécelable. Il faisait de plus en plus chaud. Tiens, n'était-ce pas Lizzy, là-bas, près de l'échelle, avec une serviette couleur safran et qui l'attendait ? Il remettait son maillot de bain. Il plongeait, tant pis pour le contact. Il nageait vers le safran. La distance n'était pas si longue. On s'en fait un coma parce qu'on se barre dans ses rêves, mais l'eau n'avait pas vraiment été la femme de l'avenue Gabriel, en vérité. Il avait une femme, elle allait l'envelopper dans une serviette safran et lui frotter le dos. Il avait une famille et un empire. Des amis partout. Pourquoi s'embarrasser d'une amante ? Et d'abord, est-ce que les autres accepteraient cette femme ? Est-ce qu'elle vieillirait jusqu'à devenir une autre ? Est-ce que le matin, quand elle verrait le corps de Claudio Barbaro, elle saurait ne pas devenir la plus chiante des chiantes, celle qui vous regarde vous hâter, consternée et par vous nu, et par vous habillé ? Est-ce qu'il banderait ? Et s'il bandait, combien de temps lui faudrait-il pour que, de nouveau, ne le fassent plus bander que les éléments compliqués de la boîte, à Paris, appelée Les Chandelles, et où il aimait tellement aller, parce que là-bas on appelait excitation son désespoir. Pour bien jouir tout seul, il lui fallait tellement de monde. Est-ce que Lizzy se pendrait, s'il était heureux ?

Et puis, il arrivait au bas de l'échelle, il levait le nez, et pas de serviette safran. Juste le paréo d'Atalanta, qu'elle avait mis au soleil. Et puis sa famille, que des nuques. On ne l'avait même pas vu remonter. Il filait se changer dans sa cabine. Il mettait son maillot safran. Obstiné. Il aurait du safran. Par le hublot ouvert, il entendait Alvaro. Alvaro venait là s'isoler du groupe. Là tout près le long de la coursive, Alvaro discutait au téléphone.

— Moi aussi, je suis nu. Tu es nue, toi ?

Claudio ne se penchait même plus pour vérifier. Voir Alvaro nu, le buste bombé comme un pourpoint, aurait passionné qui ?

Arminé Alischane et Claudio Barbaro ne s'étaient pas téléphoné. À la fin du vingtième siècle, malgré les téléphones portables, les bi-bandes, les boîtes vocales, les appels en absence, les numéros masqués et la magie des SMS, aucun n'avait sauté le pas de contacter l'autre. Claudio Barbaro avait plusieurs fois évalué son téléphone, toutefois jamais avec l'idée d'y toucher, pour ne surtout pas commettre l'adultère. Aussi étrange que cela paraisse, la fidélité à une vie morte était en train de lui venir là, sur le bateau, en même temps que le coup de foudre. Il n'avait jamais autant compté sur Lizzy. Il y tenait éperdu, il lui faisait croire que c'était elle qui lui avait offert le maillot de bain safran qu'il portait amoureusement. Elle lui répondait non tu te trompes, tu confonds avec quelqu'un d'autre. Il disait comment confondre ? Il aurait tant voulu recevoir des cadeaux de sa femme. Et puis, le doute. Arminé qui revenait. C'était important de se sentir fidèle, mais se sentir heureux c'était dix fois mieux, se sentir aimé c'était cent fois mieux. Était-ce mieux ? Ah, cet été-là, il n'avait su répondre à rien. Et tous les jours, voire plusieurs fois par jour, son frère Alvaro avait filé derrière la coursive passer ses communications personnelles, et tous les jours, au lieu de donner à Barbaro l'idée de faire la même chose, eh bien cet adultère, qui pourtant n'était pas le sien, l'avait de plus en plus éloigné d'un passage à l'acte. Ça le dégoûtait de se projeter dans ce porte-à-faux. D'où il se trouvait la plupart du temps, depuis sa cabine, à mi-chemin entre la coursive où planquait Alvaro et les bruits du salon où la femme d'Alvaro préférait ne se douter de rien, Claudio éprouvait à fond l'horreur du *backstreet*. Le mensonge passait par Claudio Barbaro, il servait quasiment de matériau conducteur, uniquement parce qu'il était au centre, donc c'était horrible d'être au centre, donc heureusement qu'Atalanta, jadis, lui avait dit qu'il n'était pas le centre du monde, donc il avait eu tort d'en souffrir. Il entendait son frère murmurer du désir isolé et il semblait ciair que l'attraction pour une femme vous exclut et, rien qu'à voir la tête d'Alvaro quand il passait ensuite à table, Claudio croyait avoir deviné combien, en plus, elle vous ferme à ceux que vous aimez. Sa fourchette à la main, Alvaro boudait. En tout cas le silence. Ses pensées. Peut-être la trique. Peut-être même pas la trique. Est-ce que les sentiments pour une maîtresse pouvaient aller jusque-là ? Pour sa part, Claudio Barbaro se jurait de toujours penser la baise comme une bagatelle. D'ailleurs, il aurait dû faire l'amour avec cette femme, c'en serait fini aujourd'hui. Il en serait sorti, comme on dit. Pourquoi ne l'avait-il pas prise cette femme contre la grille des Tuileries ? Il se posait la question en conscience. En guise de réponse, il se souvenait qu'une sécurité s'était enclenchée, et qu'il avait été bloqué. Il n'avait pas pu, grâce à Dieu. Tu sais bien, se disait-il, quand c'est capital tu ne peux pas. Il y a des conditions où cela t'est facile. Par exemple, tout seul, tu peux. Ou bien tout seul avec une femme, ne la voyant pas, ne la touchant pas, juste tripoter, t'emparer, tu peux. Ou bien en groupe, avec des gens disposés en étoile, avec des gens disposés en étole, là oui tu peux te sentir seul et jouir. Mais jamais dans le cas pathétique où l'homme se plombe, ne peut plus jamais faire du bateau en famille, et coule. Ces réflexions, peut-être parce qu'une femme avec des semelles compensées galopait vers lui depuis le seizième siècle, lui coupaient l'appétit. Alors voici la famille Barbaro sur le yacht à Minorque : Carlo Barbaro dégoûté repoussait son assiette, Alvaro Barbaro, pris par son désir, repoussait son assiette, Claudio Barbaro se voyait faire la même chose, incertain sur l'interprétation d'une telle osmose. Il en voulait presque à Arminé d'être entrée dans sa vie. Dieu merci, elle était à la porte, celle du portail, en plus, au bout du parc. Il pouvait la congédier. Ne pas répondre. Quand elle appellerait.

Au bout d'un mois de vacances, le téléphone de Claudio Barbaro sonnait, et il en était à faire un bond, sincèrement ulcéré qu'on ose attenter à sa vie privée. Il disait aux autres :

— C'est personne !

À ce point qu'un soir, Lizzy n'avait pu que demander :

— As-tu quelqu'un ?

Elle en parlait comme elle l'aurait fait d'un stupéfiant, pour savoir s'il en avait pris. On a tout le temps de voir de quelle manière, au final, ce que contenait Arminé était leur drogue à tous.

Il se posait en honnête, les mains ouvertes :

— Tu me vois, moi, avec quelqu'un ?

Elle ne pouvait que lui donner raison.

Alors, plus que jamais, l'appréhension. Il croyait savoir de façon de plus en plus sûre que cette femme Arminé allait l'appeler, un jour, et que ce serait terrible. Elle tomberait mal. Il serait, bien sûr que c'était possible, en train de parler avec Lizzy du temps heureux de leur mariage, quand l'avenir était safran, le ciel était une épice le soir. Elle dirait son nom Arminé comme si son nom suffisait, et – pathos – elle se tairait. Elle aurait peur. Il méprisait la peur, tout en ayant conscience – il n'était pas idiot – que c'était l'hôpital qui se fichait de la charité. Elle serait nouée, Arminé de l'avenue Gabriel, et le malaise des femmes ne fait pas toujours bander les hommes. Elle attendrait de lui qu'il profère des choses, les mots, convention abominable de la rencontre, elle voudrait qu'il évoque l'avenue Gabriel, réminiscence sur les flics, souvenirs et sensation de la course place de la Concorde, le terme des Tuileries. Elle ouvrirait peut-être aussi le jeu de raconter ses vacances. Comme si les vacances des autres pouvaient avoir une valeur ! Il se détachait, soudain. Il voulait une tout autre amante. Une femme entièrement dans les sens. Une lubrique épouvantable avec le vocabulaire limité extraordinaire de la cochonne, ah une croupe de quelqu'un à qui on n'accorde pas vraiment la vie, ah le mépris si c'était possible, s'il vous plaît, mon Dieu. Pas cette femme qui allait appeler, avec sa voix infestée de langage.

Le téléphone était son ennemi, puisque Arminé vivait peut-être dedans.

Mais le mobile de Claudio Barbaro sonnait et la voix de l'interlocuteur n'était jamais celle d'Arminé. Il sursautait pour rien, les autres en étaient témoins.

Au bout du compte, Lizzy avait demandé :

— Qu'est-ce qui se passe : tu attends un coup de fil, Claudio ?

— Loin de là.

On n'aurait su mieux dire.

Et puis un jour, il s'était fait cette réflexion : elle n'appelle pas.

Et un autre jour, cette autre : pourquoi n'appelle-t-elle pas ?

Arminé ne se manifestait pas, parce qu'elle n'y pensait pas. Ce à quoi elle pensait, elle, c'était à Claudio Barbaro. Et on peut ensuite dire que la façon dont elle s'y attelait dépassait de loin les réseaux de télécommunication. Claudio Barbaro, pourquoi cet homme se serait-il incarné dans un objet minuscule de la vie matérielle, avec Sony Ericsonn écrit dessus, alors qu'elle pouvait l'avoir, magnifié, par l'imagination ? Elle ne niait pas la magie du téléphone. Bien sûr qu'un tel objet, pour elle, c'était un outil qui permettait l'appel, peut-être le contact. Et alors ? Elle avait une constitution assez ésotérique pour croire que se concentrer, c'était parler. Elle maniait l'invocation, il lui suffisait de sourire au vide, pour l'investir de chair et de paroles. Elle se composait sur commande ses propres fantômes, enroulée dans son drap blanc. Elle aurait pu, si elle l'avait voulu, re-fabriquer Claudio Barbaro en entier, jusqu'à la boucle de sa ceinture, avec le yacht en accessoire. Elle lui parlait silencieusement pendant des heures, à cet homme, pour lui expliquer les gens d'ici à Gatti, en quoi ces gens étaient des proches, et ce qu'était autrui, pour elle, et la façon, par la bienveillance, dont elle s'en approchait. Elle parlait, elle parlait, les mots sortaient de sa tête, muets, esthétiques, l'esprit d'Arminé en ruban au-dessus de ce qu'en anatomie on appelle la fontanelle, et qui est le dernier endroit du crâne à se refermer après la naissance. Alors ces livres qu'Arminé ne lisait plus, ils n'étaient pas seulement à présent mot à mot dans les cailloux de la plage, ils étaient aussi dans le front zone de lancement d'Arminé.

Arminé, au fond, n'appelait pas parce qu'elle n'en avait pas besoin. Parfois, en traversant le patio qui menait à la plage, elle avait fixé son téléphone des yeux. En elle, oui, ça invoquait. Mais elle admettait aussi que le mobile n'allait pas forcément sonner. Appeler est une chose, être entendue en est une autre. Tant pis, la réalisation viendrait à son heure. Elle s'abandonnait à la volonté de Claudio Barbaro. Dès l'instant de la rencontre avenue Gabriel, Arminé n'avait plus voulu en rien de la force d'Arminé Alischane. Elle voulait la puissance en tout de Claudio Barbaro. Ce qui n'excluait pas l'espoir.

Une fois en particulier, son téléphone avait sonné, elle avait décroché, et elle avait entendu :

— Arminé ?

Eh bien, ce n'était que Boris Souratine. Il appelait de Moscou. Des endroits incroyables de Moscou où il avait pu entrer. Des gens armés qui faisaient patte blanche devant lui. Des livres passionnants à écrire sur ce sujet.

Arminé reposait son téléphone et partait nager. On peut se laver des autres. Brasse coulée, une nage régulière faisait de la mer un lac. Son visage lapait l'eau. Et sous l'eau, elle aussi, par intermittence, car dans la brasse coulée le visage n'est pas toujours immergé, avait rendez-vous avec Claudio

Barbaro. Les vannes de l'espérance humaine s'ouvraient : ce téléphone allait sonner, un jour. Et alors là, ce serait certainement Claudio Barbaro. Il ne donnerait pas son nom parce que l'accent italien l'en dispenserait. Ce serait à Arminé d'annoncer « Claudio Barbaro ! », elle ne pourrait pas s'en empêcher. Ce serait différent d'énoncer le nom de Claudio Barbaro à Claudio Barbaro lui-même, plutôt que de le nommer à la mer et au plan de la digue. Pour une fois, en un mois, non pas faire qu'il soit là, mais expérimenter sa présence. Vivre le réel, en somme. Désormais, il lui serait plus facile d'accepter la vie parce qu'elle viendrait de Claudio Barbaro. Elle lui dirait : vous êtes magnifique. Vos yeux, je m'en souviens, sont bleus, les canaux les plus clairs de Venise ont ce bleu qui tire sur le vert. Vos cils, je m'en souviens, sont couleur d'ambre. Vos mains petites ont la pulsion d'attraper. Votre corps est plus musclé qu'on n'avait imaginé, votre peau des taches de rousseur, la peau de votre dos le velouté même, vos hanches un aimant. Ah Seigneur, comme vous êtes beau !

Or voici que, des deux – le croiras-tu ? –, ce n'est pas Arminé l'acquise, mais Claudio Barbaro, lui harnaché de distance, qui, dans les derniers jours d'août, un matin, rentré la veille de croisière, s'était rué aux Tuileries pour se placer sur la trajectoire des coureurs. Elle avait dit qu'ici, tous les matins, elle courait. Il était le premier étonné d'être là. Et il se vilipendait solitaire dans les allées du jardin. Ah mais putain, mais qu'est-ce qu'il foutait là avec ses lunettes pour voir de loin ?

Les coureurs, une masse hostile, qui bougeait tout le temps, un train. Difficulté à faire le point sur l'un d'entre eux. Les gros couraient pour maigrir, c'était évident. Les beaux hommes massifs pour se maintenir étalons et fourrer le genre humain. Les ex-fumeurs pour pas crever de la cigarette mais d'autre chose. Les femmes aux gros seins pour les agiter, avec suggestion que là possiblement sexe à glisser. Il pensait avec ses références. C'est pas qu'il s'emmerdait, mais oublier cette femme devenait pénible et long.

Tu as peur de ne pas la reconnaître, avoue.

Tu n'es pas tellement épris.

Si tu n'es pas épris va-t'en.

Il ne partait pas. Au contraire, il cherchait une chaise, tout en imaginant qu'il allait travailler. Non non non, ni le silence ni l'absence de cette fille ne le postaient là Tuileries Est, ni l'angoisse intenable de perdre un être susceptible de l'aimer, lui Claudio Barbaro, ni sa conscience éclairée se mettant en torche. Ça n'était pas l'amour non plus. Attends, c'était même pas le sexe, alors hein ! Il allait juste la croiser et il en serait débarrassé. Le réel explose les fantasmes.

Il avait conçu de se placer à l'angle d'un des petits bassins, celui sud près des grandes terrasses, et d'attendre. Calmement. Le *Herald Tribune* à la main. Puis, comme les bassins n'avaient pas d'angles, il s'était pris la tête sur des compromis géométriques. Il devenait obsessionnel sur chaque détail et le dernier des psychanalystes l'aurait coincé en deux questions.

— Vous n'étiez pas obsessionnel, avant ?

— Non. Non ?

— Alors qu'est-ce qui vous obsède tant à présent ?

Il méprisait les coureurs. Les corps d'athlète de ces bourrins ne dégageaient aucune grâce. Soit minceur excessive, de vilaines peaux tendues sous des maillots en matière synthétique, des esthétiques de cycliste et des visages crispés d'effort et de douleur comme si celle-ci montait. Soit des mous à raffermir, leurs bras en bouées de pare-battage, des étriers ballants. Il fallait être très con pour courir après rien. Il ne supportait le sport qu'à domicile, avec les meilleurs coaches à votre service, des humbles qui vous massaient pour se faire pardonner leurs exigences, et qui s'extasiaient sur votre corps en le trouvant pas si mal, en progrès. Des diplomates. Il en avait bien besoin, de faire un peu d'exercice. Avec le temps, un fait palpable se produisait vers sa ceinture abdominale, à savoir qu'il en avait une. Cinquante ans. Il n'avait pas la crise de la cinquantaine. Pour l'expérimenter, il faut être en mesure de se révolter. Mini-insurrection, mais soif de se débattre, quand même. Claudio Barbaro n'éprouvait rien de cela. Il était dominé et tenu, sa force enfoncée, retournée, comme ces presque nouveau-nés qui, lors de l'accouchement, se présentent par le siège. Il était peut-être plus puissant que n'importe qui, et on verra qu'Arminé avait raison de le penser, mais de la façon dont son être était connecté au sublime, auquel il faisait littéralement dos – il l'avait seulement derrière lui, tout entier contenu dans son interminable généalogie de preux chevaliers –, il ne pouvait que se sentir le plus faible des faibles.

Aussi, ténu, attendait-il. Il avait pris une chaise du parc, à cette heure la plupart étaient disponibles. Une chaise plutôt qu'un fauteuil. Sur une chaise, il avait sa dignité. Il ne savait pas ce qu'il était venu chercher. Au cas où ça aurait été une amoureuse de lui, il mettait un point d'honneur à ne pas se présenter en homme tonique.

Cette occupation avait duré une semaine. Au bout d'une semaine, il avait dressé le bilan. Ou bien cette femme ne courait pas, ou bien Dieu refusait de l'envoyer au rendez-vous du complet hasard. Il était venu à huit heures, et puis il était venu à neuf heures, et puis il était venu à sept heures, à dix, à neuf trente, à huit vingt-cinq. Il ne pouvait pas passer sa vie là. À un dîner il avait eu une conversation passionnante sur la loi des probabilités avec un mathématicien. La vie mondaine, c'était aussi, de temps à temps, quelqu'un de réellement nourrissant. Comble du luxe, le milieu de Claudio Barbaro faisait sien tout ce qui en valait la peine. Personne n'avait cure que ce mathématicien ait été boursier d'État (sans quoi il n'aurait jamais pu quitter Semur-en-Auxois), on préférait qu'un don inné l'ait poussé à se distinguer, pas la peine de préciser de quoi. Dans ce dîner placé, cet homme côtoyait Claudio Barbaro. Et Barbaro, bien qu'apparemment concerné comme d'habitude par qui-couche-avec-qui, les trouvailles culinaires des grands chefs et les signes astrologiques de chacun, n'avait en fait qu'une idée en tête : pourquoi cette femme, qui courait aux Tuileries tous les matins, eh bien n'y était pas ? Cette question venait après « pourquoi n'appelle-t-elle pas ? » et la recouvrait totalement. Dès qu'il avait su que son voisin était mathématicien, il lui avait prêté des forces spéciales et avait fait glisser la conversation sur la théorie des probabilités, au cas où serait détenue, dans le fond d'un filet scientifique, la friture de son destin. Il apparaissait qu'il avait mis dans le mille. Voici qu'en marge des lois auxquelles était accoutumé Claudio Barbaro, d'autres se révélaient et qui, non pas disaient ce qu'on avait le droit de faire ou de ne pas faire, mais estimaient ce qu'on était en droit d'espérer ou de ne pas espérer. Il découvrait qu'en sept jours ses chances de rencontrer Arminé dans un lieu défini par elle, sans précision de l'heure, s'escamotaient dans une espèce d'infini saugrenu, où l'amour bien sûr pouvait se loger, mais pas la rencontre, trop précise. Le mathématicien (d'ailleurs polytechnicien et Claudio Barbaro les avait toujours eus en horreur) minimisait les chances de Claudio Barbaro de rencontrer un ami (Barbaro avait dit « un ami ») dans le jardin des Tuileries, sur mettons une semaine, à 1 pour 167 000.

— Vous êtes en train de me dire que je n'ai aucune chance ?

— On sait pas.

— Comment ça, on sait pas ?

On sait pas peut-être à Semur-en-Auxois, avait envie de dire Claudio Barbaro. Quand il était frustré, il était prêt à se venger sur n'importe quel manant.

Le mathématicien avait poursuivi, imperturbable :

— On sait pas : vous pouvez avoir un gros coup de bol.

Claudio Barbaro apprenait qu'au-dessus de la chance, à un niveau supérieur, au fond plus noble si on allait chercher par là, il y avait le coup de bol.

— C'est quoi, un coup de bol ?

Le mathématicien n'aurait pas cru, en se rendant à ce dîner, qu'il allait pouvoir déployer un échantillon de ce dont sa femme et ses enfants ne voulaient plus entendre parler : sa religion considérable.

— Eh bien, disons que l'attente induit des déceptions. Tout échec se traduit par du ressenti et usure de la psyché. Ôtez cette donnée et il ne reste plus que bingo !

Un fou.

— Croire en sa chance, ça existe, ça, de croire en sa chance, non ?

— C'est ce que je vous dis, Claudio !

— Ah ?

— Il y a des gens qui ne s'arrêtent pas à la déception. Ils ne prennent aucun retard.

— Ah bon ?

— Ils espèrent jusqu'à la chance.

Ah mais non, mais attends, c'était fulgurant !

Alvaro, en face à deux places de là, suivait la conversation. Il avait toujours admiré les facultés rhétoriques de son frère. Voilà pourquoi Claudio était un bon avocat. Claudio était aussi à l'aise dans la discussion de surface, que dans ce qu'Alvaro, globalement, appelait « les choses sérieuses » et qui avaient trait aux conflits potentiels. Leur père avait eu raison de préférer Claudio. Tiens, lui aussi Alvaro préférait Claudio. Peut-être Claudio étonnerait-il un jour tout le monde ? Pour le moment, c'était difficile à imaginer. Claudio se mettait sur la pointe des pieds pour parler de mathématiques. En plus, l'instant d'après tu pouvais miser le trouver les coudes au corps, agité comme un vendeur de chez Cerruti, à baragouiner des conneries aux plus connes des connes. Il repassait vite d'humain à mondain, va. Non pas qu'Alvaro se sente valoir mieux. Mais bon, au moins, lui, il avait l'excuse d'être un vrai bourgeois, en plus de la noblesse. Tandis que Claudio avait une authentique originalité. Il aimait lire. Il aimait les rêves du père. Eh, il avait aimé Lizzy : l'étrange lui était sympathique. Qu'est-ce que c'était d'autre, la noblesse, que l'étrange élevé en valeur ?

Et Alvaro de demander :

— C'est un ami, et tu le cherches aux Tuileries ?

Claudio Barbaro n'aimait pas trop cette incursion.

— Voilà, oui. C'est ce que tu dis.

Pris au collet, il pouvait devenir tranchant, un dictateur, il vous giflait les réponses, sans un regard.

— Et pourquoi ne l'appelles-tu pas, cet ami ?

Claudio Barbaro n'aimait pas trop cette suspicion. De la main, il balayait les interruptions de son frère.

— C'est un ami injoignable.

Alvaro se campait, la tête en arrière.

— On dirait bien, oui.

Alvaro l'avait toujours énervé. Dans l'enfance, par des questions anodines « qu'as-tu fait, sous la douche ? », auxquelles Claudio opposait des réponses succinctes comme « je me lavais », « je me savonnais », « j'avais du mal à avoir de l'eau chaude », « je me détendais », Alvaro acculait Claudio à rougir et à se débattre.

— Il est injoignable, Alvaro, stop.

Et depuis toujours, à un moment, Alvaro faisait mouche, un roi de l'escrime, comme les Barbaro immémoriaux.

— Et qui est-ce ?

Claudio l'avait cherché, en même temps.

— Eh bien...

Voici des gens de connaissance qui venaient les

saluer. Edwina et Toby Kessel. Claudio Barbaro était sauvé, d'ailleurs il se sauvait, de groupe en groupe, caché derrière, à en faire des buissons. Et dès qu'Alvaro approchait, Claudio gesticulait, il filait les bras en l'air se servir une autre vodka.

Il suait de culpabilité, lui qui n'avait rien fait.

D'où, le lendemain, pas réveillé de très bonne heure (à cause des excès de la veille), il avait repris le cours de sa vie, au lieu d'aller prendre un hypothétique poste dans le jardin des Tuileries. C'était trop dur. Vivre caché avec éclat, il n'y arriverait jamais. Il se sauvait, y compris de cette histoire absurde. Sa serviette de cuir contre la jambe, il avait tracé dans l'allée centrale des Tuileries, que les coureurs n'empruntaient jamais, car, comme il avait eu le loisir de l'observer, les coureurs tournaient plutôt autour du parc. Tant pis, il ne verrait pas cette femme et, ma foi, c'était mieux ainsi. Il allait faire avec du vieux. On n'en mourait pas.

Bien sûr, c'est là qu'il l'avait vue.

Coup de bol.

Et comme quoi, si on a vocation à s'abriter, on se protège avec les plus récents moyens du bord, il avait en premier pensé fuir téléphoner au mathématicien pour lui dire qu'il avait raison. L'appeler en plein coup de bol, genre en direct de l'événement scientifique. Genre venez voir ! Et attendez, vous ne savez pas tout, mon ami c'est une femme ! C'est pas un vrai coup de bol, ça !

Elle courait, c'est bien normal. Vers lui.

C'était elle, même sans talons.

Elle avait une queue-de-cheval, elle lui souriait et

avait démantibulé sa course pour attirer l'attention de Claudio Barbaro, elle dansait on aurait cru en caracolant vers lui, elle apportait la gaieté. Le safran (comme de bien entendu) de sa chemise indienne la classait parmi les coureurs décalés, les plus rares, et cela venait parler à Claudio Barbaro au cœur de sa gamme ocre de couleur et de rêves. Elle portait cette chemise de voile qui ne protège pas des rayons du soleil. Il connaissait ces chemises indiennes, même en fermant les trois boutons on était en plein vent, dans le coton. Pour lui, dans sa métaphysique, elle était nue. Le bouquet de ces éléments le fit caracoler lui aussi, mais vraiment en dedans, car, de dehors, il s'était pétrifié. Il trouvait cette femme en difficulté tellement belle et entière. Elle était libre. Était-il possible qu'une telle femme se passionnât pour lui ?

Quand elle avait été devant lui, elle avait posé ses mains sur les épaules de Claudio Barbaro, deux mains presque faites pour vous suspendre à la lumière, vérifier si on voit à travers vous. Elle lui souriait au visage :

— Claudio Barbaro !

Eh, le nom merveilleux sortait d'un mois de circuit fermé !

Lui se tortillait, il faisait le blasé qui a un beau nom. En vrai, dévasté par l'euphorie d'être nommé. Elle collait sur lui, sur son front, sur ses tempes, la bonté attentive porteuse de passé et d'avenir des Alischane. Et lui bêtement, les hommes sont bêtes, il en était encore à l'étape qui avait accaparé sa semaine.

— Vous, vous courez dans l'allée centrale ?

Elle respirait la confiance. Et fort, car elle était essoufflée.

— Je vous ai vu.

Elle l'avait vu ! Il fit mine de reculer, la peur qui revenait. Ce système Barbaro de ne s'arrêter à rien. L'effet mésange.

— Je vous empêche de courir.

— Au contraire.

Il aurait bien voulu, vaguement interdit, froncer les sourcils et demander ce qu'elle voulait dire par là, au juste. Or ça n'avait pas lieu d'être. Tout à coup, l'idée qu'elle courait grâce à lui apparut la plus pertinente et, alors qu'il avait compté rester sur sa réserve (réserve de quoi, on se le demande), il formula aussitôt son interprétation de la situation.

— Je vous donne des ailes.

Elle avait lâché ses épaules. Tant d'approbation dans ce regard.

— Oui, Claudio Barbaro, des ailes.

Le reste se passait bien, sinon. Il la considérait, pris par une certaine allégresse, avec envie d'être lui-même comme elle avait l'air d'être elle-même, d'avoir cette primitivité-là pour créer un univers franc. Et si cette femme pouvait être le miroir où découvrir un Claudio dépoussiéré, désembué, et accepté ? Il voulait à la fois se taire par précaution, et parler par euphorie de pouvoir le faire. Il cherchait quoi confesser, et lui qui n'avait jamais déposé son espoir auprès de personne, c'est ceci qui lui vint :

— Comme je passe ici tous les matins pour me

rendre à mon cabinet, je me disais : peut-être que je vais la rencontrer, un jour ?

Elle l'avait dévisagé. Depuis l'avenue Gabriel, le visage de Claudio Barbaro était imprimé sur un buvard, dans la tête d'Arminé.

— Comme vous êtes beau, Claudio Barbaro.

— Je ne suis pas beau.

À froid, il n'avait pas le culot d'être cet homme-là.

Arminé avait une façon de regarder qui était méditer. Aussi enveloppait-elle la fragilité de Claudio Barbaro dans le coton où aboutit la candeur, et qui est allégresse.

— Je peux faire un bout de chemin avec vous, si vous voulez ? avait-elle proposé.

Il avait accepté et tout de suite pris son bras, et tout de suite sa main dans la main d'Arminé, les doigts qu'elle avait si fins, un anneau ocre à l'index, les ongles vermillon, la stupéfaction d'expérimenter qu'un lien est possible, qu'on n'est pas dominé dans la vie, ferré par les autres. L'instant d'après dans les bras l'un de l'autre, collés pas discrets au milieu du parc, ne pensant plus à rien, éternisés dans l'épiderme, la peau importante, les yeux contre le corps de l'autre, le noir qui se fait avec des lumières très profondes à l'intérieur de la nuit, l'infini dans la visibilité perdue. Accaparés vraiment comme s'ils agissaient, puisqu'on dit que l'action vide la tête et que là on voit que ce n'est pas vrai : c'est seule la confiance immobile qui fait vraiment de la place. Ne faisant rien, après l'acte de se rejoindre, ne réfléchissant pas. Lui ne pensant même pas maintenant je comprends pourquoi j'ai lu des livres, c'était pour tenir jusqu'à ce moment. C'est capital, ce qui m'arrive. Elle ne pensant même pas la peau mais alors voilà une chose extraordinaire. Lui ne pensant même pas il faudrait prendre des mesures, on va nous voir, eh bien tant pis, qu'on nous surprenne, le monde est inévitable. Elle ne pensant même pas nous sommes seuls, tous les deux nous sommes seuls, je suis sa solitude, il est ma solitude, il a l'odeur de la solitude car c'est la seule pour moi à respirer jusqu'à la mort. Lui ne pensant même pas j'aime cette femme, elle va être l'amour de ma vie, je n'aurais pas cru cela possible, être choisi : je rêve. Elle ne pensant même pas dites-moi que c'est ça, le réel ! Lui ne pensant même pas attention, là c'est spécial on te caresse, à part que la vie ce n'est pas ça. Elle ne pensant même pas il n'est pas marié cet homme, une femme ne laisserait pas un homme ainsi abandonné. Lui ne pensant même pas j'ai peur, je ne peux pas vivre un adultère, je ne le peux pas, c'est au-dessus de mes forces, je ne peux mentir à Lizzy que pour lui cacher des choses laides que je fais, et c'est ma façon de l'en préserver. Mais la beauté, ah non, la beauté c'est exclu. Elle me tuerait. Arminé ne pensant même pas si cet homme a une femme, elle ne l'aime plus. Allez, elle ne l'aime plus. Lui ne pensant même pas j'aime ma femme puisque je lui épargne ma laideur. Je ne peux rien faire contre mon état, personne ne m'a forcé, j'ai choisi une vie où j'ai stabilisé le compromis, c'est fragile, c'est un équilibre instable, je vis sur un pied, maintenant j'ai cette femme nouvelle Arminé dans les bras, elle sent l'amande, qu'est-ce que je vais faire ? Elle ne pensant même pas je voudrais dire et je voudrais ne rien dire. Ici, c'est le centre du monde. D'ailleurs ici centre du jardin. Quelle saturation de hasards faut-il pour que deux personnes, supposées se trouver à Venise, se réunissent ici au cœur de Paris ? Lui ne pensant même pas je veux le corps de cette femme à mes côtés pour tous les jours où nous serons vieux. Elle ne pensant même pas cette peau, c'est ma peau. Ces yeux clairs, ils m'éclaircissent. Il y a un homme dans ce corps que je tiens, quelqu'un sait maintenant que je suis là. Prendre corps, voilà, c'est ça. Nous serons ensemble à des tas d'endroits. Il faudra que nous nous montrions en Inde, Taj Mahal, à Goa chez les tailleurs portugais, nous serons à Lisbonne baie de Guincho, à Tarifa sous les moulins à vent, nous serons sources du Nil dans la communion de ceux qui ont trouvé leur source, nous serons New York en bas des tours, passants microscopiques mais reconnus depuis le soleil, nous serons, je vais te dire ce que nous serons, nous serons : heureux. Lui ne pensant même pas mon frère ne comprendra pas que je veuille vivre. Ma mère ignorera mon amour. Lizzy se foutra de ma gueule. Le mari de Margherita me rayera de la généalogie. Edwina Kessel se vantera que tout est arrivé chez elle et on saura que dès cet été-là, avenue Gabriel, je connaissais cette femme. Il y a des limites à la liberté qu'on peut prendre. Cette femme fera ma rupture avec tout, mes amis voudront rompre avec moi si je change de vie. Qui me comprendra quand tous vivent dans le préau social avec des récréations comptées ? Quand leur vie à tous c'est sauvegarder le patrimoine, sauver les apparences, garder le sens commun ? Elle ne pensant même pas je les aimerai tous, tous les Barbaro même ceux qui ne voulaient pas de nous citoyens vénitiens, nous n'étions peut-être pas prêts, après tout ? Lui ne pensant même pas je ne pourrai jamais en faire ma maîtresse, une femme qui fait la roue ne passe pas inaperçue, Alvaro soupçonne quelque chose, il n'y a rien à cacher chez cette femme, elle déborde. Elle ne pensant même pas enfin voici venir le temps de la lumière, je voudrais que ses hanches se collent davantage à moi. J'aime le chaos liquide que fait naître Claudio Barbaro. Je l'attendrai dans la lumière du corps. J'ai un corps ! Lui ne pensant même pas comment cette femme, ses cheveux sentent le tilleul, comment pourrait-elle accepter la forme de l'adultère ? Où serait-elle discrète, par exemple, rien que là à m'enlacer au milieu du jardin des Tuileries ? Elle me fera des scènes quand je la nierai. Elle dira : tu as honte de moi ! Moi, je saurai combien ses colères seront fondées, je me sentirai atrocement fautif, et je lui ferai la tête à cause d'un ensemble de choses que j'aurai sur la conscience. Elle aura cette intelligence de se mettre à me parler. Elle dira : attends, si tu me nies, c'est toi que tu nies. Si tu me fuis, c'est toi que tu fuis. Oui, je ricanerai, mais pas en vrai. Elle me dira : combien de fois cela t'est-il arrivé, l'amour réciproque ? Elle n'aura pas besoin de réponse, l'amour réciproque n'est pas courant, on n'a pas besoin d'une thèse ni d'un aveu pour le savoir. Il y a des gens qui se répondent, oui. Au-delà, combien de gens qui s'aiment ? Elle ne pensant même pas c'est pas compliqué, je ne peux pas abandonner cet homme, il mourra si l'amour ne le prend pas dans la bouche. Pire que la mort : il y pensera avant de mourir à l'amour écarté. Lui ne pensant même pas elle me demandera toujours plus et je ne pourrai rien donner. Elle voudra un enfant, et moi aussi j'en veux, mais je suis trop vieux, et je n'aurai pas d'enfant, je n'aurai pas d'enfant. Un jour, elle sera trop vieille et nous voudrons toujours cet enfant et nous ne pourrons plus le faire, et le désert de la stérilité, ce sera ça notre fin. Elle ne pensant même pas lui, juste lui, pour enfin goûter aux hommes. Lui ne pensant même pas elle m'obligera, assise, soudain cruelle, elles le deviennent toutes, à aller trouver Lizzy, ma Lizzy, et à lui dire écoute Lizzy, c'est fini, j'ai rencontré quelqu'un. D'autre. Et si je ne le dis pas, elle me traitera de lâche. Comme j'en serai un, être cerné par un mot avec lequel je serai d'accord me semblera deux fois une prison. Elle me tiendra par des pleurs, car un jour elle sera là des larmes dans ses mains, à travers ses doigts, par terre, Claudio tu m'avais promis. Je n'aurai rien promis du tout. Alors elle dira comment oses-tu dire ça ? Me serrer contre toi c'était promettre. Me dire je t'aime c'était promettre, elle prendra à témoin le jardin des Tuileries, et les arbres se mettront à parler, des bruissements avec dedans ces mots : si tu ne vois pas que tout ton être c'était promettre, alors c'est que tu es fou, l'es-tu ? Et les arbres perdront leurs feuilles, à cause de la peine que je leur ferai, et ce sera l'automne pour moi, de mon fait, avec l'hiver pour aller vers la grande désolation de la décrépitude, avec ma terre gelée, tous les éléments très refroidis autour de moi, alors que j'aurais pu avoir du safran. Elle ne pensant même pas à lui demander quoi que ce soit. Lui ne pensant même pas elle me rendra malade par sa demande. Je n'aime pas qu'on me force. Je serai minable, je suis coincé. Je dirai tu prends tes désirs pour des réalités, tu inventes notre relation, nous avons eu un penchant l'un pour l'autre, un coup de grisou, un coup de chaud, une tocade, un crush, je dirai ces mots stupides pour me défausser, je dirai à l'époque je pensais te ménager, je ne voulais pas être brusque, je ne voulais pas te bousiller, et toi tu as cru que je t'aimais. Un malentendu, voilà ce qu'est notre histoire. Tu as tout compris de travers. Je te pardonne, tu es écrivain. Elle ne pensant même pas enfin ce n'est plus la peine d'écrire pour que ce soit ainsi. Lui ne pensant même pas je lui vanterai son travail, je la valoriserai. J'aurai cette idée que si elle se sent plus forte par elle-même, ce sera moins difficile de retourner à être elle toute seule. Je serai ignoble, je peux l'être. Elle ne pensant même pas Yasmine Aristi aime Guillaume Stevenet, comment ai-je pu ne jamais m'en rendre compte ? Lui ne pensant même pas personne autour de moi ne s'aime, on attend tous derrière une fenêtre. Elle ne pensant même pas nous avons tout le temps. À partir de maintenant, c'est le début de la patience. Ce sera facile d'attendre, puisque tout finira par arriver. Lui ne pensant même pas un jour, elle ira trouver Lizzy, il y a des folles qui font ces choses. Elle ne pensant même pas s'il a une femme, comment l'aimer, elle aussi ? Ô je voudrais aimer cette femme ! Lui ne pensant même pas je la démentirai auprès des autres, je dirai, acculé, elle est spéciale, elle a fait une fixation sur moi, je me vanterai pour attraper, au passage, le trophée d'avoir suscité une passion, je prendrai ce qu'il y aura à prendre, je ne suis pas capable de vivre l'amour. Elle ne pensant même pas ça ne se peut pas, de ne pas s'aimer. J'ai bien fait de croire en moi. C'est le début de ma vie personnelle. Comme c'est bon, un corps. Comme c'est bon, le cou qui palpite. Les hanches en vrai. Lui ne pensant même pas lucidement tout ça je ne me le dirais pas si je n'étais pas déjà fou amoureux. Elle ne pensant même pas si nous sommes là c'est que l'amour y est aussi.

Et eux deux se serrant plus fort. Avant d'entrer dans la précision du baiser.

La première année, ils se retrouvaient tous les matins à neuf heures aux Tuileries. Ils avaient eu d'emblée une pulsion pour la version luxe de l'habitude : les rites. Côté pont Royal, un bassin pour lequel ils avaient opté, c'est là que, s'il faisait beau, le premier arrivé joignait deux fauteuils et s'installait, la tête renversée. Il pouvait fermer les yeux et espérer une apparition, avec cette certitude que, dans la luminosité du jardin, le miracle se produirait. Si le temps était menaçant ou franchement décourageant, alors patience debout, à guetter l'autre, à aller à sa rencontre. Ils longeaient la grille du parc, traversaient rue de Rivoli, et s'engouffraient dans l'hôtel Meurice. Ou, partaient pour le palace et, la marche finalement les réchauffant, se contentaient d'arpenter le parc. Elle lui prenait le bras, il serrait fort, deux soirs par semaine le masseur de Claudio Barbaro demandait « Qu'est-ce que vous avez fait avec vos trapèzes ? ». En longeant les grilles, ils commentaient les embouteillages. Claudio Barbaro disait à Arminé : tous ces gens au volant de leur voiture ont soif d'amour, et moi de l'amour j'en ai. Et il se penchait pour embrasser la joue d'Arminé, et Arminé disait avant nous étions comme eux, et elle avait tort, aucun d'eux n'avait jamais été comme les autres. Claudio Barbaro indiquait l'endroit où il avait attendu la première semaine, et somptuosité devant ce lieu, ils s'éternisaient là, ils prouvaient aux éléments de cette zone – terre, eau, jardiniers, poissons – qu'au bout du compte ils s'étaient trouvés. Si l'un des deux ne pouvait pas venir, il prévenait par un coup de fil, auquel cas une autre heure était fixée. Quand, par nécessité, ce devait être un autre jour, ils se faisaient par téléphone la sublime balade. Soit l'un des deux s'était rendu aux Tuileries, par conséquent décrivait les pigeons sur les sculptures, les passants très captivants, la nouvelle tenue d'un coureur, le salut d'un jardinier, soit aucun des deux n'avait pu y aller, et ils se disaient, ça me manque, vous me manquez, avec vous j'aime me promener, jamais ce jardin ne vivra sans vous, c'est vous qui le faites pousser. Il avait fait promettre qu'ils se vouvoieraient, hormis les moments privilégiés du corps. Elle avait dit oui en pensant que ce serait « tu », tout le temps. Là encore, c'est original de constater que, des deux, c'est elle l'étrangère au corps qui avait foi dans les lois physiques, et lui, le féru de la trique, à qui le concept de coucher ensemble semblait de plus en plus acte insolite et à longuement réfléchir.

Cette première année-là, pas plus que les autres à venir jardin des Tuileries, et ce jusqu'à la concrétisation, des années plus tard, l'acte de s'emboîter l'un dans l'autre ne passerait pas le stade de l'enlacement. Faire l'amour, aucun des deux n'en était capable. Il avait peur parce qu'il savait ce que c'était. Elle avait peur parce qu'elle l'ignorait. Baiser, il avait la lucidité de ne pas y compter. Et elle, la simplicité de ne pas voir la différence entre jouir et se réjouir. L'hôtel Meurice, ça n'était pas pour s'envoyer en l'air. À cette époque, ils s'envoyaient bien plus haut, même si le bar était au rez-de-chaussée. Ils prenaient là leur petit déjeuner, aux anges. On vante assez l'intimité de ce repas du matin. Un homme qui va chercher des croissants, voilà qui passe pour une preuve d'amour. À telles fins des hommes non amoureux se ruent tôt à la boulangerie, pour ne pas avoir à dire « je t'aime », vu qu'en plus ils n'aiment pas, en ayant toutefois l'air d'un peu le dire, de manière à poursuivre la relation sur un mode sympathique et prometteur. Arminé et Claudio Barbaro étaient très loin de ce schéma, préservés des comportements lambda par leur abstinence. Encore que ce mot soit à relativiser, de même que le mot platonique, pour ce que leur définition induit de non charnel, alors que tous les deux étaient bel et bien soumis à la communión de leurs peaux. On ne peut pas comprendre l'histoire d'Arminé et Claudio Barbaro si on n'intègre pas que, durant ces longues années, dès qu'ils se voyaient leurs mains étaient réunies. Il faut concevoir que leurs bouches se prenaient. C'étaient des baisers passionnés où Claudio Barbaro, on peut lui faire confiance, projetait ce qu'il ne se voyait pas accomplir par d'autres moyens. Ils s'embrassaient, lui le bassin légèrement en retrait afin qu'Arminé ne détecte, ni quand il bandait, ni, tocsin, quand il ne bandait pas. Il fallait que sa physiologie reste un mystère. De fait, peu de choses frétillaient vers le bas (et alors ?), tandis que, vers le haut, la langue de Claudio Barbaro exprimait que c'était possible (et alors...).

— Un jour, renvoyait-il.

Il n'aurait pas pu mieux tomber. Destin ou instinct, il avait approché la seule personne assez aérée pour le laisser faire, sans ni l'attendre au tournant ni poser des ultimatums, et persuadée, en plus, que cette lenteur était bon signe. Comme Claudio Barbaro était la proie de contradictions, il rêvait parfois qu'Arminé prenne le taureau par les cornes, le chope et le baise, de sorte qu'il n'aurait eu qu'à s'exécuter, et rien n'aurait été sa faute. Mais l'eût-elle fait, eût-elle mis Claudio Barbaro au pied du mur, une cuisse décidée calée entre ses jambes, il aurait sur-le-champ abandonné les Tuileries. De toute sa vie, Claudio Barbaro n'avait pu supporter qu'on le brusque. Non, il fallait que ça vienne de lui.

De lui rien ne venait.

Et d'elle, rien ne venait.

À ses « un jour », Arminé ne répondait jamais des « quand ? ». Elle trouvait ça clair : un jour. Un jour n'avait que vingt-quatre heures. Dans l'immensité d'une vie de cent ans, un jour était plus précis qu'une semaine ou qu'un mois. D'où, elle était plutôt excitée à l'idée qu'ils n'aillent pas totalement au hasard.

Devant la crédulité d'Arminé, laquelle était en réalité foi et ardeur, il ajoutait :

— Ça n'en sera que plus agréable.

Il avait gardé des anciens Barbaro une onctuosité

d'homme de cour. Il lui promettait monts et merveilles quant à ce qu'ils feraient quand ils aboutiraient. Notamment, une image dont il avait fait sa marotte, c'était que, quand ils seraient nus dans un lit, le jour des circonstances réunies, ce serait Hiroshima. Bien sûr, en homme instruit, il avait de cet événement historique une vue exacte, il savait que l'avion porteur de la bombe atomique s'appelait *The Great Escape*, et qu'Hiroshima avait été choisie pour épargner Kyoto, trop belle. Et il avait lu *Sept Japonais racontent*. C'est en connaissance de cause qu'il comparait la résolution de leur amour à l'avènement de la cruauté et à la dématérialisation d'un monde, ce que l'explosion avait été pour chaque atome à Hiroshima. Mais, catastrophe nucléaire ou pas, en tout cas elle n'était pas imminente. Il y avait un sursis. Ce serait : un jour.

Pour l'heure, il pouvait prendre les mains d'Arminé, et les embrasser, et après s'engager dans les baisers les plus fous. Jamais plus loin. Jamais, surtout pas. C'était mieux ainsi, plus malin et plus sage (les deux). Si une telle femme faisait l'amour avec lui, elle le quitterait vite. Il fallait la maintenir dans un vide, elle si pleine d'idées, de puissance et de mots. Il ne fallait pas lui donner ce qu'elle attendait. Ou alors, elle attendait l'exception, dans ce cas la seule manière de la lui servir vraiment, c'était de rester cet éden, sachant que l'éden c'est après la vie, ma chérie. Un jour. Oui, il suggérait l'infini. Eh oui, il lui confirmait, assez radical, que cette histoire durerait très longtemps, qu'un jour ils seraient étonnés tous les deux en comptant les années, le temps ce serait un ruban et le moment de leur rencontre avenue Gabriel leur semblerait l'Antiquité tellement leur histoire aurait duré longtemps. Ils seraient époustouflants au milieu des années. Et si ce projet ne suffisait pas pour la rassurer et l'effrayer (les deux), si ce projet ne suffisait pas pour la séduire et la tenir à distance (les deux), il ajoutait vous ne savez pas ce que c'est, une double vie, je nous épargne l'enfer.

Ne va pas croire que, pour sauvé qu'il se sente, il ait bien vécu sa résistance. Au contraire, la vraie évidence aurait été d'aller vers Arminé. Il le savait. Il luttait. Avec un avant-goût parfois de ce que la vie pourrait être s'il acceptait Arminé. D'un côté, la fuite, et de l'autre moments inoubliables quand, par exemple, il se livrait à elle, voici qui je suis, voici ce que je ne sais pas être, voici qui j'aurais rêvé d'être, j'aurais voulu avoir de plus grandes mains, j'aurais voulu que vous me connaissiez enfant, je voudrais vous montrer une photo de moi sur un pont à Venise car j'y suis un soleil, j'ai dans le corps des trésors mais uniquement si vous en trouvez, je ne cesse de vous prendre avec moi par la pensée, dans mon lit, au Palais, dans la rue, je suis libre tout le temps dites-moi quand vous pouvez, vous. Nous nous aimons. Et dès qu'il se sentait tourner les talons, détaler, décommander un rendez-vous avec elle parce que ce serait le soir, le soir était aventureux, sa propre fuite le frustrait, lui aussi. La tristesse lui coupait les jambes. Moins de capacité dans les poumons. Plus de résignation. Plus d'échec. Pathétique et plombé, il devenait les feuilles d'un saule. C'était la tuile de ne pas se sentir d'attaque. C'était la couille. Il était désolé. La désolation. Ses insuffisances. Quand Arminé allait-elle se rendre compte qu'il était un foireux, qu'il n'avait pas la force ? À quel moment cette femme, dont les ancêtres avaient galopé d'Ispahan à Venise, certains poussant jusqu'à Bruges, allait-elle approcher que, là, elle avait affaire à un escargot, avec une coquille faite peut-être d'ancêtres, là aussi, mais avec pas mal de bave autour des antennes depuis cent quarante-deux générations ? Elle allait le fuir à son tour, horrifiée. Sa fuite à lui ne serait rien, comparée à l'envol qu'Arminé Alischane reprendrait, roue ou pas, dès qu'elle saurait à quel point elle aimait un homme de rien, un coquelicot, fleur incapable d'être cueillie, et qui meurt dans vos mains de découragement si vous la coupez de son ambiance. Il ne croyait plus qu'un Claudio Barbaro avait fortifié des coquelicots, car on ne le pouvait pas. Il allait perdre Arminé. Quand ? « Un jour », tiens. Cette échéance lui dévastait le cerveau. Il voulait Arminé à jamais, lui. Eh, c'est qu'il avait pris l'habitude d'être bercé. La jovialité, les idées neuves, on y prend goût. Il se rendait désormais à ses dîners dans un tout autre esprit. D'ores et déjà, quand il arrivait chez Edwina Kessel, il se reconnaissait moins qu'avant à l'énoncé de « Dido ! ». C'était moins lui. Pourquoi s'était-il ainsi laissé tronquer ? Il n'était pas ce diminutif, non ?

Edwina se jetait sur lui.

— Dido !

— Dwina !

Elle le montrait aux autres :

— *Look at Dido before he gogo !*

Ah ! Ah ! La formulation les faisait tous rire, surtout le couillon qui avait une fois prétendu que Dido l'avait tripatouillé dans un creux de sofa.

Je vais te dire comment Claudio lisait la situation :

1) On le prenait pour ce qu'il avait laissé paraître, c'était bien fait pour lui.

2) Il avait couché avec cette femme, Edwina, et depuis elle l'affublait d'un diminutif.

Sur ce dernier point, si on passait de cause à effet, il y avait de quoi se ronger les ongles jusqu'aux poignets. Il voyait là un signe funeste attaché à ses capacités sexuelles, un oracle à mettre en rapport illico avec le risque de perdre Arminé.

À d'autres moments revenait l'ancien Dido. Dido faisait le con, déblatérait sur les douteuses histoires de cœur des autres, Dido roulait sur une femme à trois heures du matin, Alvaro devait le tirer en arrière parce que non, décidément, celle-ci était trop moche, Dido pissait dans la rue, Dido tombait sur son lit, loin des tracasseries de la vie, à part celle de savoir comment il ferait pour travailler le lendemain. Mais il agissait ainsi et, par enchantement, un autre lui était emmené aux Tuileries côté pont Royal, petit bassin, auprès d'une Levantine si différente de sa soirée qu'il en lâchait sa bite, décontenancé. Il était furieux. On peut être enchanté et furieux si, par exemple, on n'avait aucune envie d'être enchanté. Mais qu'est-ce qu'Arminé faisait là, dans son domaine à lui ? Du balai ! Elle le dérangeait, le faisait se sentir coupable. Et si cette vie lui correspondait, à lui ? Il avait besoin d'une couche superficielle. Sinon, si on le mettait à vif, il se connaissait, son âme allait s'infecter. Il ne cicatriserait jamais de son enfance si le pansement social ne venait pas par là-dessus. Il se disait : dans quel pétrin je me suis fourré ? Une femme l'aimait. Il devinait où l'amour menait. Des hommes et des femmes l'avaient désiré sous prétexte qu'il était un satané goulu. Des choses gérables lui étaient arrivées. Aujourd'hui, c'était différent : on en appelait à sa pureté. Donc, y avait cette exigence. Donc il allait crever. Il aurait adoré se confier aux autres rien que pour lancer, en invocation : ah, Dieu te préserve, Dieu te préserve ! Jamais la pureté ! Tout, sauf la pureté ! Sais-tu ce qui se passe avec cette chose ? C'est pire qu'inflammable : volatil. Tu peux, sur une fausse note, perdre ce bien et retourner au vice. Mais tu n'oublies rien. Et dans ton vice, tu repenses à l'opposé. Tu ne peux plus faire autrement. Je vais te dire : c'est pire d'avoir été purifié que d'être souillé. Et puis, à la fin, il se parlait encore plus à lui-même : la pureté, il va te falloir la mettre dans tout. Comment vas-tu faire ? Je t'explique : il va te falloir faire basculer les yeux de cette femme, son langage et son âme, dans la chose animale et folle, sans rien abîmer. Tu vas devoir t'élever comme un cerf-volant. Pas seulement t'ériger même si ce serait bien de commencer à y penser, aussi élever ce qui va autour et que je t'interdis de nommer car le nommer c'est dire le mot amour et je t'interdis de dire le mot amour. La pureté, c'est ce qui peut basculer dans le grossier et revenir après beau comme avant. C'est vraiment immaculé. Si tu ne sais appréhender cette souplesse, tu rates ta vie et les femmes. Il se consolait sur le thème qu'il lui resterait les hommes. Sauf qu'il ne pouvait plus continuer ce balancier, qui l'empêchait d'être un homme unifié.

Bien sûr, il ne tenait pas ces discours à Arminé. Avec elle, il avait toujours le prétexte que c'était adultère, de s'aimer jusqu'au bout. Donc mal. Il s'agitait, perclus de social. Qu'il avait une femme, ces choses. Qu'il avait des obligations. Des devoirs. Et puis, quand Arminé demandait lesquels, il agitait ses mains, du moins la main qui n'était pas agrippée à Arminé et, italien, il brandissait des doigts affolés dont le message était clair : *doveri de tutte classe.* Des devoirs de toute sorte.

Un jour qu'ils étaient en pleine discussion dans ce bar de l'hôtel Meurice, Claudio Barbaro, contrarié par un procès qu'il perdait, avait suggéré qu'Arminé n'était qu'une amie. Il l'avait dit tel quel, en la regardant bien droit dans les yeux, comme il faisait avec Lizzy pour lui mentir, et c'était venu sérieusement, comme s'il répondait à une question, du tac au tac.

Et elle :

— Bien sûr que je peux être votre amie.

Tous les Alischane voulaient bien changer de nom. Il en était pour ses frais. Il s'était attendu à un certain effondrement. Qu'elle se replie : « Eh bien, dans ce cas, restons-en là. » Que la coupe soit pleine. Qu'elle le haïsse. Qu'il puisse souffrir et se maudire. Mais tu parles ! Il lui expliquait, « pas par là », et elle n'était même pas déroutée.

Il avait insisté.

— Je veux dire que nous ne sommes pas des amants. Je veux dire que nous n'avons rien à nous reprocher, et que ce jeu est bien innocent. Nous sommes deux amis et on discute, non ?

— Si on veut.

— On veut.

Sa frousse, la faire passer pour de l'autorité.

Et Arminé, tout enthousiaste :

— Allons ! Entre nous, c'est de l'amour, Claudio Barbaro !

— Je n'en suis pas si sûr.

Il mentait. Quel menteur !

Elle rigolait.

— Eh, c'est de l'amour ! C'est de l'amour à l'état pur !

Eh oui, elle avait raison. Il secouait la tête, ulcéré.

— C'est une relation.

Arminé, un bras vers une bibliothèque imaginaire :

— C'est de l'amour ! Relisez les livres !

Les procès étaient plus faciles.

— La vie n'est pas un roman.

— Cette phrase n'est pas belle, Claudio Barbaro. Vous, un Barbaro, dire une sottise pareille ? Ne me dites pas qu'on vous a tous anoblis sur des poncifs pareils ! Forcément, vos ancêtres ont créé autre chose ! Il y a eu des dépassements ! L'art est un dépassement. L'héroïsme est un dépassement. On peut être grands. Immenses.

— Les romans...

— Taisez-vous, bougre d'idiot : les romans, non seulement c'est la vie, mais en plus c'est une façon de la prendre.

L'arrière-saison, cette première année, avait été exceptionnelle. On parlait de cet automne dans les journaux, et il apparaissait que les gens se baignaient là où de grandes marées auraient dû les refroidir, pour ainsi dire, et qu'en résumé tout était possible, partout. La clémence du climat venait d'on ne sait où. Chacun pouvait en penser ce qu'il voulait. Lizzy, par exemple, pensait qu'elle aurait dû rester à Majorque, en plein soleil. Alvaro pensait qu'il n'aimait momentanément plus séduire, selon lui cela venait de la pression atmosphérique. Atalanta pensait heureusement qu'il y a des saisons sinon jamais les humains ne cacheraient leurs corps affreux. Carlo Barbaro pensait nous devrions faire une fête dans la maison de Milan, une de celles que nous faisions jadis à l'époque des orages, et nous inviterions beaucoup de monde, il en viendrait de partout, même de Genève, et toutes sortes de gens, même des femmes qui s'éparpilleraient dans mon jardin. Souhel Aristi pensait le temps s'est arrêté, mais l'ouest continue d'être à la même place et le soleil de s'y coucher sans que je puisse le voir jusqu'à la fin. Hélène Ferdinakis et Aris Alischane pensaient jadis nous habitions une maison à Beyrouth où l'automne était naturellement ce prestige d'azur, et nous sommes partis par peur de la guerre. Yasmine Aristi pensait je pourrais proposer à Guillaume Stevenet de partir avec moi en vacances, puisque l'été n'est pas terminé cette année. Et l'éditeur Boris Souratine pensait la même chose à propos d'Arminé, qu'il pourrait l'emmener quelque part, sauf que lui, il le faisait, il invitait Arminé à Saint-Tropez.

— On est tout un groupe, proposait-il à Arminé Alischane.

Comme pas mal de Russes de sa génération, fascinés par l'argent, Boris Souratine voyait en Saint-Tropez le lieu indiqué de la parade. Dès son arrivée en France, il avait détesté, à Port-Grimaud, proche Saint-Tropez, l'idée d'être sur un bateau et d'admirer les élus de l'argent dans leurs maisons, et, à Saint-Tropez, l'idée d'être sur le quai et détailler les riches sur leurs bateaux. Ça ne l'avait pas découragé pour autant. Au contraire, il en avait immédiatement déduit que ce serait son tour d'être regardé, dès qu'il serait riche. Il n'avait pas le goût d'entreprendre. Lui, il aimait le pouvoir intellectuel. Au lieu de devenir lui-même milliardaire, il avait laissé son meilleur ami, un concret de Géorgie, se coter en bourse dans le trafic du marbre, pendant que lui, Boris, gagnait ce qu'il avait décidé être le vrai anoblissement, celui des Lettres, en fondant sa maison d'édition. C'est l'ami géorgien qui avait acheté la maison de Saint-Tropez, dont il ne profitait que l'été, car sans la foule à épater, sans les fusées feu d'artifice qu'il tirait avec des amis depuis des kalachnikovs (il faisait croire que c'étaient de faux), il jugeait l'endroit sans intérêt. La maison appartenait à Souratine d'octobre à mai. C'est d'ailleurs lui qui l'avait choisie, et décorée. Maison subtilement située, dans le village face à la mer, sur une crique qui devenait plage privée une fois l'été écoulé. Souratine la transcendait par les gens qu'il y mettait. Le trip hyper-sobre, la mine austère, le T-shirt noir, *Le Monde diplomatique* sous le bras, les débats dès le petit déjeuner, les amis adaptés, telle était la construction de Boris Souratine.

Arminé avait hésité à quitter Paris. Elle ne voulait pas s'éloigner des coins où son corps prenait vie. Mais elle avait finalement décidé de se joindre au petit groupe, après que Claudio Barbaro lui eut annoncé que lui-même filait vers l'île Maurice. Dans son systématisme de distance, Claudio Barbaro avait, lui, sauté sur une proposition de son frère. C'était aberrant de partir loin alors que la France entière était sous le soleil. Mais il se trouve que fuir arrangeait tout le monde, chez les Barbaro. Alvaro quittait une maîtresse, il y avait mis les formes, et maintenant il mettait les voiles. Quant à Claudio Barbaro, il voulait voir ce que ça faisait de laisser l'amour, et n'est-ce pas qu'on n'en mourait pas ? Il allait régulièrement, au cours de ces années, lâcher Arminé pour éprouver l'histoire. Voir si elle tenait. Il l'avait prévenue, de biais, par téléphone.

— Moi, je pars.

À quoi, elle avait répondu :

— D'accord. Partons.

Brève suée de Claudio Barbaro, puis malentendu dissipé : elle partait de son côté.

L'heure d'après, elle avait son billet pour Saint-Tropez. Et le lendemain, était assise dans l'avion, au milieu des amis de Souratine. Un musicien à la mode. Deux cinéastes dont un qui avait eu un Ours à Berlin, et sa conversation préférée, depuis lors, était : ai-je sacrifié au système ? Les petites amies de ces gens, avec qui Arminé plaisantait. Ferdinand Sashi, celui qu'on a vu à Tanger courir le Marocain de porte cochère en porte cochère : le seul à la notoriété patentée, qui voulait lui aussi être alternatif et pop, d'ailleurs prétendait que sa gloire commerciale lui filait des escarres, alors qu'en fait il n'avait que des hémorroïdes. Dans cette bande assez cohérente, Arminé n'était admise que du fait du roi. Ils savaient tous qu'elle datait de Tanger, café Aafa. Boris l'appréciait. Pour eux tous, excepté pour Ferdinand Sashi, plus fin que les autres et également très doué pour recueillir les confidences, elle avait été dégustée par Boris Souratine, c'était fait. Ils regardaient Arminé comme une sorte d'outsider. Elle était là, elle avait « tenu le choc ». Tous savaient que c'en était un d'approcher physiquement Boris Souratine.

À l'aéroport de Toulon-Hyères, ils attendaient leurs bagages rebelles, la clope au bec bien que ce soit interdit et qu'un vigile en ait fait trois fois la remarque. Boris Souratine était venu les accueillir, lui aussi la cigarette. Fumer ne lui avait pas fait perdre l'odorat, sitôt dehors il leur faisait humer l'atmosphère, fier des senteurs de la Provence, comme si c'était lui qui avait vaporisé le département. Il obliquait plus particulièrement vers Arminé, sur laquelle il avait placé de gros espoirs, comme romancière, si elle se décidait à parler douleur, et beaucoup comme femme à obtenir. Ça commençait à faire un bout de chemin, celui depuis Tanger jusqu'au corps de cette femme. Boris Souratine était de ces hommes que l'intelligence rend manipulateur. Peut-être parce qu'il avait vu Arminé danser avenue Gabriel, l'été dernier, il s'était remis en tête l'idée d'en disposer. Et il avait manigancé ce voyage en invitant un tas de gens, afin qu'Arminé soit là-dedans sans peur et, au cas où, à disposition. On ne peut pas dire qu'il l'aimait, cela voudrait dire qu'il savait aimer. Or, chez lui c'était fermé, chez lui c'était gardé par des kalachnikovs. Pour Boris Souratine, le contact avec la pureté était à ce point insupportable qu'il fallait séance tenante la mettre en joue, et tirer, puis checker de manière définitive qu'on n'avait pas manqué son coup. Il était en possession d'une véritable arme, je veux dire autre que son intelligence, un pistolet que l'ami géorgien lui avait offert. Il aimait le sortir de son étui et se transporter dans un autre moi, redoutable et vainqueur. Il avait le goût d'anéantir, Dieu merci atténué par une certaine paresse. D'ailleurs, il n'avait même pas appris à tirer. Il n'aurait jamais dû rencontrer Arminé. Il était fait pour les victimes-nées, celles qui n'ont jamais le réflexe de donner un coup de planche. Ce jour-là à Tanger, en abordant Arminé au café Aafa, il avait voulu jouer dans la cour supérieure. Lui qui avait réussi à ne jamais être un parvenu, malgré ce qu'il avait atteint à partir de rien, voilà qu'avec Arminé il avait vu trop haut. Arminé lui posait un problème : quoi qu'il tentât, elle riait, amicale. Dieu sait si, à terme, amies étaient le destin des femmes de Boris Souratine. Mais bon, sans rire, en passant bien sûr par la case où, les pattes écartées, elles se réduisaient à néant. Avec Arminé, la tâche était plus ardue. Il avait au début analysé le no man's land d'Arminé. Il les repérait, les timorées du loup. Il comprenait à peu près comment les travailler. Au fond, c'était une question de temps. Lui aussi se disait : un jour. Mais ensuite, avenue Gabriel, il avait vu œuvrer Claudio Barbaro. Et Arminé se faire prendre au jeu.

Cet homme, il comptait se battre.

Ferdinand Sashi suivait la bataille de loin, là où il était toujours. Dans la vie, il ne se rapprochait que sexuellement. Sinon, il se nettoyait partout où on l'avait touché, à l'âme, au cœur, dégoûté. Il étudiait les tentatives de Boris, et à l'autre bout, en tournant la tête comme au tennis, il comptait la malicieuse indifférence d'Arminé. Il estimait les chances de Boris à peu près nulles. À la limite, il trouvait qu'il en aurait eu davantage, lui, Ferdinand, s'il avait tenté l'assaut d'Arminé. Les homosexuels avaient un faible pour Arminé. Parfaitement féminine, les ongles peints, la nuque étirée, un balancement, assez désirable pour être sifflée, elle avait aussi un côté androgyne qui lui venait de ce que, jusqu'au moment du corps avec Claudio Barbaro, elle serait dans les limbes par rapport à ces choses. C'est cela que recherchaient les homosexuels. La possibilité d'adorer sans agir.

Un matin, trop tôt pour que Boris Souratine soit réveillé, Ferdinand Sashi avait pris un verre sur le port avec Arminé. L'accès à la mer était dégagé, parce que le port était presque vide. C'était rare d'avoir cette vue, et ils s'en rassasiaient depuis des heures. Ils pensaient la même chose, à savoir que la saison était bénie. L'été, la société entière passait par Saint-Tropez, pourtant un cul-de-sac. La foule se garait au parking et s'égaillait dans les ruelles, qui menaient toutes au port. Le quai disparaissait alors sous les boutiques, terrasses, scooters, hommes-orchestres, machines à glaces, à gaufres, à barbes à papa, selon une sorte de dialectique voulue par la commune. Avant de repartir, il fallait avoir vu l'église jaune, le terrain de pétanque, le cimetière marin, la citadelle, le café Sénéquier, où Ferdinand Sashi et Arminé prenaient leur verre, les yachts, et les plages. Une des plages s'appelait Les Folles. Le client pouvait déjeuner d'hosties au sucre glace au Cabanon des Enfants de Chœur, les aubes servant de nappe, et quelques chapelets, pendus à un clou, de jetons pour le vestiaire. La libération sexuelle avait toujours transité par ce Saint-Tropez, via le corps des gens. Le village avait été à la pointe. Et chaque été, la foule continuait de former une bâche sous laquelle n'importe quoi pouvait arriver. Tout être humain qui voulait qu'on le naturalise avait sa place à Saint-Tropez. Les pontons avaient vu trop d'hommes prendre appui sur les rochers et respirer bruyamment, pour s'étonner du plaisir de quiconque. On pouvait bramer, se tortiller sur une grosse dalle, Saint-Tropez restait de marbre, immaculé.

Parfois, le bourdonnement d'un hélicoptère insistait au-dessus du village. L'appareil rendait hommage aux plages, aux bateaux de pêche, au dôme jaune de l'église, et projetait son ombre sur le quai. À peine levait-on le nez vers les passagers qui prenaient des photos. L'appareil repartait vers le large dans l'indifférence générale. Chacun poursuivait son activité. Sur la plage, les vacanciers eux-mêmes ne s'étonnaient plus de rien. Leur tête enfoncée dans leur matelas si cher payé, ils s'offraient même, malgré le bruit des pales, le luxe d'une sieste.

Mais aujourd'hui, les derniers saisonniers pliaient bagage. On démontait les devantures de magasin. Les prises de toutes les machines filaient dans les enrouleurs et, les rallonges rembobinées, on bourrait les camionnettes. Peu à peu, les façades des maisons se dénudaient. Voûtes, fenestrons, ogives, chambranles, l'architecture réapparaissait.

Le bassin, face au quai, était dépouillé. On retirait les bouquets de glaïeuls du pont des bateaux. Le pantalon roulé jusqu'aux genoux, les marins manœuvraient un yacht vers la sortie du port. C'en était fini des mousses immaculés, et des vigiles au pied des passerelles. Il n'y avait plus personne à servir.

D'hélicoptère, point. Le pilote s'apprêtait pour les vendanges.

Malgré le soleil éclatant, c'était l'automne, après l'été.

De là, l'envie d'Arminé : placer Claudio Barbaro dans cette beauté. Depuis quatre jours, Arminé n'avait pu prononcer le nom de Claudio Barbaro. Il était difficilement joignable à l'île Maurice. Quand elle tombait sur lui, Alvaro non loin, il ne pouvait pas parler. Il ne voulait pas qu'elle crie son nom, il avait peur qu'Alvaro n'entende. Et s'isoler sur cette île, il n'y parvenait pas. Il sentait sur lui la goguenardise de son frère, paralysante.

Arminé et Claudio Barbaro vivaient un suspense.

Elle, enhardie par le décor positif, la quiétude revenue dans Saint-Tropez, et bien sûr la présence des yachts, n'y tenait plus. Il fallait qu'elle dise Claudio Barbaro. On a expliqué à quel point elle était faite de langage. La tête tournée vers Ferdinand Sashi, elle avait commencé par ceci :

— Tous les gens sont merveilleux, non ?

Cette réflexion tombait à un moment où le port était désert. Ferdinand Sashi avait un radar à deuxième degré, degré auquel il vivait de bien des façons, lui qui faisait l'amour de l'autre manière.

— Arminé, tu es impayable.

La preuve en était que, si chanceux qu'il soit, Boris Souratine n'arrivait pas à se l'offrir. Ferdinand suivait les affaires de couples, avec passion augmentée pour celles qui ne marchaient pas. En bon homosexuel, il aimait bien savoir que, là où il n'était pas, un temps désastreux empêchait de sortir. On peut se demander pourquoi c'est avec lui, il se vantait le premier d'avoir mauvais fond, qu'Arminé allait parler de Claudio Barbaro. Il y a beaucoup d'autres personnes avec qui elle aurait pu évoquer cet homme, notamment ceux qui ne savaient rien ou n'aimaient pas répéter. Non, sans trop le décider, elle allait choisir plus hâbleur et efficace que la pire des commères, comme individu inaugural avec qui partager l'amour de sa vie.

— Connais-tu Claudio Barbaro ?

À cela Ferdinand Sashi avait beaucoup à dire. Qui ne connaissait pas Claudio Barbaro ? Le plus étonnant était qu'Arminé ait eu vent de lui. Car entre ce que Ferdinand découvrait régulièrement d'Arminé et ce que Claudio Barbaro avait montré sans qu'on le lui demande pendant à peu près vingt-cinq ans, il y avait de quoi établir un sixième continent. Mais bon, il avait déjà été étonné qu'elle rencontre Boris Souratine, il n'en était plus à une hérésie près.

— Pourquoi me parles-tu de Claudio Barbaro ?

— Il est merveilleux.

Ferdinand Sashi était moins mauvais qu'il n'y paraissait. Il s'accusait de ce défaut pour avoir la paix. N'empêche que, sous ses gloussements de loutre et ses exigences de fuckeries, il avait parfaitement ses yeux pour voir les belles personnes et c'est d'ailleurs cette aptitude à aller et venir entre le très haut et le très bas qui faisait de lui un écrivain. Arminé était une merveille. Claudio Barbaro n'était pas merveilleux. À la limite, lui, Ferdinand Sashi aurait pu le considérer comme tel, étant donné le nombre de fois où dans des fins de soirée, tombé du ciel, Dido avait déboulé avec les remontants, alors que plus personne n'y croyait. Mais qu'Arminé trouvât Dido Barbaro sensationnel, là, ça, énorme information. Par conséquent, minute, il devenait curieux. Et puis, pareillement, étaient à reconsidérer les chances de Boris Souratine. Si même Claudio Barbaro était merveilleux, cette revalorisation signifiait que, pour le Russe intempestif, il n'y avait pas de raison de désespérer. Bon, il aboutissait à la conscience que les femmes sont bizarres. Il se l'était toujours dit qu'en plus de ne pas être des hommes, elles partaient en couilles. Des folles. À se demander pourquoi c'étaient les amis de Ferdinand qu'on appelait ainsi.

Il restait une possibilité.

— Qu'entends-tu au juste par : merveilleux ?

— Je l'ai rencontré.

— Voilà une raison très bonne. C'est toujours merveilleux de te rencontrer, Arminé.

Il voulait jouer. Elle ne voulait pas jouer.

— Je suis sérieuse.

Et, contresens absolu à ce qu'elle venait d'affirmer, elle avait ajouté :

— Claudio Barbaro, c'est un pur.

Le propos se corsait.

— Un pur ? C'est ton dernier mot ?

Tout érudit qu'il était, il se plantait certains soirs devant une émission de télévision où l'animateur n'arrêtait pas demander : « C'est votre dernier mot ? » Il piquait de-ci, de-là deux trois trucs. Routine d'auteur.

— Tu ne vois pas que c'est un pur ? Allons, Ferdinand, est-ce que c'est fini, est-ce que tu ne verras plus jamais la pureté ?

Il savait qu'elle n'avait pas fait cette réflexion parce qu'il était homosexuel, mais parce qu'il était Ferdinand Sashi et qu'il avait fondé une œuvre sur le dégoût. Il n'avait pas la faculté de débusquer la pureté. Il ne l'avait pas, c'est tout. Est-ce qu'on devait lui en tenir rigueur ? Cette question le ramenait à une culpabilité liée à sa manière de jouir. Au fait que ce qu'il aimait, dans sa façon à lui d'être homosexuel, c'était être purement (et jamais simplement) dans la destruction de son popotin, et ce devait toujours être un méfait qu'on lui infligeait, sinon c'était raté.

— Écoute, Arminé...

— Un merveilleux pur, et peut-être tu en es un aussi, après tout ?

C'est là que la tentation était survenue, elle, pour

le coup, assez pure en fait, tranchante, de révéler à Arminé, tout de suite, qui était Claudio Barbaro. Mais alors le déverser vraiment, pas seulement s'en tenir à ce qu'il savait, également engendrer ce dont il était sûr. Il connaissait les hommes. Il avait un instinct, tous les homosexuels en ont un, il leur en a fallu un, déjà en premier pour se reconnaître différents des autres. Ferdinand Sashi devinait le genre des hommes. Il devinait Claudio Barbaro : un ambigu. Il n'avait aucun compte à régler avec Claudio Barbaro. Il s'en battait l'aile, pour ce qu'il en restait. Mais il avait une grosse ardoise avec ceux qu'il appelait les hétéros folles, ces planqués exubérants du trou de balle. La démangeaison de lucidité médisante gagnait la glotte de Ferdinand Sashi, aussi irritante qu'une allergie aux poils de chat. Un sortilège incontrôlable s'emparait de lui. Il avait des lueurs. Claudio Barbaro lui était donné à voir. Ces illuminations étaient d'autant plus méritoires que Ferdinand Sashi ne connaissait pas si bien Claudio Barbaro. Donc Miracle Renforcé ! Bien sûr, il avait entendu dire qu'untel, il avait entendu dire que tel autre... bien sûr, il avait côtoyé le Dido, à des heures indues. Sauf qu'il était bien placé pour le savoir, au milieu de la nuit ce n'est pas bas les masques, contrairement à l'avis général, mais plutôt chacun dans une peau aléatoire, loin de son centre, oublieux de lui-même. Est-ce qu'on pouvait juger un homme sur l'ombre qu'il essayait d'être durant la nuit ? Oui, on pouvait ! On allait se gêner ! Ferdinand Sashi hésitait malgré tout. Il était encore temps de renoncer à se décrire, car c'était bien son portrait à lui qu'il allait faire, il ne savait pas en faire d'autres. De même qu'Arminé aurait pu éviter de donner un pouvoir à Ferdinand Sashi, Ferdinand Sashi aurait pu se taire et ne pas se mêler de la puissance d'autrui. Un authentique mondain aurait peut-être su la boucler, ces gens avaient une hypocrisie majeure, ils avaient tout en mieux, va. Ils ne déblatéraient jamais au niveau n + 1, ils savaient mettre de la distance ! De plus, ils tuaient toujours à plusieurs, avec un air de ne pas y toucher, autour d'un bon dîner. Lui, Ferdinand Sashi, lisière de la jet set, lisière du génie, lisière de la vieillesse, était bien trop content de se distinguer pour se retenir, surtout devant Arminé qui était intimidante. Normalement, pour briller à côté d'elle, il fallait avaler une bougie. Eh bien justement, là, c'est Ferdinand Sashi qui en avait une au cul, Claudio Barbaro, et elle le propulsait vers on ne sait où ! Alors, il avait tout vomi. Que voir un pur en Claudio Barbaro revenait à poser que Goering était un Juste. Comme il mettait ainsi la barre très haut, il prit un vrai envol. Et il dégobilla de plus belle, avec ces éclaboussures partout. Tombant de très haut, elles ricochaient sur eux. Il disait ce qu'il voyait entre sa mémoire et surtout son imagination. Que Dido Barbaro, passé trois heures du matin, n'avait jamais fait la différence entre la lune et la caverne. Qu'un cul ou le machin d'une femme, il piquait dessus, forcené. Que, parfois, il rebondissait sur un groupe. Que le type était à moitié pédé, et que l'autre moitié avait elle aussi ses faiblesses et s'envoyait des femmes à côté desquelles la Ciciolina était lady Di. Qu'on l'appelait Bibi, à une époque, tellement il était bi et même plutôt deux fois qu'une. Que Bibi, c'était celui le nez dans un bol de coke, et si quelqu'un le prenait, il se retournait à peine, il restait là à hoqueter, ballotté, avec de drôles d'yeux perdus pendant les minutes que ça durait. Qu'une fois, à Tanger, on avait vu Dido Barbaro organiser un concours de pompons de djellaba, laquelle épreuve consistait, les yeux bandés, à retrouver par la langue un pompon de djellaba parmi d'autres objets ronds et duveteux. Qu'une autre fois, à Goa, en Inde, plage de Morjin, nocturne, Claudio Barbaro avait expliqué à quelques Gitans ce qu'était un gang bang, avec plans dans le sable dessinés avec un bâton, et des cris « au poste ! au poste ! », que seuls les amateurs du marquis de Sade avaient goûtés, à des Gitans qui, finalement, savaient déjà ce que c'était. Ils avaient d'ailleurs leurs propres méthodes de démonstration, qui empêchèrent Claudio Barbaro de sortir de sa chambre pendant sept jours. Que chez Claudio Barbaro, l'être sentimental et l'être sexuel étaient totalement séparés, avec une énorme membrane inattaquable, car elle était faite de la peau de Lizzy Barbaro, dont le cuir épais avait certainement lui aussi sa propre histoire, pour être devenu cette écorce. Que l'esprit de Claudio Barbaro, on ne savait où il était. Qu'en même temps le type était génial, d'abord parce que c'était fabuleux d'être comme un gai luron. Et ensuite, parce que c'était fabuleux d'être encore un gai luron, à son âge. Que ce qu'il donnait, il fallait s'en saisir immédiatement. De toute manière, demain, il ne serait plus là. Seule comptait pour lui la permanence du social. Et il n'était pas né, celui qui verrait le vrai Claudio Barbaro.

Après, une camionnette était passée, Ferdinand Sashi s'était tu.

Arminé fixait ce qui flottait sur la mer. Ferdinand Sashi avait regardé lui aussi. Elle ne disait rien. Le beau regard noir et candide disparaissait sous les cils, là où elle partait réfléchir, derrière ses cannisses. Comme il n'était pas idiot, Ferdinand Sashi était en train de se demander de quelle manière Arminé Alischane était liée à cet homme dont il venait de dresser un portrait épouvantable. Il se heurtait à un inconnu. Malgré sa culture, sa pertinence qui lui servait à feinter, il ne pouvait pénétrer la psychologie d'un Alischane. N'importe, quand bien même il ne pouvait se mettre dans la tête d'Arminé, il pensa à se ménager une porte de sortie.

— Officiellement, je ne t'ai rien dit.

Alors c'est un visage pas du tout détruit qu'elle posait maintenant sur lui.

Pauvre Ferdinand, il n'avait pas idée de jusqu'où allait la pureté. Arminé pouvait envisager sexuellement les choses les plus insolites. Elle n'avait aucun préjugé. Rien ne la choquait. Elle-même ne s'excluait pas de la marge, elle n'aurait eu aucun mal à admettre que la solitude de son corps était du vice, au même titre que les autres habitudes de certains. Pour elle, comme pour tous les êtres vraiment purs, la pureté n'avait rien de si fabuleux. Ne pas faire l'amour, ça ne la plaçait pas au-dessus des autres. Ça n'était même pas de la chasteté, parce que la véritable chasteté, ce serait la beauté de faire l'amour un jour avec Claudio Barbaro. À la limite, elle aurait pu dire à Ferdinand Sashi : « C'est tout ce que tu trouves ? » Tout ce fourbi d'empilements des corps lui semblait bénin. Cette installation. Si Claudio Barbaro avait réellement eu ce passé qu'on indiquait là, alors peut-être cela avait-il été une manière à lui de se défendre ? Il avait donné des coups de planche. Il se les était donnés à lui-même, et après ? Il s'était démené pour les recevoir ? Chacun fait comme il peut. Et pour ces efforts, compréhension. Pour ces efforts, compassion, collégialité, accolade. Elle ne l'imaginait pas en Bibi écartelé sur la plage de Goa, elle l'imaginait le lendemain, dans le noir, en lui, hors de l'Inde, lui qui aimait tant ce pays. On peut fustiger les pires aspects d'un homme, mais si on a par ailleurs entendu cet homme dire, parlant d'une imprimerie de tissu qu'il avait visitée à Bombay, « je trouve que ça vaut la peine de passer sa vie à peindre des fleurs », on relativise.

Comme Boris Souratine venait vers eux, agitant son journal, elle avait posé sa main sur la main de Ferdinand Sashi.

— Peut-être, il s'amuse ?

Elle ne pouvait en aucun cas parler de Boris Souratine, tout de noir vêtu.

La deuxième année, ils prirent le pli de flâner dans une librairie de la rue de Rivoli. Bientôt, ils furent là-bas aussi connus et révérés qu'ils l'étaient par jardiniers et porteurs, aux Tuileries ou à l'hôtel Meurice. On aurait dit que les gens le sentaient, que ces deux-là c'était inhabituel. « Les gens voient l'amour » prévenait Claudio Barbaro, et ses épaules tombaient pour dire qu'il acceptait cette réalité sublime, que parfois il ne luttait plus. Le policier de l'avenue Gabriel les avait devinés, et maintenant c'était au tour des vendeurs de la librairie Galignani. L'un d'eux, un musclé qui appelait un chat un chat, ne doutait pas un seul instant qu'Arminé et Claudio Barbaro ne forment effectivement un couple. Il avait en quelque sorte ouvert les yeux des autres, qui pensaient avoir juste affaire à des amants. Et quant à savoir pourquoi le foyer de ce couple était une librairie, la déduction finale revenait de droit à ce vendeur, à partir du moment où il s'était posé en éclaircisseur.

— Ils sont collègues.

Son verdict.

Sur ce, il avait jeté un regard ourlé à sa propre collègue féminine, afin de bien faire entrer dans sa tête de Française à rouge à lèvres l'idée comme quoi des collègues pouvaient s'aimer. Que là, on en avait la preuve. On voyait d'ailleurs combien c'était le nirvana. Car : est-ce qu'on aurait vu un mari et une femme, le matin, après le petit déjeuner, se conseiller des livres à voix basse, à l'heure où personne n'entre dans une librairie, sauf pour un remboursement ? Est-ce qu'on aurait vu un amant et une maîtresse perdre ici du temps sur les heures précieuses de l'adultère à des moments somme toute saturés d'autres possibilités sensuelles ? Est-ce qu'on aurait vu des amis s'offrir des romans d'amour, et se les échanger sitôt le portique de la boutique franchi, en se les posant sur le cœur avant de les attribuer à l'autre ? Non. Ils étaient autre chose. Quoi ? Il avait si bien contaminé la librairie avec sa théorie que chacun maintenant alimentait un raisonnement qui était devenu leur bien commun. Ce devaient être des collègues, d'un bureau proche, lieu du travail à déterminer. Cet endroit, c'était sans doute, en face, le musée des Arts décoratifs. On sentait l'art. C'était en rapport avec l'art. Et lui, l'homme, tous le trouvaient élégant. Ils avaient entendu l'accent. Il était peut-être l'administrateur. Le conservateur. Un jumelage avec Florence. La Toscane. Eh oui, bien sûr, mais fallait-il qu'ils soient bêtes, tous, pour avoir mis trois mois à énoncer ce qui crevait les yeux !

Les matins de Galignani, le premier de la librairie qui apercevait le couple prévenait les autres.

— Ils arrivent !

C'était supposé leur permettre d'arborer le plus grand naturel, faire qu'ils ne soient pas pris par surprise. Si ce n'est que l'alerte donnée, elle avait un tout autre effet que celui escompté, elle brumisait silence et paroxysme sur la librairie. Et quand Arminé et Claudio Barbaro entraient, eux bruyants, en pleine conversation, gais, renouvelés, ils se demandaient toujours, en ressortant, comment faisaient ces vendeurs, pour travailler dans un tel recueillement, une telle concentration.

— C'est curieux, c'est comme s'ils n'étaient pas là, disait Arminé.

— Je crois qu'ils ne nous voient pas, répondait Claudio Barbaro.

— Ils ne nous voient pas.

Elle isolait la parole de Claudio Barbaro pour la goûter.

— Ils ne voient que les livres.

— Ils ne savent pas que nous en sommes !

Eh oui, elle avait le don de manier les concepts. Je t'ai prévenu.

Mais rentrons de nouveau dans la librairie. Je vais te montrer ce qu'ils y faisaient, qui les trahissait tant : épaule contre épaule, ils s'hypnotisaient devant les rayonnages le temps qu'il fallait, lequel était déterminé par combien de minutes ça prendrait d'atteindre l'extase. Si on accepte que les jouissances sont multiples, surtout pour des gens qui ne font pas l'amour, on peut imaginer ce que c'était, loin de la réalité, ou bien en s'arrangeant pour qu'elle soit ainsi, d'à la fois s'aimer et s'enlittératurer. La façon dont chacun cherchait une phrase à faire lire à l'autre, la façon dont, tout à coup, une idée leur venait, à lui ou à elle, et ils se mettaient à chercher un titre sur les rayonnages, et il le fallait absolument, à cause de l'extase qui en découlerait. Si le vendeur, après être monté sur l'échelle pour trouver l'ouvrage, disait on ne l'a pas, mais je peux vous le commander, alors là déception, atroce dégringolade, que la descente du vendeur accompagnait, il n'avait plus de raison de rester sur l'échelle. Le vendeur n'avait plus le cœur à rien, il voyait bien qu'il avait déçu l'amour.

Ils s'aimaient. Dans une librairie, cela signifie que les livres vont vous donner raison. Dans la vie, il y a toujours quelqu'un pour vous la rétrécir, vous expliquer eh, oh, qu'est-ce que tu croyais ? Hors roman les hommes sont ceci, les hommes sont cela. Celui qui entend s'améliorer en a pour dix ans de psychanalyse, à mordre la bourre d'un divan. Il vivra l'humiliation d'entendre « Han han... » chaque fois qu'il rapportera s'être conduit comme un âne. Il apprendra que n'est pas l'analyste qui le juge, mais lui-même qui sait à quoi s'en tenir. Il progressera à tâtons dans un noir complet car l'analyse n'est en rien un interrogatoire, pas de lampe dans la gueule, et les questions, il faut se les poser soi-même. Il vivra le dépit d'être empêché. Il voudra se dépêcher. Il ne pourra pas. Il ne pourra plus rien, et il croira que le cerveau est plus abominable qu'il ne se l'imaginait et que l'analyse sert à voir en quoi rien n'est littérature. Et puis enfin, un jour (petit à petit, mais ça il ne s'en souviendra pas), il réalisera que le principe de réalité, eh bien ce n'est pas du tout récuser l'incroyable, mais en accepter l'incertitude et le flux. Bouffée d'air ! Il sera enfin un homme littéral, homme littéraire, pleinement. D'autres évolueront sans divan. Chacun sa solution, n'est-ce pas ? Certains hamacs donnent de bons résultats. Certaines épaules. Et, dans la diversité des lieux où accepter son âme, Dieu merci, certains livres.

Claudio Barbaro avait échappé à l'introspection. Quelques années auparavant, il avait enclenché la démarche d'aller sur un divan, mais uniquement pour tout mettre sur le dos des autres. À tel point qu'au bout de six mois, l'analyste, c'était une femme, lui avait susurré, d'une voix aussi douce que ce que Claudio Barbaro lui imaginait comme dessous soyeux :

— Si je vous entends bien, ce sont les autres qui ont un problème.

— Je suis heureux de vous l'entendre dire, avait répondu Claudio Barbaro.

D'où, l'analyse n'avait pu accomplir son œuvre.

En revanche, il avait toujours dit qu'il aimait la lecture. Il était de ceux qui vous conseillent des livres avant les vacances et que vous remerciez au retour. Ils ne se sont pas trompés, ils vous ont ouvert des planètes, toutes celles qu'on a à l'intérieur de soi, en plus des autres. Il lisait depuis le pensionnat. Il lisait dans quatre langues. Il avait un sens de la lecture car, pendant qu'Arminé avait fui dans l'écriture, il avait fui, lui, le nez plongé dans les romans. Il les prenait le plus épais possible, pour avoir le temps de se mettre dedans et surtout de ne plus en sortir. Il avait essayé d'écrire. Il avait renoncé. La grâce vient à quelques-uns de comprendre humblement le gigantisme de la littérature en essayant d'en faire. Quand Claudio Barbaro écrivait, il disait ce qu'il avait à dire (meilleur des cas) et puis, au bout de dix, vingt pages, il avait fini. Il se relisait. Il s'ennuyait, peut-être parce qu'il savait tout ce qu'il dévoilait, que dans ce passé-là qu'il décrivait la maison était rousse, que la confiture y était bonne, que la mère n'écoutait personne. Ou bien alors, cas opposé, il se relisait à voix haute et en incantation, lui aussi pouvait créer, c'était pas si sorcier ! Dans tous les cas, la chose s'éteignait. Soit, lui-même, il était lassé. Soit il se rendait compte qu'il n'oserait jamais soumettre son texte à personne, et son brouillon se pétrifiait. Claudio Barbaro savait que l'art, c'est comme la conception, à un moment il faut être deux. Un matin, ce qui devait s'élever avait fini de tomber à plat, et Claudio Barbaro, rabaissé, admettait clairement son illusion. Il lui restait le don de lire. Il avait découvert que ce dernier non plus, tous ne l'avaient pas.

Ce qu'Arminé et Claudio préféraient, c'étaient les histoires d'amour. Mais attention, il fallait que l'amour soit partout dans le livre, rejaillissant sur les plus discrets effets de mots, que le global soit illuminé par les sentiments de l'auteur. Emmener dans l'amour. Un frère qui aimait sa sœur. Un homme qui aimait une femme croisée place Saint-Sulpice. Un homme qui, toute sa vie, aimait une femme, avec laquelle il faisait l'amour, mais soixante ans après la rencontre. Une femme, pendant la Seconde Guerre mondiale, en Grèce, qui aimait l'envahisseur. Un homme qui aimait son employé, en Crète. Une croisade d'enfants vers

Jérusalem et tous ces enfants s'aiment au lieu d'aimer Dieu. Ils se les achetaient, ils se les offraient, paquet-cadeau, ils se les échangeaient rue de Rivoli comme des enveloppes de marijuana. C'en était. Et ils n'en finissaient pas d'avaler la fumée.

Quand ils se quittaient, chacun partait dans une direction opposée. Elle rentrait chez elle pour écrire. Il se précipitait à son cabinet mettre les bouchées doubles. Cet homme qui n'avait jamais voulu trop travailler sur lui-même au motif que la vie était courte et que le boulot lui aurait mangé du temps, eh bien automne aux Tuileries, il découvrait que ces cent minuscules années de vie terrestre étaient élastiques. Il pliait en une heure ce qu'il faisait d'ailleurs très vite depuis toujours, depuis avant le choc de l'avenue Gabriel. Et même, des affaires supplémentaires qu'il acceptait. Il bourrait, ça entrait. Comme dans un sac, on pouvait en mettre encore. La piscine. Les massages. Les dîners. Arminé.

Professionnellement, cela allait de pair avec une métamorphose plus profonde. Au début, la première année, il avait cru que l'amour d'Arminé autorisait la toute-puissance. Il en avait profité pour être plus performant et redoutable. Il avait gagné une série de procès, en salve, uniquement en les bâclant mais c'était passé pour un effet de manche élaboré auprès des tribunaux. Automne, hiver, les confrères étaient venus écouter ses plaidoiries, rien que l'admirer quand il allait vite. Claudio Barbaro dénichait des arguments auxquels non seulement on n'aurait pas songé, mais en plus, s'ils étaient venus à notre esprit, qu'on n'aurait pas osé utiliser.

Pour avoir le temps de voir Arminé, il n'en perdait plus à batailler, il se grouillait de gagner. Quatre de ses procès, la première année, allaient faire jurisprudence, ajoutés à la hâte en questions brûlantes au programme des facultés de droit. Et c'est au moment où il atteignait, de l'avis général, une sorte de perfection, qu'il allait en plus en inventer une autre.

Cette deuxième année, d'un coup, l'esprit bagarreur qui faisait sa gloire ne lui importait plus. On s'en apercevait rapidement. Le client entrait, s'asseyait. Il exposait l'offense à laquelle il se jugeait exposé, y compris s'il était l'offenseur. Normalement, Claudio Barbaro disait comment attaquer, d'ailleurs frontalement. Il vous purgeait de vos scrupules. Or voici que, d'un coup, il ne voulait plus de ce schéma. À un client qui s'était présenté un soir à son cabinet, brandissant une affaire délicate pour laquelle il demandait justice, Claudio Barbaro avait opposé une résistance incompréhensible. Au lieu de sortir ses armes connues, il avait fait papillonner sa main manucurée.

— Pourquoi aller jusqu'au procès ?

Et avant d'avoir eu le temps d'analyser ce qui lui arrivait, parce que, attention, c'était opaque pour lui aussi, il était tout de suite avec le mot de conciliation à la bouche. Il y avait un contrat que le client regrettait d'avoir signé ? Ou bien de ne pas avoir signé ? Est-ce que le mal était fait ? Est-ce que c'était un mal ? Qu'était la vie, après tout ? Que voulait l'adversaire et était-ce légitime ? Ne pouvait-on accorder quelque chose ? Que perdait-on à comprendre l'autre ? Et si ce contrat était en notre faveur, et que nous ne le sachions pas ? Bref, celui qui, ce jour-là, était venu dénoncer un contrat, chez un avocat célèbre pour la minutie de son tir, repartait désamorcé, placé dans le respect de son adversaire. Abandonnés, les peintures de guerre et les cris de vengeance. Le litige se finissait par un ultime rendez-vous avec les forces en présence, où la fatigue d'une procédure était épargnée à tous. Claudio Barbaro obligeait les gens à se pardonner et à s'apprécier, sans jamais réaliser d'où la clémence lui venait. Par exemple, sans voir que cette conciliation n'était autre que celle difficultueuse entre son mariage et ses sentiments.

Au Palais, il sidérait maintenant les confrères par sa nouvelle marotte, qui allait vite, comme bien des spécificités Barbaro, devenir cas d'école à l'université. Il donnait des conférences sur ses nouvelles convictions. Il était en train de se spécialiser dans ce qu'on peut obtenir de la partie adverse rien qu'en le demandant. À ses adversaires, il causait des peurs nouvelles, du fait qu'il retenait ses coups. Pas mal de collègues, au Palais, se demandaient ce que Claudio Barbaro faisait de sa force remisée. En réalité, elle ne sortait plus de Claudio Barbaro, elle s'était mise en orbite et tournait dans son être, comme le fil du ver à soie, à lui confectionner le cocon dont il avait besoin pour aimer Arminé et lui résister. C'est d'elle qu'il se défendait en proposant aux clients des solutions plus habiles que l'attaque.

Son travail effectué, les pieds sur son bureau, il lui restait, en sus, le loisir de se demander comment se terminaient les histoires abstraites. C'était ce qu'il appelait : ne penser à rien. Il pressentait que son amour ne voudrait pas mourir. Au paradis, qui meurt ? Il voyait Arminé comme un ange, tout en ayant conscience qu'il était drôlement incarné, ce chérubin, et que Dieu l'avait dotée de jambes et que l'auréole, elle la faisait avec le buste quand elle enlaçait l'homme qu'elle aimait. C'était inimaginable, une fois ici rue Boissy-d'Anglas, dans les réalités du métier, avec Lizzy qui appelait pour demander le numéro des Kessel en Colombie, avec une fuite à Venise dans la robinetterie, et Atalanta qui ne voulait pas dealer les réparations elle-même, appeler elle-même le majordome la barbait, elle avait fait des fils pour qu'on lui foute la paix, oui c'était inimaginable de penser les Tuileries. Les scènes du matin dans le jardin, il se les repassait comme un film, ébloui par la lumière, le montage et les dialogues.

— Ô mon Arminé, Dieu m'a honoré.

Avait-il dit cela ?

Penché sur un dossier, le cerveau dans les « attendus » d'un procès, il s'échappait vers cet homme passant la grille des Tuileries d'un pas alerte, lequel exercice lui avait permis d'arrêter les séances d'abdominaux, retrouvant une femme avec une queue-de-cheval qui, elle, courait désormais le soir pour pouvoir, le matin, porter des talons dans le jardin. Comme elle tanguait sur le gravier ! Sans lui, elle se serait cassé la figure ! Elle se tenait à son bras, il lui prenait la main, en bonus. C'est terrible de voir son bonheur. Ça fait comme si on n'était pas dedans. Dès qu'il allait pisser, dès que, pour une raison ou pour une autre, son sexe se rappelait à lui, il revenait à cet adultère injouable. Il y a toujours une part de jeu dans les histoires interconjugales. Mentir, c'est un jeu. Faire croire, se faire croire, c'est un jeu, les enfants ont ces manières. Bouder parce qu'on perd fait aussi partie du jeu. Une gagnante et une perdante : le jeu. Alors là, comment jouer ? Il lui semblait que s'il avançait le pion en question, disons sa tour, il courait à l'échec. C'était peut-être pas si mal de laisser le jeu en l'état, bordé de fous qui étaient tous lui. Il fallait un zinzin comme lui, répercuté par les miroirs d'un palais des glaces, pour ne pas aller plus loin avec cette femme. Il ne pouvait se confier à personne, précisément à cause de ce qu'il ne faisait pas. Une maîtresse, on peut balancer. C'est vite un secret de polichinelle, ce sera facile pour tous d'imaginer qu'il est bien question de ça, en plus. Mais elle, la chère amie ? Il ne pouvait pas expliquer aux gens : vous voyez cette femme, là, elle m'aime, elle veut mon corps, je lui fais un effet terrible, aucune femme ne vous a jamais dit qu'elle voyait votre pouls battre sous vos pupilles ? Eh bien, à moi, c'est arrivé ! À moi, une femme dit des choses extraordinaires. Il y a une femme qui trouve que je ressemble aux temples hindous. Oui, les amis, il y a une femme de cette trempe et tenez, voici sa photo, regardez-la tous, oui monsieur c'est elle, oui, je sais, les jambes, les seins, et attendez, on se vouvoie ! Oui, je sais, j'ai de la chance.

Mais pas tant que tu crois.

Je suis marié.

Quoi ? Hein ? Si je suis heureux dans mon mariage ? Qu'appelez-vous être heureux ? Disons que nous sommes arrivés à un accord. Chacun fait ce qu'il veut, tant que l'autre n'a pas à en partir. Pardon ? Non... je voulais dire : tant que l'autre n'a pas à en pâtir. Je suis italien, je confonds les mots. Revenez vers moi quand vous parlerez ma langue comme je parle la vôtre. Alors seulement je vous permettrai de me faire des réflexions sur mon vocabulaire. Si cette femme est ma maîtresse ? Non. Voilà au moins une chose que je peux dire sans mentir. Vous ne comprenez pas que si je fais l'amour avec cette femme mon assemblage va s'écrouler ? Vous ne comprenez pas que l'univers tient sur mes épaules ? Vous ne comprenez pas que cette femme, sa bouche peut s'ouvrir, et elle peut prononcer des phrases comme « j'ai dit à un passant que je vous aimais », « mon cœur bat en morse et épelle votre nom, Claudio Barbaro », « je pense que les enfants siamois, on a tort de les séparer, car moi je vis comblée dans le même corps que vous » ? Vous savez ce que signifie une telle femme ? Ce qu'elle se figure de l'amour ? Les mots qu'elle met sur tout ? Lizzy ma femme, qu'est-ce qu'elle dira ? Elle pourra rire dix minutes sur le thème que j'aime une journaliste. On les déteste, nous, vous savez, les journalistes. Dans mon milieu, je sais pas, on les voit... des minables. On se fiche que Joseph Kessel ait été journaliste ! Camus, García Márquez... stop ! Arrêtez de me les énumérer, putain, je suis pas un ignorant ! Mais un journaliste vivant, on abhorre. Je sais que García Márquez est vivant, stop ! Donc Lizzy, je vous disais, se défoulera sur ce thème. Qu'elle en profite, ça ne durera pas. Supposons qu'elle achète un livre écrit par cette femme – j'aurais dû commencer par vous prévenir que cette femme est une artiste –, supposons ma femme Lizzy plongée dans le talent d'Arminé. On est foutus. Ma femme a toujours voulu écrire. On a déduit ensemble qu'on n'en était pas capables. Notre limite a représenté une épreuve commune. Et vous, vous venez me demander d'aller expliquer à ma femme que je suis désolé pour elle, que moi, désolé, mais l'art je l'ai approché, je le touche du doigt ! Que je pars avec l'art ! Qu'elle ferait comme moi si elle le pouvait, car ça ne se refuse pas. Vous me voyez quitter l'ombre pour le soleil, en laissant quelqu'un à l'ombre ?

Le soir, il retrouvait vraiment Lizzy. Elle n'était plus le fantasme édifié dans la journée, elle avait sa mauvaise humeur, son mutisme quand elle le jugeait nécessaire, ses pas-envie-de-sortir et son indifférence quand Claudio Barbaro faisait remarquer :

— Magdalena n'a pas racheté de café ?

Comme Atalanta, il ne fallait pas chercher Lizzy sur les questions ménagères. Elle ne gérait rien. À une époque, il s'était demandé à quoi elle occupait ses journées. Mais, quand lui, Claudio Barbaro, posait la question :

— Qu'est-ce que tu as fait, aujourd'hui ?

Elle répondait :

— Écoute, pourquoi voudrais-tu que les choses changent ?

À telle enseigne que, depuis un an, il se cantonnait à un imprécis :

— Bonne journée ?

Qui donnait, de la part de Lizzy :

— ...

Ils avaient réduit chacun le lot commun.

N'importe, il enchaînait sur sa journée à lui. Une vraie gazette des news Barbaro, il les avait tous eus au téléphone, via le mobile que, italien, il gardait collé contre son oreille dès qu'il était seul dans la rue ou dans un taxi. Il déversait le plus de quotidien possible sur la table de la cuisine, où Lizzy et lui étaient réunis, de manière que quelque chose se passe au jour le jour, en plus de la permanence de leur lien. C'était Alvaro qui avait organisé un dîner, c'était sa sœur Margherita qui s'était prise de bec avec Atalanta, c'était bien sûr Atalanta, ses soucis avec Venise, ses soucis avec Milan, le souci qu'Atalanta elle-même posait, c'était l'organisation des vacances de Noël, d'où de nouveau Alvaro, les propositions d'Alvaro et bientôt les exigences, culots et pouvoirs de ce frère aîné. Et Claudio ne parlait plus d'Alvaro que comme du « Potentat », en surveillant si son humour faisait sourire Lizzy. Il obtenait ceci :

— Arrête de te mesurer à ton frère. À ton âge, je te jure que c'est ridicule.

Mais elle ne riait pas, non plus, tout ridicule que c'était censé être.

Un visage désengagé qu'elle lui proposait. Est-ce qu'il l'attendrissait ? Il se souvenait que c'est à cette femme-là qu'il était presque fidèle, au regard pénétré justement de désillusion qu'elle posait sur lui. L'égarement de Claudio Barbaro, entre l'abstinence et le vice, venait d'elle. Il caressait parfois le rêve de s'emparer de cette femme et se l'arminer, éveiller en elle ce qu'il avait suscité chez Arminé, se rendre de nouveau désirable, se remarier à Lizzy, se fêter une confirmation d'union, avec une grande parade, et le faire avant la mort de ses parents.

Il détaillait Lizzy fermée.

— Ma chérie.

— As-tu rappelé ta mère ?

La réalité.

Elle faisait comme si « chérie » ne venait pas de « chérir ». Elle ne se ramollissait en rien à l'appel irrésistible. Elle ne succombait plus au miracle. S'il lui avait effleuré le bras, elle aurait sursauté, elle aurait cru que c'était une bête. Une femme qu'il avait totalement rendue à l'état sauvage, preuve que, quand il aimait, il défaisait l'amour au lieu de le faire. Il se souvenait d'une époque où elle roulait contre lui, avide de contenu. Elle le réveillait la nuit et lui donnait d'autres noms, et il faisait son possible pour être ces personnes-là, sans savoir qui elles pouvaient bien être dans l'imagination de sa femme. Mais courageux, mon Dieu comme il l'avait été ! Il murmurait oui je suis le comte Hans von Adelberg, oui je suis Kamel le jardinier, oui je suis Bella Cassar, oui je suis Jacobina de la rue Jacob, ôte ton fichu, veux-tu que ce soit moi qui l'ôte ? Il n'était pas de ceux qui regrettent la femme jeune qu'ils ont épousée. Il l'aurait aimée telle quelle, aujourd'hui, avec sa peau tannée et sa dureté nouvelle, si seulement la bonne volonté avait été un tant soit peu réciproque. Il était sûr de parvenir encore à l'émouvoir. Parfois, elle posait sur lui l'insensé regard bleu, velouté d'intentions non belliqueuses, et il sentait que, profondément, peut-être, elle ne regrettait pas son choix. Une rémission quand il était soudain sincère. Qu'il disait, par exemple :

— Qu'est-ce qui nous est arrivé, Lizzy ?

Elle ne répondait rien. Pas la peine. Le silence hiératique de sa femme, dans le velours. Elle aurait pu poser la même question, cela seul comptait. Et lui repartait de là avec, sinon un vague espoir, du moins un semblant d'identité : deux personnes conscientes de la même chose, c'est un couple. Il y a plusieurs définitions du couple. On a le droit de choisir.

Arminé ne voyait plus d'obstacle à rien. Nue sur son lit, les semelles compensées aux pieds, elle sublimait sa patience. Elle dormait l'oreiller dans les bras, couvée par le désir. Un homme, et ce serait Claudio Barbaro. Nu, lui aussi, le corps spécial de Claudio Barbaro. Une fois ces deux présences établies, elle pouvait les capturer, et les emmener où elle voulait, à peu près dans tous les pays. Elle ne concevait pas de différence entre ce qu'elle appelait « pouvoir » et ce qu'il appelait « rêver ». Pour elle, capable d'échafauder mentalement qu'on lui grattait le dos, et d'en recueillir des sensations précises, ce qui venait de la créativité était la source.

Chez les êtres imaginatifs, l'imagination est d'autant plus forte qu'ils partent du point que les autres se contentent d'atteindre. Arminé n'avait pas un plan réel et sordide d'où organiser ses envols. En matière d'embarcadère ou de piste de décollage, elle appareillait d'une navette Alischane que rien, jusqu'à présent, n'avait menacée. À bien y regarder, elle avait échappé au pire, à la banalisation et à la guerre. Elle pouvait tranquillement continuer de vivre dans ses rêves. On ne peut pas dire non plus qu'elle vivait en mythomane. Par exemple, elle ne se serait pas raconté que Claudio Barbaro l'aimait si tel n'avait été le cas. Et on verra aussi que, le jour où elle penserait s'être trompée, elle s'en irait. Pour l'heure, par l'esprit elle arpentait son amour en faisant des projets d'extension, qui ne passait ni par le divorce ni par le remariage, mais par le voyage.

Cette seconde année – qu'est-ce qui lui avait pris, à Claudio Barbaro ? – il avait évoqué l'Inde, non plus comme lieu de rêve, mais comme endroit où aller avec Arminé. Lui qui, les fois où il cherchait, ne se dénichait réellement aucune liberté, qui ne pouvait pas emmener Arminé en week-end au motif que ce type de rapprochements puait l'adultère, qui vivait sans cesse en terre réduite du fait de ses liens et gémissait devant les documentaires de la chaîne Odyssée parce que ces destinations n'étaient pas pour eux deux, qui s'était promis d'être prudent et de contenir Arminé, il avait annoncé, un jour :

— L'Inde. Voilà où il faut que nous allions !

Il était comme tout le monde, il avait besoin de projets. Il y a parfois des gens qui, ne ressentant pas, projettent. Ils essaient d'asseoir un sentiment en le concrétisant au maximum. Lui, c'était autre chose. Il reconnaissait la force de cet amour et juste après, enveloppé dedans, son utopique concrétisation. Chaque matin qui passait, la pression montait. Quand ferait-il l'amour à cette femme ? Combien de temps avant de mourir ferait-il l'amour à cette femme ? En envoyant cet amour en Inde, c'était pour lui comme si, sur le point d'être surpris par la Gestapo, il avait la présence d'esprit de jeter par la fenêtre le document important et, ce faisant, de le sauver.

Il n'en avait pas fallu beaucoup plus à Arminé pour être mentalement place du marché, à Goa. Et au cœur de l'hiver, après l'axe Tuileries-Meurice-Galignani, elle était bien souvent partie vers le pays coloré. Aussitôt rentrée chez elle, aussitôt étendue, parée pour le départ, et aussitôt à destination, ville de Goa, comptoir portugais, Inde. Alors aussitôt un lit haut, odeur d'encens, bruit de fontaine, et aussitôt la certitude d'ornements fabuleux de la fontaine, avec des pétales tombés du jour, des insectes inoffensifs et jolis. La fête des couleurs en Inde, et Arminé sur ce lit, barbouillée de poudres à teinture, les pigments vifs. Avec la teinture, des mots écrits par Claudio Barbaro sur le corps d'Arminé. Mais, soit difficulté de lire à l'envers, soit ignorance de l'alphabet utilisé, difficulté divine à les lire. Maintenant, Claudio Barbaro et Arminé Alischane dans une rue en Inde. Au milieu de la foule fuchsia, eux jaune d'or. Lui, quand il parle, les pétales sortent de sa bouche comme des langues sacrées, et volettent. Elle, c'est une femme à n'en pas douter.

Une fois qu'elle rêvait comme ça de l'étranger, le téléphone l'avait interrompue.

— Alors, Arminé ?

Boris Souratine. Il voulait : la voir pour déjeuner, parler avec elle de son prochain livre, qu'ils prennent un café avec Ferdinand Sashi, qu'elle l'accompagne le soir à un vernissage. Ensuite, qu'ils dînent. Il essayait de l'investir aussi fort que les Russes avaient été envahis dans l'Histoire, tant il est vrai qu'on fait subir aux autres ce qu'on nous a infligé. Elle ne se méfiait pas. Elle ne voyait pas qu'il la désirait depuis Tanger, et que, maintenant, il la voulait coûte que coûte depuis l'avenue Gabriel. Il se la figurait, dépossédée de sa froideur (pour lui les franches accolades d'Arminé étaient une mise à l'écart), suppliant qu'il arrête des actions très corporelles et visuelles, lui les poursuivant jusqu'à leur terme. Ah, tenir cette femme ! Tout son humour ! Voir si elle en ferait après les choses sérieuses. Il fantasmait Arminé en domptée intégrale, perdant son sang-froid sous l'assaut véritable. Celle qui n'était a priori pas concernée par le sexe de Boris Souratine, il la viderait d'elle et la remplirait de lui, et on en reparlerait. Et alors dévasté, le Claudio Barbaro et son insupportable conscience de classe.

Arminé ne saurait pas, jusqu'à moment ultime où les écailles lui tomberaient des yeux, qu'elle avait en Boris Souratine un amoureux plus dangereux qu'une preuve. Qu'il avait ses rêves, lui aussi. Avec cette différence que les siens étaient ceux vraiment irréalisables : il ne les emportait pas assez haut. Au niveau où il mettait ses rêves, aucun ne pouvait prospérer, y avait trop les limites de la vie dedans. Et ils devenaient risqués comme des lions en cage, faute d'espace pour se délier, voire s'évaporer. Au lieu de gagner l'Inde, de s'élever dans les couleurs, il s'arrêtait à Saint-Tropez, où son maximum de sublime, la plage la plus chère, des invitations sur les yachts les plus beaux, les filles les plus crues, le plus de gens possible à observer et à utiliser, Arminé à son bras, pouvait être atteint. Il ne faisait rien sans mesurer ses chances. Il pensait pouvoir acquérir Arminé et la placer dans son décor. Pour le moment, Arminé était en retrait par rapport à son univers, mais il ne désespérait pas de l'y exhiber un jour en tant que pièce originale. Pas le fou qui exhibe une mignonne, non, plutôt le pertinent qui a su s'entourer. Vaste projet. Tu peux te vanter d'avoir baisé la plus belle, mais la plus étonnante, c'est une autre paire de manches ! La beauté, la jeunesse, se renouvellent sans cesse, Saint-Tropez était constamment en réassort. Mais une Arminé ! L'idée de faire sa vie avec un mannequin russe, une Tatare même appétissante, un morceau de filet pour se régaler, le nez d'un pékinois et le palais plat, ne l'animait pas. Pourquoi se rendre prisonnier d'un bien qu'on peut avoir à loisir ? C'est Arminé qu'il voulait. Quand on ne peut pas atteindre le sublime, il reste la solution de le faire descendre jusqu'à soi. Voilà comme il pensait. Et c'est lui qui allait tomber de haut, autant dire. Tout ce dans quoi Boris Souratine plaçait son engagement, le fait qu'il voulait Arminé, la non-importance des autres femmes, en permanence dégustées et vaincues, sa volonté d'éditer Arminé, ces preuves d'intérêt tombaient loin du cœur d'Arminé, comme à la pétanque la boule d'un débutant.

— À quelle heure disons-nous ? treize heures trente, chez Gwenmaï ?

— Si tu veux.

Elle avait l'air toujours d'accord. C'est cette souplesse aussi qui le perturbait et l'ensorcelait.

Parfois, depuis quelque temps, il faisait un rêve sur la docilité. Dans son rêve, une femme longeait le quai, à Saint-Tropez. La démarche de la femme était ample, coulante et légère. Un large pantalon de coton lui battait les flancs. Elle portait des tongs. Des pieds ciselés. Ongles rouges. Les chevilles suivaient le mouvement. Le pantalon, la chemise, tout très ample sur cette femme. Sur le quai, les marins la saluaient. Elle tendait ses bras, tapotait des dos. Et chaque marin embrassé se transformait en chien. De bras en bras, elle arrivait jusqu'à une camionnette. Un autre chien jappait sur le capot, déjà chien, lui. Il avait les yeux cernés du même épiderme que sa truffe. Sa queue, de jubilation, claquait contre le pare-brise. La femme attrapait la gueule du chien, sans serrer, et balançait doucement le chien de droite à gauche. « Chien... », murmurait-elle. Voix au timbre étonnamment bas. « En voiture ! » disait-elle. Le chien filait sur le siège avant. Ils repartaient en marche arrière jusqu'à une place, et remontaient vers la sortie du village. Sur le quai tous les chiens, assis sur leur queue, regardaient le quai désert, absolument bêtes. Ils passaient les hauts de Saint-Tropez. Ils passaient le cimetière, les contours de la citadelle, le coin des villas, les mas, les domaines construits dans les vignes, les collines qui descendaient vers la mer, la route qui devenait une piste, avant de se retrouver loin de tout, au bout de la presqu'île, devant une maison. La femme descendait de la voiture. Elle s'avançait vers la plage. Derrière elle, c'était la garrigue. Des buissons qui semblaient au ras du sol, mais où des sangliers de deux cents kilos étaient là, en plein jour, en train de se raviner des galeries, et où des hommes circulaient en rampant dans le plus grand silence pour devenir chiens, même si le rêve ne le disait pas. Cela n'affolait pas la femme, même si pas de clôtures à cette maison, juste les rochers et la garrigue. Devant la femme, la mer, des dauphins de six cents kilos, ils venaient. Et la femme se tournait vers Boris Souratine et fixait sur lui un regard d'une absolue distance.

Vois-tu comment le sens des choses vient aux hommes ? Celui-ci qui ne voulait rien savoir, hormis les grands traits de sa volonté, eh bien une pythie lui disait son sort. Et comme les rêves, c'est nous qui les fomentons, on peut dire qu'il s'était préparé sa perte, lui qui croyait assister à celle de quelqu'un d'autre.

Tandis que, dans son lit, Arminé retournait à ses coussins. Et qu'elle envoyait un texto à Claudio Barbaro, lequel, en plein rendez-vous, ne pouvait répondre à des mots comme : « Mon Barbaro divinement civilisé ».

La troisième année, si on avait retiré Arminé à Claudio Barbaro, il n'aurait pas compris. Il s'était habitué à aimer platoniquement. Si, parlant d'Arminé et de lui, on lui avait demandé « êtes-vous amants ? », il aurait aussi bien pu répondre « oui ! » que « non ! », et chacun de ces cris aurait été vrai. N'importe quoi sorti de son cœur avait la valeur de la réalité. Il vivait cette histoire. Elle avait bouleversé le lever du jour, son métier, ses rêves, et maintenant elle modifiait son corps, notamment au niveau de la peau de son torse, où il trouvait que son épiderme miroitait. Il ne savait plus trop faire la différence entre un couple qui ne fait plus l'amour et un autre qui ne l'a pas encore fait. Quant à déterminer lequel induit deux amants, Claudio Barbaro commençait à sérieusement tanguer. Bien sûr, histoire complexe. D'ailleurs, il se gardait bien de la rendre limpide. Elle devait rester un brouillon, grillagée de tentatives. Il gardait la gomme à la main. Mais le pouvoir qu'un homme croit avoir est très négligeable, d'autres forces sont là, plus profondes. Par ses manières synthétiques d'y penser, par sa retenue, par son cartable, ses dîners, le secret qu'il gardait sur son amour, Claudio Barbaro croyait tenir une balustrade que ses doigts avaient lâchée depuis longtemps. Dans une conversation mondaine venait toujours le moment où son esprit s'évadait. Il les abandonnait, famille, amis, voisins, confrères, relations, il retournait vers son amour. En plein dîner, à l'abri des regards puisque c'était sans les mains, par la seule pensée, il dessinait dans l'air les lettres du nom d'Arminé, dont certaines, par les hasards de la pesanteur, se mettaient à l'envers et le faisaient se tordre la tête. Il respirait Arminé. Parfois, il fermait les yeux. Il était dans le corps de l'histoire, à défaut d'être dans celui d'une femme. Dans le très vaste. On a évoqué les gains de temps et les remaniements de son planning, ménagés par la deuxième année. La troisième année apporterait une autre révolution : en plus du temps, elle allait donner de l'espace à Arminé Alischane et Claudio Barbaro.

A priori, les mêmes heures étaient consacrées à Arminé, cela n'avait pas changé. Les mêmes endroits. À ceci près qu'ils se voyaient parfois le soir dans un restaurant, à mi-chemin entre leur deux appartements. Ils avaient appris à dîner sans fauter. On n'a rien à se reprocher, insistait Claudio Barbaro. Bien sûr, il savait que, si on avait placé Lizzy au milieu d'eux, en admettant même qu'elle ait pu s'y glisser vu comme ils se tenaient serrés l'un contre l'autre face à la salle, elle n'aurait certainement pas trop apprécié. Il racontait sa journée comme quelqu'un qui rentre du travail. Elle se passionnait pour le droit et lui bientôt pour les connaissances d'Arminé, le Taj Mahal, dont il apprenait qu'un empereur moghol l'avait construit pour sa défunte épouse arménienne, Nefertiti dont il apprenait qu'elle était la fille d'un grand chef arménien, Edmond Rostand dont il apprenait qu'il était lui aussi d'origine arménienne. Et par-delà des réalités incroyables, les mille détails qu'Arminé remarquait chez les gens. Il se découvrait lui aussi des dons d'observateur, autres que ceux destinés à la lutte et au barreau. Installés à une terrasse de café, concentrés sur les passants, ils jouaient à l'histoire que les gens se racontent. Ce qui donnait :

— Regardez, celui-ci se raconte que son vélo est un cheval.

Tantôt elle, tantôt lui. Et jamais Claudio Barbaro n'avait osé vivre à ce point. Il ignorait posséder tant d'inventivité. Neuf fois sur dix, pris par le jeu, c'est lui qui trouvait la plus fantastique image. Il en aurait couru les bras en l'air autour de sa chaise, chaque fois qu'Arminé le félicitait. À vrai dire, elle ne participait plus au concours. Les yeux attachés à leurs mains entremêlées, elle laissait agir une autre imagination : être à la merci de Claudio Barbaro. Le laisser décider de quand. Le laisser décider de comment. Et par là le bonheur abracadabrant de vivre avec lui un même projet.

Mais la vraie révolution allait plus loin. C'était, après le temps rendu élastique, d'assister, en bonus, au progrès de le rendre infini. Ils pouvaient agrandir la vie. Ils n'avaient pas seulement du temps dans les journées, ils en avaient aussi dans la tête, parce qu'une espèce de groupe électrogène le produisait : la chose platonique elle-même. Qui dira enfin que la frustration, dont on considère aujourd'hui qu'elle est le pire des maux, c'est de l'espace ? Qui dira enfin qu'avec l'amour qui ne se fait pas, on vit dans un calme qui distribue à volonté des minutes légères, une machine à bulles pour quiconque y a regardé de près. L'absence de brusquerie accentue cette impression de paix, si on excepte les façons de se saisir l'un de l'autre et les baisers, ces derniers particulièrement fougueux, il n'y a qu'eux. Ils continuaient de s'embrasser, pour peu qu'un des deux initie le mouvement. C'est lui qui embrassait, au sens où il était le maître des voyelles à déployer dans la bouche de la femme pendant que, suppliant pour que dure ce langage, elle posait ses mains sur la nuque de l'homme. Elle avait interdiction de s'aventurer vers les hanches, le bassin, le haut des cuisses, bref partout où un autre Barbaro, au moyen de poulies, préservait son sort. Parfois, il ne bandait pas, et c'est cela qu'il cherchait à planquer, pensant que son vide aurait été un contresens, étant donné ce que par ailleurs ils ressentaient. Arminé en aurait peut-être conçu de la peine, ou qui sait, de la rage ? Comme tous les hommes, il craignait que des dispositions ne soient prises, s'il se montrait un incapable. Et si elle en venait à le percer à jour ? Ah, il redoutait d'être lâché, et il redoutait d'être compris. Parfois, il bandait, et alors là afflux d'autres maléfices, celui d'y penser et que s'arrête immédiatement le coup de chance, et celui, organique et adolescent, de se disperser dans la rue comme un vulgaire manifestant. Il refusait de voir Arminé chez elle, pour ne pas affronter, en plus, l'opportunité que tout se passe bien.

Ceux qui se protègent sont trahis par leur propre système de sécurité. Celui de Claudio Barbaro incluait, régulièrement, de déclencher des exorcismes. La notion t'étonne peut-être, mais je crois qu'elle est bien classée dans les réactions qu'on a face à l'amour : repousser l'autre. Claudio devait, notamment, frôler Arminé du bassin puis s'échapper aussitôt, rien que pour contrôler qu'il pouvait se démagnétiser. Il devait, d'autres fois, la décommander au dernier moment, et en restant stoïque, subir ensuite au téléphone la déception d'Arminé. Sauf qu'un jour, au lieu d'être un sublime exercice de routine, cette manœuvre avait été le fiasco.

Dans l'hiver de la troisième année : en plein froid, le fiasco aggravé par le choc des appartements surchauffés. On l'a vu, Claudio Barbaro ne se rendait jamais au domicile d'Arminé. Il avait bien trop peur de ne plus jamais vouloir en partir. Mais cette fois-ci, à la fois amadoué par trois ans de sagesse, et poussé par la curiosité, il avait proposé de passer la prendre. Il l'avait même formulé tel quel, dans un courage fou. Bref, sur le coup de huit heures du soir, noir complet en cette saison, il avait levé la tête devant l'immeuble d'Arminé. Il caressait l'espoir que cet appartement soit une abomination qui l'aurait guéri. Hélas, il avait aperçu là-haut la terrasse de pierre dont elle avait parlé, et il avait trouvé le décor familier. Il avait composé le code de l'immeuble, non sans sursauter en croyant voir, au coin de la rue, la silhouette de Lizzy. Si c'est elle, se disait-il, et si elle me parle, d'abord je meurs et ensuite je mens. Mais ce n'était pas elle, plutôt un grand homme en pardessus que Claudio Barbaro, dans sa panique, avait érigé en archétype imposant de sa femme. Il faut voir comment il avait sonné à l'interphone, le doigt coupé. Il avait grimpé jusqu'au deuxième étage, les jambes coupées. Elle l'attendait sur le pas de sa porte, tandis qu'il devinait, derrière elle, que l'appartement était un havre. L'exercice, bien sûr, consistait à ne pas succomber à ces trésors. Quand la vie est une émeraude, on n'a qu'à se dire qu'on n'aime pas le vert. Il portait des lunettes noires, alors que c'était le soir, et il tenait son cartable d'avocat collé à lui, la poignée en luisait dans sa main, la truffe d'un labrador. Il était debout, en plein milieu du salon, il avait chaud, il était effaré devant un chat de vingt ans, lequel allait mourir dans les cinq jours. Cette citadine avec son chat aurait pu être une caricature. Elle ne l'était pas. Chat trop vieux et Arminé tellement aimée d'un homme. Il ne voulait s'asseoir nulle part. Il ne voulait pas se mettre à l'aise, malheureuse ! Il voulait un verre d'eau au lieu d'un verre de whisky. Se désaltérer à l'eau ne lui était plus arrivé depuis le pensionnat. Il ne voulait pas perdre la tête. Elle avait proposé qu'ils s'assoient tous les deux à son bureau, devant l'ordinateur, et ils pourraient regarder en quoi consistait l'écriture quotidienne d'Arminé. Il avait sauté sur cette idée fabuleuse qui permettait de ne pas s'embrasser. Elle l'avait installé à côté d'elle.

— Je faisais le portrait de Joël.

— Joël ?

Il vivait dans la méfiance des prénoms masculins. Un homme pouvait lui ravir Arminé.

— Joël est un mannequin chinois que j'ai rencontré.

Beaucoup de phrases étaient insignifiantes, on pouvait les entendre sans s'affoler, le dos vautré dans la sécurité. Eh bien on va dire que celle-ci n'entrait pas dans cette catégorie. Un Chinois, c'était exotique, un Chinois parlait avec un accent : c'était la concurrence. Quand Claudio Barbaro se concentrait, car il pouvait y passer des heures, pour estimer quel genre d'homme, passant dans la vie d'Arminé, pourrait constituer une menace, il avait du mal à dresser un portrait-robot. Il y a des femmes qu'il est facile d'acoquiner. Le moindre pompier ferait l'affaire. Un banquier qui la cajolerait. Un jeune homme dont elle pourrait flatter les endroits durs. Un coureur qui la choisirait. Mais Arminé, avec qui l'imaginer ? Il la trouvait trop sophistiquée pour le délire populaire, et qu'aurait-elle fait d'un grand bourgeois, qu'aurait-elle donné dans un dîner d'establishment, entre un homme qui se serait enrichi par la gestion de déchetteries, un roi de l'automobile, et le promoteur de la lentille jetable ? À force de récuser des candidats virtuels, il en était arrivé à la conclusion qu'on ne réussirait pas à la lui prendre. Il y a même des jours où il se disait qu'il l'avait sur les bras, histoire de se plaindre tendrement comme celui qui, fondant de béatitude, vous montre sa compagne en disant : « Tu peux me croire qu'elle a un fichu caractère, ma sorcière ! » La catastrophe ne pourrait venir que d'un homme très original. Herbert von Karajan (Dieu merci, mort). Il fallait un seigneur. Il fantasmait tant de pouvoirs à la femme aimée qu'il la voyait avec un demi-dieu, bien assortie. Un Chinois était une mauvaise nouvelle. Un Chinois pouvait, par des lotus et des sourires énigmatiques, se faire passer pour un dieu de quelque lointain inédit.

— Les Chinois sont petits.

Il l'avait dit trop vite, si on pensait à sa propre taille. Aussi Arminé avait-elle montré des dents de gamine, qui lui sortaient à certaines joies extrêmes.

Aussitôt, il s'était repris :

— C'est grand, un mannequin, non ?

Un Barbaro était là à son maximum d'affirmation.

— Vous êtes jaloux, Claudio Barbaro !

Jaloux. Ah, ah !

— J'aurais bien mauvaise grâce, j'ai une femme, ma chère.

Il regrettait aussitôt. On aurait dit qu'il avait, atavique, la manie de se conduire en assiégé de la cause du Christ ressuscité, dès qu'il ne pouvait crier victoire. Oui, il s'en voulait. Arminé était la dernière personne au monde qu'il souhaitait agresser. Il voulait au contraire caractériser (un jour) en quoi il était bon depuis l'enfance, et que cela personne ne l'avait vu car il ne le montrait qu'à elle, Arminé Alischane.

Elle ne le quittait pas des yeux, elle réagissait à l'hostilité par la bienveillance, ce qui était une épreuve. Elle la doublait d'une attention soutenue, le pire de tout. Claudio Barbaro, coincé entre deux lamelles de microscope, prenait des couleurs qu'aucun Chinois ne prendrait jamais. Pour comble de honte, le fait que Joël, en réalité Wang, ne le menaçait en rien, qu'il avait eu tort de se crisper et de mordre, il allait le découvrir dans le même moment, Arminé venant de pousser vers lui son ordinateur. Et c'était écrit que Wang, Chinois de Shanghai, était arrivé en France à l'âge de neuf ans. C'était écrit études au lycée, porte de Choisy. Dix-huit ans, Wang vendeur de salades chez Tang Frères, épicerie chinoise. À vingt ans, Wang serveur dans le restaurant d'un oncle. À vingt et un ans, un soir, la découverte de Wang par une bande de fêtards. Leur engouement pour Wang. Wang emmené à une fête de clôture des défilés de mode. Wang sollicité. Puis Wang avec un nouveau nom, « Joël ». Joël en photo a la peau tendue et ambrée, un daim. Joël en vrai, ses vêtements et son style, c'est à lui, de nulle part. Wang, ses propres parents le détaillent indécis. Joël dans la nuit, un blazer de velours et des ballerines de feutrine.

C'était écrit noir sur blanc qu'elle avait juste fait son travail. Sa minutie dans un portrait entre mille.

Il était un idiot. Il se disait que, certainement, Arminé ne pouvait concevoir la jalousie, ne pouvait concevoir la trahison, ne pouvait concevoir les mesquineries, ne pouvait concevoir le mensonge. Sans oser la regarder, il se disait : regarde, elle pose sur toi Claudio ce regard au fond de dénuement. Et il avait honte, il mourait de honte, la honte le faisait rougir, il devenait lui-même la honte et si on avait pu l'enseigner à des enfants, tellement il était un spécialiste, c'est lui qu'on aurait photographié et plaqué dans un manuel scolaire sur ce thème à ce chapitre-là. Tu es cet homme idiot, se disait-il. Charge à toi de progresser. C'est alors seulement que Claudio Barbaro avait lâché son cartable. Il avait retiré ses lunettes de soleil, elles ne servaient à rien. Derrière, son errance. Au grand jour, ce soir. Il avait fini par fermer les yeux, sans quoi ils auraient pu tomber : pièce à pièce, cet homme se déconstruisait. Il songeait qu'il était vide alors qu'Arminé était pleine. Ça aurait dû être le contraire. Mais non, c'est elle qui contenait tous ces mots, et lui qu'est-ce qu'il avait ? La jalousie, pose d'un mondain. C'est peut-être là maintenant qu'elle voyait le vide de Claudio Barbaro, forcément déçue, les femmes attendent autre chose. Ah, il fusionnait avec le vide, vidé, évidé, avec rien à brandir.

Il avait posé sa main sur la main d'Arminé. C'était signe entre eux qu'ils s'aimeraient jusqu'à la mort. Que tout ce qu'il avait pu faire ou dire pour se défendre ne devait plus les perturber. Il avait dit, la voix changée, et il voulait qu'elle soit la messagère, exercice pas prévu du tout, d'un complet aveu :

— Et mon portrait à moi ?

Par ces mots, une terrible désolation. L'impossibilité de nouveau par ces mots. Le conquérant dont l'épée n'est qu'en mousse et qui, pour exprimer sa reddition, la plie devant vous, soudain honnête. L'anneau alliance qu'il ne lui passerait pas au doigt car là où il fallait aller la chercher, sur la main d'une autre, c'était un déchirement. Et il se retrouvait à supplier Arminé d'accorder ce qu'il ne pouvait ni donner ni accepter. Il avait envie de pleurer, sauf qu'il savait que des larmes, elle les lécherait et que ce serait le début de ce qui ne pouvait commencer.

Arminé n'avait jamais refusé d'écrire le portrait de personne. D'elle-même, elle faisait le pas de vous attraper au menton et d'amener votre visage vers la bonne lumière. Elle savait quand quelqu'un était beau et elle savait comment s'y prendre pour qu'il le soit. Même quand elle était débordée de travail, si vous saviez attendre vous aviez un jour Arminé dans votre sofa. Elle vous examinait, sans voyeurisme aucun, juste sa clairvoyance pour, non pas vous percer à jour, mais vous y mettre, vous placer haut, voire vous hisser. Deux trois feuilles blanches pliées à la main, sur lesquelles elle ne notait rien, pas même les dialogues qu'elle restituait parfaits le lendemain. Et votre portrait était fait. Avec dedans la foi d'Arminé : la certitude qu'un homme est toujours contenu dans le meilleur qu'il inspire. Et vous pouviez garder ce portrait et vous lire en vous découvrant. Elle ne mentait pas, elle disait pour de bon qui vous étiez. Votre enfance entrait ici. Vos mauvais choix qu'elle ne jugeait pas. Vos kermesses et ce dans quoi vous vous étiez compromis, elle le mettait à plat sur le très doux paysage de son écriture. Une étoffe qu'on étale avec précaution et respect : votre vie. Et partout on vous découvrait. Votre famille vous félicitait d'être cette personne. Arminé faisait de votre vivant le portrait calmé qu'on fait des morts, quand plus rien ne vient polluer le pardon. À son journal, on avait même dit : on ne peut l'envoyer nulle part, parce qu'elle va partout avec amour.

— Vous voulez que je fasse votre portrait ?

Elle était sur cette chaise, à côté de lui, avec ce drôle d'air de décision. Il percevait la volonté venant d'Arminé. Qu'est-ce qu'elle allait lui faire ?

Elle avait redit :

— Votre portrait ? Je le fais.

Elle le prenait au mot ! Elle commençait par le portrait et puis ça y est, elle allait tout exiger ! Elle allait demander l'encaissement de toutes les mises.

— Oui..., avait-il dit, en marquant, par une grimace, qu'il n'avait plus trop le choix.

Un portrait ! Mon Dieu, où allait-elle aller regarder pour le faire ? Il se recrispait. La protection se mettait en place dans les endroits de son corps les moins exposés, il avait son sexe recroquevillé dans son caleçon, et même son ventre qui tombait dessus comme un capuchon supplémentaire. Aux abris. Mais comme, par sa jalousie, il venait d'être le plus pathétique des hommes, il voulait aussi lutter pour ne pas retomber dans l'échec.

Et Arminé s'était redressée. Il avait compris ce dont au fond il était certain, à savoir qu'un portrait passait par ce qu'il craignait, même si c'était confus et qu'il n'aurait su dire ce qu'il craignait. Elle allait l'aider à mettre un mot sur son interrogation. Après quelques secondes, montrant que sa résolution était établie depuis le début, elle avait fixé l'endroit où le sexe de Claudio Barbaro vivait des heures tragiques, et elle avait dit :

— Je veux la voir.

Il n'existait plus.

On peut déduire ce qu'annonçait, pour cet homme jadis artificiel, le fait d'être assis sur une chaise, avec un chat clabotant à deux mètres et un sexe qui n'était plus qu'une réduction aborigène. Il aurait pu se lever et partir. Il savait assener des « non ! » vifs. Il avait tous les cris-mots du premier langage des hommes. Il savait scander, base de la parole. Il savait se défendre. Eh bien, il ne bougeait pas. Il contemplait son pantalon, convaincu d'irréversible. Et il s'était laissé faire quand Arminé avait défait ses mains de celles de Claudio Barbaro, pour les poser vers la ceinture de Claudio Barbaro, aidée, il faut reconnaître, par la coopération immobile de Claudio Barbaro, une délicatesse infinie qui circulait entre eux, et sur laquelle, pas plus que sur sa frayeur, il ne pouvait intervenir. Il avait même participé, du mieux qu'il pouvait, compte tenu de son engourdissement. Elle avait défait la ceinture, il avait à peine rentré son ventre, il ne mentait plus. Elle avait tiré sur la chemise, il avait tiré de son côté aussi. Elle avait touché le caleçon, il avait déboutonné ce qu'il savait déboutonnable.

Ils y étaient.

Il n'avait plus de cerveau pour évaluer ce qu'elle avait sous les yeux. Ce que ça pouvait donner, ce rien qu'il n'osait cacher. Comment ça pouvait rendre, justement. Et il avait beau regarder, lui aussi, il n'arrivait pas à se faire une idée. Il n'avait plus aucun recul sur ce corps dont il avait toujours su se détacher en cas d'urgence, avant. Il attendait, neutre. Beaucoup de femmes l'avaient vu nu. Aucune dans ces circonstances. Quand on dit : à livre ouvert. Il était ça. Il comprenait que le portrait, il était là. Qu'il était fait. Que l'homme n'est pas dans sa bite, mais que tout Claudio Barbaro y était ce jour-là, inactif. Tout était dit, en somme.

Pendant ce temps, Arminé espérait enfin vraiment. Elle avait posé une main sur le sexe de Claudio Barbaro, lui-même avait recouvert cette main des deux siennes, toujours avec cette idée de se sauvegarder. Elle touchait la douceur. Elle lui venait à la fois des deux Barbaro, celui au sexe et celui aux mains, les deux réunis. Y compris par l'invention, elle n'aurait pu connaître plus grand bonheur. Voilà, c'était cela la réalité. La chose qui fait taire. Elle prenait corps, on ne le dira jamais assez. Bien sûr, elle aurait voulu y mettre la tête, et souveraine était l'envie de s'enfouir au milieu de ces mains, la bouche la première. S'enivrer de féeriques contacts. Toutefois, non. Elle aussi subissait un engourdissement. L'importance du moment, sa nouveauté luxuriante, lui fichait un coup. C'était trop pour la luxure. Rien ne pressait. Chaque sensation à récupérer lui montait le long du bras. Ce sexe planqué, les mains détendues de Claudio Barbaro. Cette histoire lui avait toujours semblé une beauté, mais là maintenant, en plus, elle la voyait possible. Ils avaient fait un grand progrès. Un jour, il voudrait voir son corps, à son tour. Elle le lui montrerait. Leurs deux corps en même temps montrés. Leur contact, de la soie.

Elle avait posé ses lèvres sur la tempe de Claudio Barbaro. La tête, abandonnée, s'était ployée. Elle la lui avait maintenue avec sa main libre.

— Eh bien, Arminé, êtes-vous rassurée, à présent ? lui avait-il demandé.

Vague ironie de sa part. Il savait que c'était foutu. Il avait du ventre et pas de sexe.

— Je n'étais pas inquiète.

— Non ?

Il allait ajouter une question qu'il posait à toutes les femmes, rien que pour se torturer ensuite en analysant la réponse, car aucune, même complimenteuse et argumentée, ne l'avait jamais satisfait :

— Comment vous la trouvez ?

Et Arminé, sans l'ombre d'une hésitation :

— Sublime.

Après l'abandon maximal, preuve qu'il y en a un autre, c'est que Claudio Barbaro se mit à pleurer. Il sanglotait de l'intimité dans le cou d'Arminé. Elle le berçait, comme avenue Gabriel. Elle ne disait pas « ce n'est rien... ce n'est rien... », ce qu'aurait fait n'importe quelle femme. Bien malin qui aurait pu dire si même elle remarquait ce qui ne se passait pas. Et quand enfin elle avait murmuré des mots à l'oreille de Claudio Barbaro, ils avaient été signés Alischane :

— Ne vous inquiétez pas : vous êtes dans tout.

Une telle scène ne se produirait plus avant longtemps. Tu en es pour tes frais si tu as vu ici le tournant de cette histoire. Je t'ai prévenu, ce récit est une ligne droite jusqu'au succès total. En revanche, je t'accorde que Claudio Barbaro allait désormais passer plus de temps dans son lit et moins y dormir. Ah, il n'avait pas fini de recréer la main d'Arminé, avec les deux siennes posées dessus. Là encore, ce qu'un homme fait seul est très relatif, et tout dépend d'avec qui il le fait, si je puis dire. La qualité d'absence d'Arminé était exceptionnelle. Voilà une femme qui s'incarnait dans le langage, et son essence même tenait dans la poche, on pouvait l'avoir toujours sur soi. Il suffisait à Claudio Barbaro de se répéter quelques phrases d'Arminé, et le reste suivait, notamment la bouche d'Arminé, et dans la bouche le corps, et dans le corps, le silence des profondeurs avec d'autres mots qui ne se disent pas, d'où nécessaire silence, et puis d'autres qui se disent, d'où intérêt d'être au plus profond, insonorisé par la nuit. Il s'entraînait aux plus radicales vulgarités, des scénarios dingues qu'il se peaufinait et dont Ferdinand Sashi, s'il en avait eu connaissance, aurait fait son beurre. Tout est possible dans le fantasme, à ceci près que c'est le fantasme qui vous dicte faits et gestes. Donc l'Arminé serpentante, que ça ne dérangeait en rien de vivre à califourchon sur un homme tandis que d'autres regardaient, et parmi eux, parfois, Claudio Barbaro lui-même, parce qu'il n'allait pas se gêner pour être ici et là, cette Arminé dégoupillée, il n'en commandait rien. Elle lui échappait des tripes. Il assistait à son désir. Comme un loir sur la poutre d'une toiture, le sexe de Claudio Barbaro passait dressé en dansant devant Claudio Barbaro, de la laine de verre plein les babines, alors qu'il était trois heures du matin et que la maison aurait aimé dormir. Il vivait dans une femme. Il se prenait les pieds dedans en allant pisser la nuit. Il trouvait son désir sous son nez le matin, à peu près dix minutes avant l'arrivée du prof de gym. Il n'avait que cinq minutes pour insérer le prof de gym dans son fantasme et se débarrasser par là de ce qui, sinon, allait entraver ses mouvements. L'action de la grossièreté lui explosait à la gueule. Il était redevenu le collégien du pensionnat. Mais l'écolier n'avait que cette solution, tandis que Claudio Barbaro, très loin, très près, voyait se profiler une femme réelle, qu'il n'aurait tenu qu'à lui d'emberlificoter. Une consentante. Et à ce mot, il perdait pied.

Comme cela aurait été facile d'envoyer à Arminé des textos érotiques, et de placer cette relation à une place, au fond, bien confortable, au milieu du hamac, entre l'arbre du rien et l'arbre du tout, dans la résolution pornographique. Et soyons francs, il l'avait tenté. Et soyons encore plus francs, elle avait répondu, enjouée et dévastatrice d'enthousiasme pour la débauche, comme sans doute elle serait un jour en chair et en os, s'ils se trouvaient à passer à l'acte. Claudio Barbaro avait été tellement effrayé par cette femme réactive, qu'il avait cessé tout envoi. En effet, à ces avancées là non plus, il ne pouvait pas répondre. Il avait une vie. Il fallait résister à cette autre dans laquelle se formulaient les choses rêvées. Dès qu'il se laissait aller, Arminé lui dégoulinait dessus. Il se reprenait. Il était le gars qui, dès qu'il arrête le traitement, se sent instantanément réenvahi par le mal. Et puis, il se posait des questions sur la nature humaine, la place de la sexualité dans l'existence, le bien-fondé des théories sur la sensualité, le grand tour. On dit que les personnes dotées d'un grand tempérament ont des besoins à hauteur de leur sensualité, et que ce sont celles qui passent le plus à l'acte. Il en était à se demander si ça ne serait pas le contraire, vu l'aplomb avec lequel Arminé s'était alanguie sur lui à l'époque où il envoyait ces textos. Cette idée aussi que plus on fait l'amour, plus on a envie de le faire. Foutaises. Par exemple, lui qui ne baisait plus personne, eh bien la foudre l'étreignait, et la chanson qui disait « je t'ai rêvé si fort que les draps s'en souviennent », si elle passait à la radio dans une boutique ou dans un taxi, il devenait rouge écarlate et changeait même de sujet de conversation, quand bien même c'était silence complet.

Ils eurent jusqu'au bout de la symétrie sur ces questions. Elle aussi, maintenant qu'elle avait touché le sexe de Claudio Barbaro, agrandissait le temps de son lit. Elle s'ensauvageait. Les semelles compensées lévitaient au-dessus du lit, elle les faisait gesticuler dans tant d'effets que, peut-être, la dernière chose que vit le chat avant de mourir, c'est qu'en effet, comme lui, sa maîtresse avait le goût de vivre. Elle dansait dans l'appartement, elle faisait la roue et avait cassé trois vases, mais jamais celui dans lequel une orchidée vivait, cadeau de Claudio Barbaro. Elle s'était acheté des disques de Lucio Battisti, et flottillait dans les mots d'amour. Quand elle croisait la langue italienne dans la rue, elle avait tel regard de compréhension que les Italiens s'adressaient aussitôt à elle, une compatriote. Sans avoir appris cette langue, voici qu'elle la parlait couramment. Elle échangeait des mails en italien avec un ami milanais, Enzo Cremonini, qui était chercheur en biologie à Harvard, Boston. Elle lui mettait : « *Dimi dove sono falsa* », et lui il recevait cette approximation et il lui répondait : « *Sei incredibile !* » Elle aurait pu parler toutes les langues, si Claudio Barbaro les avait parlées. Elle avait eu avec ses parents le débat de savoir ce que Dieu avait fait, à Babel, en brisant la langue commune des hommes. La Genèse formulait clairement la jalousie de Dieu, devant la parole commune des humains. Un obstacle se dressait devant Dieu : les hommes se comprenaient. Il avait entravé cette fusion en les dotant de langues différentes. Aris Alischane était profondément croyant, sa foi allait jusqu'à ne pouvoir s'accommoder d'un Dieu vindicatif et cruel, il soutenait que Dieu avait certainement eu ses raisons. Toutefois, il avait beau prendre son souffle pour les énumérer, il ne trouvait même pas la genèse de la première. C'était le moment où Hélène Ferdinakis lui servait toujours un raki : « Aris, laisse Dieu être ce qu'il est. » Et Aris Alischane : « Dieu pensait peut-être, en nous dotant de langues différentes, éprouver notre fraternité. Non pas la tuer, mais l'éprouver. Que l'on fasse tous l'effort de comprendre. » Et il allait plus loin : « Et en plus, pourquoi Dieu serait-il parfait ? » Cette dernière phrase pour Arminé, au cas où elle s'entêterait dans le sublime, alors que Dieu lui-même y avait peut-être échoué.

N'empêche que, désormais, à la nuit tombée, il était grand, immense, le lit parfait de l'amour d'Arminé. Le drap, une voile. Et voguer. Du moment qu'elle avait reçu de Claudio Barbaro les textos en question, ils étaient inscrits dans le creux de son ventre. Avec un seul, elle pouvait tenir des années. Pour elle, ces messages prouvaient qu'une langue commune l'emportait, malgré les complications du Seigneur. Du coup, elle s'endormait, tranquille. Le malade dont on a ouvert la tête, quand il se réveille, il parle et on ne l'entend pas. En vérité aucun mot ne sort de sa bouche, il croit juste parler. Et puis, un jour, quelqu'un l'entend et lui répond. Voilà, il a vaincu le mur de la parole. Neuf fois sur dix, comme Arminé il se rendort, délivré. Arminé elle aussi sommeillait, maintenant qu'elle avait pu répondre à la grivoiserie de Claudio Barbaro. Quel bonheur ravissement sans pareil d'avoir vérifié cela. Elle n'était en rien comme ces boulimiques qui se rassasient jusqu'au dégoût. Pendant des années, elle et son chat avaient mangé avec une frugalité commune, ce qui ne faisait pas d'elle pour autant une femme à la sensualité réduite. Au contraire. La grêle arrose moins que la pluie, même si Arminé aurait rapidement à apprendre que la grêle est parfois nécessaire, car elle brise la terre et permet, par exemple, la germination de certaines espèces de végétaux. Cette brusquerie décisive lui viendrait de Claudio Barbaro. Elle devait en avoir une prescience, à en croire les soubresauts qui la dominaient dans son lit. Elle non plus ne pouvait en parler à personne. Elle avait l'intuition que ses parents ne pourraient pas être sa vie privée, cette fois-ci. Arminé ne parlait pas davantage à Yasmine Aristi. Elles continuaient, toutes les deux, de s'observer à la dérobée, et n'avaient pas besoin de trop de secondes pour laisser passer l'essentiel, la solitude de Yasmine quand elle allait de corps en corps, celle d'Arminé qui ne croyait qu'en un seul corps.

La quatrième année, le monde allait leur tomber dessus. Arminé et Claudio Barbaro, pas plus que les autres, ne pouvaient faire l'économie du social. Il serait naïf de croire qu'aller dans le monde, une fois qu'on est le monde en soi, n'est pas impératif. Et celui qui ne verrait pas où le monde intervient, en quoi il est capital, en quoi, après s'être désignés comme homme et femme, on a besoin d'être désignés comme amour par les autres, eh bien il n'aurait rien compris. « Ça se voit que vous vous aimez » est la phrase qu'on attend tous. La chose qu'entre nous, on ressent, sache que si quelqu'un la nomme, alors elle se présente. C'est comme ça, c'est ainsi, personne n'y changera jamais rien. C'est bête à dire, mais l'amour a besoin des autres. L'île secrète est une option, certes, mais pas celle des conquérants, et Arminé et Claudio Barbaro étaient de redoutables explorateurs. Ils avaient pour vocation d'être des exemples. Ils voulaient, sans le savoir, aller à leur sommet, là où ils seraient forcément visibles de tous. C'est d'ailleurs ce qui empêchait tant Claudio Barbaro, le fait qu'on le verrait.

Je te montre nos deux antiques, un soir d'avril, avenue des Champs-Élysées, à Paris. Ils s'étaient placés dans une queue, devant le cinéma qui fait l'angle des Champs-Elysées et de la rue du Colisée. C'était une foule notamment d'amoureux, en tout cas de couples, et au milieu d'eux, Arminé et Claudio Barbaro, les mêmes que les autres, fondus, tellement amoureusement liés et lénifiés. Il l'enlaçait. Il lui passait la main sur la joue. Elle lui réajustait son pashmina. Il réalisait qu'il faisait frais. Il ôtait son pashmina pour l'arranger autour du cou d'Arminé. Alors, elle disait : mais non, j'ai déjà un foulard. Alors, il disait : non, moi je n'ai pas froid. Alors, elle disait : mais non, je vous promets. Et ils se chamaillaient dans le vouvoiement, ce qui faisait que certains, dans la file, prêtaient l'oreille. Tout le temps où cette histoire resterait secrète, ils seraient trahis par le vous.

Mais les badauds, ce soir-là, avaient d'autres chats à fouetter.

Trois policiers et des employés de la fourrière étaient disposés en arc de cercle autour d'un petit chien, couché sur un sac de toile.

Un bruissement dans la foule. Personne ici ne voulait que le chien soit envoyé à la fourrière, ce qui donna du courage à Arminé pour sortir du rang et venir dire au nom de tous : « Ce chien est à quelqu'un. » Les policiers se regardèrent. Voilà qui changeait tout. Ils demandaient à qui était le chien. Arminé montrait le sac, le fait que le chien n'était pas sale, le fait que le chien n'avait pas faim, le fait que le chien n'avait pas peur, le fait que le chien était gentil, donc aimé. Le policier objecta qu'avec des « si », on ferait n'importe quoi. Mais Claudio Barbaro, pas avocat pour rien, répondit désolé messieurs les policiers mais ma femme n'a pas dit « si ». Il était devant la police, il était devant la loi et, pour faire court, il disait « ma femme » en parlant d'Arminé. Quelqu'un de la file s'était avancé et avait dit « Je me porte témoin », puis une autre personne avait fait la même chose, puis une clameur de témoins, même ceux à l'intérieur du cinéma, derrière les vitres, venaient pour témoigner. C'était comme si tous ces gens étaient témoins au mariage d'Arminé et de Claudio Barbaro. Et alors seulement là, les policiers avaient réfléchi. Mais alors, si ce chien est à quelqu'un, à qui ?

Soudain le chien se dressa : son maître revenait, une clarinette à la main. Les policiers avaient la possibilité de verbaliser la clarinette, et la décision en revenait au chef de ces trois policiers. Or quand ce chef leva les yeux vers la foule pour prendre sa décision, ce que l'École de police conseillait vivement de ne pas faire, car le regard des autres n'aidait jamais à être sévère, il tomba sur Arminé et Claudio Barbaro. Et alors, bien sûr, il les reconnut. Les amoureux de l'avenue Gabriel. Il restait baba. Il les fixait de ses yeux veloutés de Portugais qu'il avait ordre d'endurcir. Le couple. La femme qui faisait la roue.

— Alors, c'est votre femme ? demandait le policier José Pereira, décapé par le destin.

José Pereira s'en fichait de son équipe, José Pereira s'en fichait de la foule, il continuait.

— Alors, vous l'avez épousée ?

Et pour être plus net :

— Alors, vous l'avez épousée depuis l'avenue Gabriel ?

Claudio Barbaro, en tant qu'avocat, savait deux choses. L'une, c'est que la police, en public, n'intègre jamais la moindre nuance, inutilité d'expliquer. Et la seconde, c'est qu'il y a des questions que la police n'a pas le droit de poser.

— Ça ne vous regarde pas.

Or, José Pereira était de cet avis depuis le début, en fait. Depuis la guérite il avait été un voyeur.

Alors, il avait dit :

— Non, je sais que c'est moi qui vous ai regardés.

Aucun des deux ne reconnaissait le policier de l'avenue Gabriel, parce que ce soir-là ancien, ils n'avaient rien vu qu'eux-mêmes. Mais, d'une certaine façon, José Pereira entrait dans leur légende, pour y prendre la place qui lui revenait, celle de la société.

Et puis, je pourrais te citer beaucoup d'autres moments comme celui-ci. Dans les jardins des Tuileries, ils faisaient croire à l'un des jardiniers, à vrai dire un ingénieur agronome qui était responsable de la floraison, qu'ils vivaient ensemble. Ainsi pour cet ingénieur, Laurent, Arminé et Claudio n'étaient pas deux personnes qui se retrouvent aux Tuileries, mais deux personnes qui vont ensemble même là. Et ce Laurent se disait : la nuit ne leur suffit pas, il leur faut le jour, aussi. Et Laurent, qui était homosexuel, rentrait chez lui fort de nouvelles revendications. Elles étaient belles et c'étaient plutôt des propositions, d'ailleurs. Il disait à son compagnon : mais pourquoi est-ce que nous, le matin, on ne prend pas le temps de marcher dans un jardin et de s'asseoir sur un banc ? Qu'est-ce qui nous empêche d'étendre notre amour comme je vois un couple le faire, qui vient chaque jour aux Tuileries. Moi, je ne veux pas qu'on se quitte le matin, une claque sur les fesses. Je ne veux pas juste qu'on roule l'un sur l'autre. Je veux une certaine grandeur qu'on peut avoir. Et son compagnon lui donnait raison. Et même le compagnon disait : allons sur les quais devant les Tuileries, le week-end. Et Laurent répondait : ah non, pas celui-ci, celui-ci c'est celui des homosexuels, allons plutôt dans l'universel.

Une amitié unissait Laurent et le couple.

Laurent expliquait à Arminé et Claudio comment les fleurs sauvages, dans le jardin, se déportaient spontanément vers les bordures de l'allée centrale. Sur tout un flanc, la brise de la Seine les poussait. Sur l'autre, c'étaient les pots d'échappement des voitures de la rue de Rivoli. Bref, la vie venait au centre. Claudio racontait comment, enfant, il n'avait été le centre de rien. Et comment, repoussé de part et d'autre par la mère et le père, il s'était plutôt retrouvé sur les bords, lui. Le problème que son enfance avait pu poser se réglait là, devant les fleurs. Laurent disait : tu as de la chance, parce que, maintenant, il y a quelqu'un qui ne te repoussera jamais. Il posait sa main, ongles tatoués par le terreau, sur l'épaule d'Arminé. Il touchait la clavicule fine. Et Claudio disait : oui, tu as raison, Laurent, maintenant je suis au centre, n'est-ce pas, Arminé, qu'en pensez-vous ? Et Arminé disait :

pour moi le centre de tout c'est vous Claudio Barbaro.

Laurent s'enchantait de ce vouvoiement. Il prouvait une intimité révolutionnaire. Tu, pour les autres. Et vous, pour eux, pour le sacré. Laurent demandait : « Mais pourquoi vous vous vouvoyez, comme ça ? » Claudio, c'est lui qui en avait eu l'idée, alors c'est lui qui répondait : « Mais, pour avoir à se connaître, non ? » Et Laurent lui donnait raison. Et maintenant Laurent rêvait de vouvoyer quelqu'un, lui aussi. Il se projetait, suprême, dans le sublime. Il était secrétaire général d'une association pour le mariage des homosexuels. Il se battait pour que même les homosexuels puissent avoir des beaux-parents, des gigots du dimanche, avec aussi des listes de mariage, et des enfants. Il se battait pour un « tu », général. Il luttait depuis des années contre tout ce qui n'était pas une convivialité sociale de gens qui s'aiment. Ses meubles Ikéa, son établissement, son couple, sa fierté. Arminé et Claudio le faisaient établir différemment son rapport à la norme. En voici deux qui n'étaient pas dans la norme. Maintenant, c'est retourner hors la norme qu'il voulait, lui, Laurent. Comment avait-il pu croire qu'il désirait devenir ce que, en plus, par l'homosexualité, il avait voulu fuir depuis l'adolescence ? Qu'avait été sa pulsion de retourner dans le rang ? Ah, désormais il changeait, il disait vous, par surprise, à ceux qu'il connaissait. Vous à un collègue jardinier, habituellement tutoyé. Et le croistu, le collègue comprenait immédiatement qu'on entrait dans le flou et le prometteur. Même si les choses en restaient là. Il disait vous dans la cuisine à son petit ami, il le lui soufflait dans la nuque, auprès des poils rasés, en emportant les plats, justement les soirs où les beaux-parents étaient là. Exprès. Il se métamorphosait merveilleusement à l'intérieur de l'homosexualité. Il cessait de s'habiller gay, de se pomponner gay, de se codifier gay et de se coller dans le double étau d'être à la fois gay et normalisé. Il devenait un homme, lui qui était avant seulement un garçon qui aimait les hommes. Il prenait sa place. Un homme face aux hommes.

Il visait Arminé et Claudio avec son espèce de buggy de jardinier, jardin des Tuileries. Il stoppait sa machine. Il en sautait, bottes Aigle. Je vous aime, les amis. Parce que vous avez ce don d'être ensemble la nuit et de vouloir l'être le jour et la nuit, je vous aime et je vous respecte. Vous êtes ce qu'il y a de plus beau sur la terre, je m'y connais. La terre n'a pas de secret pour moi. J'en ai mangé, une fois. Je voudrais que toutes les femmes soient comme Arminé. Je voudrais que tous les hommes soient comme toi, Claudio. Ne le prends pas mal, mais je pourrais te tenir dans les bras. Tous les deux, vous pourriez venir. Ce serait nous, et ça c'est encore autre chose que vous, les amis.

Et puis, il repartait. Il enfourchait son buggy, ses cheveux avaient poussé, il avait cessé de vouloir les solidifier avec du gel. Il agitait le bras en tournant au coin d'une allée, comme s'il allait disparaître, sauf qu'on pouvait le suivre dans tout le parc tellement la vue était dégagée. Claudio disait : j'imagine parfois que cet homme est étendu avec nous. Arminé disait : je l'imagine aussi. Et là les deux partis à se lover, chacun dans le cou de l'autre, avec la présence de Laurent, comme insolite lien avec le social. Comme le social nécessaire aussi dans leur lit.

Maintenant quand il était seul, je veux dire pris dans son fonctionnement mondain et interminablement loin d'Arminé, Claudio Barbaro avait de plus en plus besoin de la matérialiser. Une force poussait : l'aveu. Il y avait aussi la notion de se vanter, c'était une de ses plus grosses réussites, d'avoir suscité l'amour. Déjà, à l'époque de Lizzy, il avait vécu l'union en frimeur. Il avait aimé notamment se rappeler leur mariage qui avait été son heure de gloire. Il avait bien des fois montré aux autres les photos de ce jour-là, et il avait un orgueil rétroactif à penser que tous les gens présents à ce mariage avaient dû se dire : « Ce Barbaro, quelle chance il a ! » Là, maintenant, il devait garder le silence. Les gens dans les files d'attente du cinéma, les serveurs dans les restaurants, les portiers à l'hôtel Meurice, les libraires chez Galignani, les jardiniers des Tuileries, les touristes qu'Arminé et lui alpaguaient, en faisant les étrangers eux-mêmes, en disant devant la pyramide du Louvre, l'appareil photo tendu vers eux « *could you take a picture ?* », ces mises en scène ne suffisaient pas, et fallait-il s'en contenter ? Il voulait dire son amour à des cercles plus rapprochés. Et il ne pouvait pas. Il était bien placé pour savoir que son milieu parlait. Vu tout ce que lui-même avait trahi comme secrets, il n'avait même pas le recours de se confier. Il savait qu'ici, ambiance

Barbaro, un secret, c'était juste une information encore plus alléchante à faire circuler.

D'où, vers cette période, le déclic qu'il avait eu de parler d'amour en général. Ah, l'amour, c'est important. Sans amour, on n'est rien du tout. Mais d'ailleurs, qu'est-ce qu'on ferait, je vous le demande, sans amour ? N'existe-t-il pas, au-dessus de nous, une donnée supérieure ? N'existe-t-il pas, tout parallèle à nous, comme une deuxième lecture à avoir des hommes, l'amour qu'ils ont éprouvé, un jour, pour quelqu'un ? Il demandait aux amis, à Edwina Kessel que la discussion ravissait, elle lui évitait l'effort de lire des livres sur le même thème : « Tu ne trouves pas que l'amour, c'est une vraie chance ? » Elle disait que oh oui. Elle avait Toby Kessel. Et puis, elle s'arrêtait là, en panne d'inspiration. Claudio essayait de la galvaniser, il lui démontrait « écoute, Dwina, tu l'aimes, ça se voit. Vous allez tous les deux au restaurant, seuls, après vingt ans, vous êtes toujours fourrés ensemble. Ça, c'est de l'amour, Dwina. Moi, je vois de l'amour là-dedans ». Elle en voyait aussi. Elle souriait tristement. Mais elle disait : « En même temps, Claudio, l'amour n'a qu'un temps, non ? » C'est le moment qu'il attendait, il disait : « Attends, justement à ce sujet, moi depuis des années que j'en vois deux s'aimer au jardin des Tuileries. Tous les matins, je traverse le jardin pour aller à mon cabinet. Il y a deux personnes qui s'aiment, elles sont là tous les jours, et quand il pleut, elles sont sous les arcades de la rue de Rivoli. Je passe aussi par là quand il pleut. Ils sont là, tous les deux. Elle, c'est une femme élancée, je ne sais pas, une femme d'une quarantaine d'années, et lui la cinquantaine. Ils se tiennent par le bras, elle lui dit des choses à l'oreille. Je les trouve parfois enlacés dans le jardin, et ils dansent, enfin tu vois ce que je veux dire, on dirait un slow. Et depuis des années, je ne sais pas, moi, depuis bien quatre, cinq ans, il y a ce couple qui me fait croire en l'amour. Parce qu'ils n'ont pas vingt ans, ça me fait croire en l'amour encore plus. On sent qu'à n'importe quel moment de leur vie où on les prend, on tombe sur le jardin et leur étreinte. Je les ai beaucoup regardés, vois-tu, je les ai beaucoup étudiés, j'ai tourné autour d'eux, à certains moments ils ne voient plus personne tellement ils se mettent la tête sous l'aile : il est extraordinairement beau, lui. C'est vraiment l'amour, on le voit, qui le rend si fantastique, parce que sinon, tel quel, c'est un homme comme toi et moi, enfin je veux dire un homme comme moi. Eh bien, Dwina, je te jure que le type est métamorphosé. Bon, je ne dis pas que je le connaissais avant, mais avant, tu sais c'est pas qu'il était un étranger à lui-même, il savait parfaitement ce qu'il contenait, mais disons qu'il préférait montrer un étranger aux autres. Voilà, étranger aux autres. »

Ou bien, c'est Alvaro qu'il accaparait. Toujours plus près du centre qu'il n'osait approcher : Atalanta. Il avait maintenant envie de déjeuner avec Alvaro. Pour le plaisir de se voir, non ? disait Claudio. Et Alvaro n'avait vu Claudio dans un tel état d'esprit que dans deux cas. L'un, celui où enfant Alvaro possédait son bateau télécommandé, et où Claudio le suivait, diligent, en demandant « qu'est-ce que je peux porter pour t'aider, Alvi ? », dans l'espoir que devant le bassin, ensuite, Alvaro le laisserait toucher à la télécommande. L'autre, quand Claudio soupçonnait une nouvelle maîtresse à son frère, ou alors avait découvert son identité, et venait aux potins, comme on va au marché.

Ils se retrouvaient chez Marius et Jeannette, place de l'Alma, Alvaro très pressé, Claudio moins. Il faisait l'affairé pour se niveler, mais en vérité son temps était devenu grand. Immense. Les procès s'éloignaient en même temps que les litiges. Alvaro demandait : « Mais enfin, d'où vient cette mine splendide ? » Parce que Claudio, jardin après jardin, tous les matins, il était un autre homme. Hâlé. Et Claudio répondait : « Écoute, je prends l'air en traversant les Tuileries. » Là, Alvaro restait médusé, alors que c'est quelqu'un à qui il en fallait beaucoup. Dieu sait si Claudio avait pris des choses, dans sa vie, mais de l'air, jamais ! Il avait la vague idée que son frère était devenu homosexuel. Les Tuileries étaient un haut lieu de tapinage. Il subodorait depuis longtemps une féminité chez Claudio. Une tata, un kéké, oui, et il n'osait pas le dire, ce couillon, de peur d'être jugé.

En réalité, la féminité qu'Alvaro voyait à son frère, c'était celle d'Arminé. Partout où Arminé avait passé la main, le corps de Claudio était devenu à la fois plus viril et plus féminisé, les deux vont ensemble.

Claudio disait à son frère : « Mais pourquoi tu ne refais pas ta vie ? Tu pourrais, qu'est-ce qui t'en empêche ? Pourquoi tu te mets en lisière de la vie ? Que t'apporte de vivre sur le ruban de biais ? » Plus féminin, voici qu'il s'y connaissait en couture.

Alvaro répondait : « Eh bien, fais-le toi, gros malin. Sois le premier, pour une fois. » Alors là tout de suite Claudio prenait un rire et secouait la tête : « Ah non, mais moi, non, moi, non, je ne suis pas toi, je... je... enfin, Alvaro, c'est pas moi qui ai des maîtresses ! » Et ses doigts écarquillés en évidence devant lui, comme il faisait jadis avec la mère, quand il tentait de la foudroyer de sa bonne foi.

C'est à peu près à cette époque qu'Arminé et Claudio commencèrent à se montrer partout ensemble. Il avait compris qu'il pouvait emmener Arminé avec lui, que ça passait comme une lettre à la poste. Il voulait l'insérer. Il voulait continuer de courir où ça grouillait de gens comme lui, et qu'elle soit là. Il voulait qu'elle examine son origine, et pas seulement celle somptueuse des ancêtres, et lui dise après qu'elle acceptait d'où il venait. Il l'avait exprimé tel quel et elle avait accepté immédiatement. S'il y avait des gens comme lui, elle voulait bien les connaître. Ça n'a l'air de rien, mais pour un homme comme Claudio, qui de toute manière, a priori, se sentait prisonnier de sa structure, découvrir qu'il pouvait prendre quelqu'un avec lui, et que ce serait une chose facile et radieuse, qu'on pourrait aller et venir, ces travaux d'éclaireur proclamaient la révolution. En fait, une monarchie constitutionnelle. Lizzy continuait de régner, une abstraction morale, une reine, et puis ensuite il y avait la vie du pays : Arminé. Bref, c'est Arminé qui devenait la réalité. Ils se retrouvaient dans des cocktails avant d'aller dîner. Des vernissages. Des pots au débotté dans des boutiques de luxe. Il la faisait passer pour une amie. « On s'entend comme larrons en foire », disséquait-il à tous. Il la tenait par la main au vu et au su de tout le monde, au nom de cette théorie qui dit que, si tu veux cacher quelque chose, place-le dans le cœur du soleil. Les autres apprenaient Arminé, elle toujours un rien muette au début, et puis très drôle assez vite, et puis délurée dansant partout, n'en ayant rien à foutre de rien, et puis bien élevée malgré sa spécificité, élevée Alischane, revenant se poster derrière Claudio.

Ils dansaient à la face de cette société, soudés l'un à l'autre, c'était slow sur slow jusque dans le typhon du disco, un tempo interne, rien qu'à eux. Et puis, ils se séparaient en public devant la porte de la boîte de nuit, chacun partant dans sa direction, pour montrer qu'ils ne faisaient rien de mal. Claudio se disait que, si Lizzy apprenait, il nierait. De toute manière, il adorait nier. Même dans le travail, il lançait « c'est absolument faux », à tout bout de champ et c'était même sa négation de base, je veux dire le niveau un. Puis, pensant à Lizzy, il se souvenait qu'il n'y avait rien à nier, puisque Arminé n'était pas sa maîtresse. Si c'est tromper d'avoir une amie, qu'on le dise ! Qu'on le pose et on en discute et qu'on le plaide ! Et il gagnerait à tous les coups, il était bon en parades. Et même, il avait conçu les grandes lignes de sa défense : d'accord, le fait qu'il aimait une autre femme ressemblait à une trahison. Mais y avait un vice de procédure. Ce n'était pas vraiment une femme, c'était Arminé Alischane.

Et puis là s'arrêtait la flamboyante dialectique.

Les cancans échouaient à les définir. Jusqu'au moment qu'on va voir, où les points seraient mis sur les *i*, encore que ce soit sur de fausses informations, personne ne cernerait quoi que ce soit à propos de ces deux-là. Il y avait ceux qui ne pouvaient se figurer cette longue fille hardie éprise du Dido, parce que ce qu'ils avaient toujours vu et à quoi ils étaient habitués, c'était Dido possédé par Lizzy et, la laisse courte, la langue au coin de la gueule, se contentant de gamelles secondaires. Il y avait ceux qui estimaient trop Claudio Barbaro et la force de l'establishment pour faire trembler ne serait-ce qu'une branche de leur certitude, à savoir qu'un Barbaro ne pouvait être amoureux sérieusement. Il y avait ceux qui cernaient Arminé, sa poésie et sa tendresse, et comptaient les jours qui la séparaient d'une grosse grosse prise de conscience. Il y avait ceux amusés par cette maso dans les dents de la féria. Il y avait ceux qui s'en foutaient, parce qu'ils n'avaient rien vu, comme Alvaro. Et malheureusement, au bout du bout, il y avait Boris Souratine.

Boris Souratine ne savait pas ce qu'était la chose platonique. Et c'est à une de ces fêtes, en plus de nouveau avenue Gabriel chez Edwina et Toby Kessel, qu'il crut avoir lumineuse lecture de la situation. Il était sur le toit-terrasse d'Edwina, les mains dans les poches, Ferdinand Sashi à côté de lui, et ils jouaient à avoir un regard et du recul sur le statut des Kessel. Les années passaient sur Boris Souratine d'une drôle de manière, elles lui soufflaient de l'air de l'intérieur, et il avait le visage et le torse et aussi les doigts enflés, le visage tendu et offusqué du giflé, en permanence. Il buvait trop, mais enfin, bon, il n'allait pas se jeter la pierre quand un seul coup d'œil à la terrasse d'Edwina démontrait que les autres n'étaient pas de reste. Il était pâle, lui le Tropézien, et distraitement, il regardait danser Arminé. Bien sûr qu'elle ne dansait pas seule, mais collée à Claudio Barbaro. Ils jouaient à se donner des coups de hanche genre nous jouons au billard, avec un excès, toutefois. Ils faisaient tout pour montrer qu'on était là dans le domaine du jeu. Mais Boris Souratine était slave. Voilà qui ne ressemble à rien, dit de cette manière, ou bien c'est trop catégorique pour être pertinent, toutefois ce côté slave expliquait tout. Il avait été élevé dans les privations et dans les excès. Il savait ce que c'était, boire de la vodka le cou renversé, jusqu'à tomber. Il n'avait aucune limite. On n'en a jamais quand on a abandonné sa mère. Et comme quelqu'un sans barrière, il pouvait aller loin dans la forêt pour ses déductions. Il avait une sorte d'intelligence infinie, avec ceci de pitoyable qu'elle ne s'arrêtait jamais à la compréhension, mais allait toujours plus loin dans la forêt, là où il y a les démons. C'est pour cette raison qu'en général il prenait une femme, il lui collait son pouvoir dans la bouche, il la prenait, il la secouait, il la retournait, et s'il y avait eu un trou plus net dans les yeux, il y serait allé aussi, sans demander aucun avis.

Il se crispait sur ce toit, spectateur, compreneur outre limites, et il pensait que quatre ans auparavant, il était déjà là devant ce couple qui dansait. C'était un homme pour qui tout changeait rapidement, qui ne tenait pas en place, d'où le malheur qu'il ne pouvait se représenter l'éternité, d'où le fait qu'à ses yeux il y avait forcément une évolution entre Arminé et Claudio Barbaro. Des développements. Il repensait à toutes les fois où il avait accueilli Arminé à Saint-Tropez. Aux occasions qu'il avait manquées. Il se remachinait le passé de ces quatre années en un jardin d'opportunités non saisies. Qu'est-ce qui l'avait empêché ? Il en meurtrissait ses mains, de réaliser qu'il avait laissé un autre la prendre. Non, il n'avait pas progressé, lui, et maintenant les choses étaient très avancées entre Arminé et Claudio Barbaro. Il lui revenait à l'esprit ce que plusieurs personnes lui avaient dit, à savoir que ces deux-là dansaient souvent ensemble et que c'était l'effet de l'ébriété. Elle ne supportait pas l'alcool, elle. On lui avait rapporté cette information. Il pensait à l'imbécillité des gens. Les gens ne voyaient rien. Lui, Boris Souratine, avait une bonne vue parce que de là-bas, de Volgograd, il avait dû plisser les yeux pour voir, après l'horizon, la gentry, le gotha, le gratin, l'avenir. À lui, on ne la faisait pas : ces deux-là couchaient ensemble. Ce mondain s'envoyait Arminé Alischane, le misérable rital, le petit, le tout petit, le minable. Ah, ça ne faisait pas plaisir, ça non.

— Ferdinand, tu le savais, qu'ils étaient ensemble ?

De son verre, Boris Souratine montrait le couple aimanté.

— Oui.

De son verre, Boris Souratine touchait le torse de Ferdinand.

— Et tu le sais depuis quand ?

Là, Ferdinand avait un aveu à faire.

— Au tout début... tu sais cet automne-là, à Saint-Tropez, il doit y avoir trois ou quatre ans, peut-être plus, je ne sais plus... elle disait qu'elle le trouvait merveilleux et que c'était un pur.

— Un pur ? Claudio Barbaro ?

Là, Boris Souratine près de lâcher son verre.

Et Ferdinand, las, il était diminué ces derniers temps, il avait une hépatite :

— Oui... je sais... ce mot... alors c'est pour ça, je pense qu'il lui avait fait tout un machin.

Il s'enfouissait dans ses pensées, Boris Souratine. Au vu et au su de tout le monde, Arminé caressait le dos de Claudio Barbaro, soudain c'était un scandale sur lequel mettre l'accent. Et voici ce que Boris Souratine avait fait : il avait contourné le buffet de la terrasse, et cas après cas, en commençant par Edwina Kessel, il avait désigné quasi du doigt (c'était toujours avec son verre) ce qui se passait sous leurs yeux depuis des années. De profil en profil, il disait :

— Regarde, ils sont ensemble.

Oui, ils l'étaient, là tous les voyaient avec des yeux d'avertis. Mais oui, mais bien sûr, mais dis donc comment ça se faisait qu'on ne s'en soit jamais rendu compte ? Les deux corps d'Arminé et Claudio Barbaro leur semblaient partie émergée de l'iceberg, comme si le reste de leur corps était emboîté ailleurs, plus profondément, sans se douter qu'en effet c'était le cas, mais pas de la façon qu'ils imaginaient. Et quand ça avait été au tour d'Alvaro de se rendre à l'évidence, il avait d'abord été incrédule parce que son frère était Claudionino, et qu'il faisait tout en second, allons, puis il avait froncé plus les sourcils et, en se passant une main sur son front, à s'en brûler les cheveux avec son cigare, il avait lui aussi nettement vu des choses jusque-là laissées dans les limbes. La femme avec son frère, elle lui caressait la nuque. Elle ne le tenait pas comme pour une danse, un cavalier, je ne sais, il y a des règles, même là, non ? Elle faisait un écrin de ses bras et la tête de Claudio reposait sur l'épaule de cette femme, et mon Dieu c'était clair qu'il avait les yeux fermés, et une expression qu'Alvaro, au fond, ne lui avait vue qu'une fois, un jour où Alvaro s'était fait engueuler par la nurse pour avoir découpé une femme nue dans un magazine. Il revoyait distinctement, ce jour-là, l'air tout de savourement, de savourage et d'extrême savouration de Claudio. Alors, il le regardait plus attentivement. Est-ce que cet imbécile était heureux ? Alvaro, avec sa prise sur le réel, se disait : il se tape cette fille, et il se fait croire que c'est de l'amour. Parce que c'est ainsi qu'Alvaro lisait les sentiments. La chose qui vient après le sexe. Jamais avant. D'ailleurs, c'est pour ça qu'il était très prudent quand lui-même faisait l'amour, acte hasardeux. Quand on fait l'amour, bien logiquement, on le fait, et après, eh bien on l'a fabriqué, il est là.

Le voile ainsi levé sur les faits de son frère, Alvaro put lui aussi aller de groupe en groupe, jaser sur les danseurs. Tant et si bien qu'à la fin de cette fête l'adultère de Claudio Barbaro était établi. Quand il quitta Arminé devant le 22, avenue Gabriel, avec des saluts excessifs, leurs précautions ne dupaient plus personne. Et le fait qu'Arminé partît à pied dans la nuit, vers les taxis de la place de la Concorde, sans que personne ne proposât de l'avancer, voire de la raccompagner, c'était la résultante d'un malaise. La nouveauté les paralysait tous. Claudio s'assit dans un taxi à côté de son frère. Ils rentraient. Ils n'utilisaient jamais leur propre voiture. C'était vulgaire, d'être véhiculé. Là, ils étaient plutôt enfoncés dans du cuir, dans le taxi classe affaires, chacun le front contre une fenêtre au début, trop fatigués, apparemment, pour commenter quoi que ce soit. Et puis Alvaro avait dit :

— Tu as une histoire avec cette femme ?

Son frère ne pouvait mieux résumer. Claudio eut un soubresaut, comme si la voiture venait de freiner brusquement. C'était lui qui venait d'appuyer sur une manette de son cerveau. Et la culpabilité tendait en lui une toile qui claquait dans ses tempes, un parachute se déclenchait dans le ciel.

— Mais alors là, Alvaro : absolument pas.

A priori, Alvaro était disposé à le croire. Il s'était peut-être trompé, après tout. C'était peut-être pas vraiment une histoire. Pourquoi tout de suite les grands mots !

— Écoute, on vous a regardés danser et...

— On ?

— Oui, nous. Non ?

— Mais de qui est-ce que tu parles ?

— Mais de toi et de cette femme, là, avec les longs...

— Mais de qui est-ce que tu parles qui nous a regardés danser ?

Alvaro avec sa main envisageait une sorte d'assistance qui aurait été là à quelques centimètres de lui devant son siège.

— Mais Claudio... *tutti.*

— *Tutti* ? Tous ?

Il avait besoin de le dire en français aussi pour avoir confirmation.

— *Everybody.*

Et maintenant Alvaro le disait en anglais, parce qu'il croyait que c'était un jeu.

Le taxi venait de passer la place de la Concorde, les grandes grilles du jardin des Tuileries. Claudio leur jetait un regard d'égaré. Voilà, les puissants autres venaient le déloger. Il le savait depuis le début qu'un jour il faudrait quitter le paradis de la double vie pour entrer dans celui de l'homme qui ne peut en avoir qu'une. Il avait pensé que ce moment ne viendrait jamais. Que les gens s'habitueraient à ne pas le voir vraiment. Si occupé à craindre qu'Arminé, un jour, ne se veuille davantage, il avait négligé d'autres sources d'emmerdements, et là le social lui explosait dans les mains et lui déchiquetait toute argumentation. On a dit à quel point, en amour, il ne se soupçonnait aucune force, à part celle de fuir.

— As-tu eu une aventure avec cette femme ?

— Ça non.

Plus fort, il lui vint l'idée d'en proférer une autre, de vérité, oui étayer son déni par l'exactitude :

— Elle est folle de moi.

Alvaro levait un sourcil, Claudio précisait :

— Cette femme.

Claudio, du menton, montrait le chauffeur de

taxi. Si la présence d'un tiers pouvait faire taire son frère. Mais dans le noir du taxi, le visage d'Alvaro trouvait la lumière.

— Cette femme est folle de toi, et toi tu n'as pas d'aventure avec elle ?

— C'est ça.

C'était incohérent. Parce que Dido, en général, dès qu'il avait la moindre chance, il fonçait. Il ne laissait pas passer une occasion.

— Elle... elle... Claudio, elle te berçait cette femme. Tu te laissais bercer, Claudio.

— C'est pas Lizzy qui va me bercer, non ?

Et puis, très sérieux, il avait ajouté :

— Je prends ce que je peux prendre, Alvaro.

Il pensait ainsi clore le débat, d'autant que le taxi venait de tourner dans sa rue. Mais Alvaro, qui avait sans doute vu lui aussi que le temps pressait, avait vite réglé la question.

— Il faudra que tu m'expliques ce que c'est, prendre ce qu'on peut prendre, si tu ne fais pas l'amour avec cette femme. Parce que moi je ne comprends pas. Ou alors tu es fou d'elle, toi aussi, et tu es assez con pour penser que l'amour va remettre ta vie en question, et puis aussi assez con pour tomber amoureux sans la baise. Mais après tout c'est ta vie et tu en fais ce que tu veux. Je te dis juste que si Lizzy apprend ces conneries, moi à ta place je me dépêcherais de sauter la fille pour avoir au moins quelque chose à avouer.

Le temps que ça allait prendre pour que Lizzy Barbaro soit au courant que son mari avait une liaison depuis quatre ans, et qu'elle avait épousé un homme qui, en plus de se donner du bon temps, allait le partager chez des amis à elle, se comptait en semaines. Claudio Barbaro en avait parfaitement conscience, car la puissance de « everybody », surtout si elle fusait de mondains – et dans « mondains », il y avait « monde » –, était universelle. On n'avait pas là le tir ciblé d'une lettre anonyme, ni des révélations qu'on vous fait pour votre bien. La morale n'intervenait pas là-dedans, personne ne se sentait de mission particulière. Tromper n'était pas grave. À la limite, celui qui ne l'avait jamais fait était à plaindre, il ne savait pas profiter de la vie. On peut aller plus loin : tromper, c'était cocasse. Et, par conséquent, voici comment les choses se sauraient si elles devaient vite se propager : par l'humour. Personne, parmi tous ces dépressifs chroniques (et, crois-moi, tu le deviens immédiatement quand l'argent, comme un acide, ne fait que creuser des sillons à ton insuffisance), ne verrait où était le péril à faire circuler une information comique. Est-ce que c'était pas tordant que le Dido, qu'on avait vu dans à peu près toutes les situations induisant un homme et une femme, se soit dégotté une créature sans rapport aucun avec ses goûts et ses intérêts ? Parce que, quoi, enfin, on en avait fait le tour des préférences du Dido, non ? Avec les femmes, il ne voyait même pas que les bouches étaient refaites, il rebondissait contre, une rame sur un Zodiac. Il pelotait tout ce que ses mains pouvaient choper, avec la fébrilité mécanique d'un jouet. Le jouet n'était pas la femme. Le jouet, c'était lui, automatisé par ce qu'il croyait être son tempérament et qui était ses réflexes de survie. La femme, à la limite, était la clef qui remontait le lapin. Voilà son portrait. Celui que chacun pouvait raisonnablement se faire de cet homme. Tout le monde savait que Claudio Barbaro contenait autre chose. Quiconque l'avait vu plaider, et à une époque où ses amis, après un coup de champagne, se rendaient aux audiences pour se marrer aussi de voir appliquer la loi, bref quiconque l'avait vu plaider savait que l'esprit de Claudio Barbaro, lui, était moins volatil que ses mains, et qu'il avait une gravité et, attachée avec, alors là vraiment sidération générale : une autorité.

D'où une information de première catégorie, la question de sa double vie. C'est-à-dire il avait une triple vie. Une ici dans la bande d'amis, le nez blanc, une d'avocat international, dans la concentration, et une avec cette femme libanaise. Et attends, attends ! Il en avait une quadruple ! Qu'est-ce qu'on était cons ! Il y avait Lizzy, encore ! Ah, on l'avait oubliée, celle-là ! D'où le compte rendu de la soirée chez Edwina, le bilan sur quatre ans d'éléments rétroactifs, ricochait de déjeuner en dîner. L'information s'était dématérialisée jusqu'à devenir une sorte d'histoire drôle, d'ailleurs si on n'avait pas réussi à faire rire les gens avec, c'est qu'on l'avait mal racontée. Tu vois, le Dido, Claudio Barbaro ? Eh bien, figure-toi que depuis quatre ans, là, sous nos yeux, il s'est trouvé une journaliste ! Oui, une journaliste, tu m'as bien entendu ! Bon, là, à ce stade, c'était pas hilarant. Mais c'était que le début, car venait tout de suite après : la fille est folle de lui. Et alors là, ouh là ! Ah mais c'était énorme ! Quel malin, ce Claudio ! En plus, ils ne savaient pas pourquoi, mais les journalistes les faisaient toujours rire. C'était l'avènement du prolo. Ils y assistaient. Un moment historique ! Ensuite, on voulait la voir immédiatement celle qui était tombée dans le panneau Barbaro. Alors, on apprenait qu'on la connaissait. On se souvenait d'où on l'avait vue en quatre ans. Et puis, quelqu'un ajoutait : elle l'aime. Ou bien : elle le berce. Ou bien : Toby Kessel les a vus au jardin des Tuileries, sur un banc comme deux vieux, elle lui passait les doigts sur les cils, et elle était alanguie. Il a cru qu'il rêvait, Toby ! Dans tous les cas la réaction, c'était : non ! Non, y a pas une femme qui lisse les cils de Claudio Barbaro ! Attends, c'est une farce ! Et alors là on voyait ce qu'ils pensaient tous de leur ami : qu'on pouvait en raffoler, mais pas l'aimer d'amour avec l'amour en vrai, pas la chair merveilleuse induite dans le battement de ses cils.

La réalité devenait tellement énorme, à la fin,

que grande était la démangeaison d'aller en rire avec la personne qui connaissait le mieux Claudio et serait le plus à même d'apprécier en quoi il était décidément impayable : Lizzy. Lizzy leur faisait à tous peur. Ils pensaient, à tort ou à raison, qu'elle les jugeait. Cette impression venait du fait qu'ils pensaient aussi qu'elle les fuyait. Elle n'était jamais pleinement avec eux, même quand elle était là. Elle semblait moins superficielle que le groupe, sauf qu'on ne savait pas si c'était une bonne chose, vu la tête égarée qu'elle se fabriquait dans les dîners. Y avait toujours le doute qu'elle soit consciente de la vacuité des conversations. Bon, certes, ils l'étaient tous, mais dans son cas avec aucune envie de jouer à faire écho dans l'abîme. Elle posait sur son mari des yeux ironiques, malgré tout assez tendres, si on prenait l'air velouté qu'elle avait pour de la quiétude. C'était un pas radical d'aller lui révéler que son mari se faisait bercer, même si là, rien que de le formuler, on en riait encore. Voilà pourquoi ils restèrent tous assez longtemps, pas trop longtemps, en bordure de Lizzy, à se parler juste entre eux, comme si c'était une étape nécessaire pour un jour jouer à croire que, forcément, elle aussi était au courant. Puisque que tout le monde l'était.

Claudio Barbaro n'avait que deux mains pour colmater cette hémorragie, dont une, en plus, posée en bâillon sur la bouche d'Arminé. Il lui avait dit ce qu'il redoutait. Il lui avait dit pour son frère. Il lui avait dit pour Boris Souratine source du mal, dès qu'il avait appris. Maintenant il le lui disait pour chaque nouveau nom qui semblait au courant. Les gens lui téléphonaient comme s'il avait gagné au Loto : « Eh, Claudio, tu nous avais caché ça ! » Comme si c'était anomalie et culot monstrueux d'avoir protégé son intimité.

Il disait à Arminé :

— Je vois le jour où Lizzy va être au courant.

Et Arminé solutionnait.

— Claudio, vous pouvez expliquer cette chose à votre femme.

— Quelle chose ?

Elle le terrorisait quand elle raisonnait. Elle avait une inventivité qui le perturbait. Ce n'était pas le moment d'être déstabilisé, quand il se campait comme il pouvait pour se préparer à l'irréparable.

— Vous pouvez expliquer ce que vous ressentez.

Il agitait les mains, doigts écartés pour la conjurer.

— Non, écoutez, Arminé...

— Moi, je crois que l'amour, c'est une chose que tout le monde comprend.

— Arminé...

— Sauf qu'il faut oser l'énoncer.

— Arminé, non... ne me demandez pas ça.

— Je ne vous le demande pas, Claudio, je vous l'énonce, vous voyez. C'est ça, énoncer. Je dis les choses telles qu'elles sont. Vous aussi, faites-le avec votre femme. C'est possible, d'avoir une nouvelle vie. Nous pourrions vivre ensemble, Claudio. Il faudra bien qu'un jour nous soyons nus dans un lit. C'est un chemin.

— Stop.

— Moi, je ne crois pas que vos parents ne vous aient pas donné d'amour. Je crois que l'amour est là entre les enfants et les parents, seulement c'est tout entier allé en vous, aspiré pour vos désirs, et votre cœur s'est enrayé et cela a rompu la fluidité de cette somme d'amour. Aujourd'hui, vous pouvez faire circuler cet amour. Ce serait lui donner grand cours que de le laisser aller où bon lui semble, au lieu de vous sentir obligé de le vouer à la société. Vous pouvez quitter Lizzy et que ce soit un geste d'amour. Je peux aimer Lizzy, moi aussi. Je peux vivre non loin d'elle. Tout amour est possible. Vous pouvez dire à votre mère que vous l'aimez. Le lui énoncer, vous comprenez ? Votre père, votre frère, votre sœur Margherita dont vous ne parlez jamais, leur rendre la part d'amour qui leur revient. Il vous en restera encore, croyez-moi. Ça se régénérera toujours parce que vous êtes fait d'amour. Vous avez cinquante-quatre ans. Et moi quarante-deux. On a près de trente ans à vivre si tout se passe bien. Les gens vivent de plus en plus vieux, on peut prendre soin l'un de l'autre, voyager, se délasser, parler aux autres, aller vers les autres, Claudio Barbaro on peut devenir grands et immenses sinon vous le savez bien que c'est trop difficile d'entrer dans la mort, qu'on n'y arrive pas, qu'on est trop misérables pour passer.

Il voulait lui donner raison. Elle avait raison, en quelque sorte. Un courage sincère venait à Claudio Barbaro, à propos d'un autre homme qu'il était aussi, après tout. Il se voyait marcher dans Venise, parce c'était la ville où sans cesse Arminé Alischane le replaçait et qu'il voulait lui faire plaisir, alors que lui, c'était Milan. Il se voyait mélodieux, amoureux d'une femme. L'amour sans les lucidités abjectes qu'il avait prises jusque-là pour des pensées réconfortantes. Il était en entier embarqué par la force de langage d'Arminé. À vrai dire, c'est des mots en premier dont il ne pourrait jamais se passer, cette façon qu'elle avait d'exprimer les humains. Ce que ses parents à elle avaient fait pour elle en lui inculquant la majesté des mots. Il avait la certitude qu'un jour, elle écrirait un grand livre. C'est fou de connaître un écrivain, il se disait, et moi maintenant j'en aime un. Il avait toujours cru qu'un écrivain, c'était quelqu'un qui se vengeait par écrit, ou qui implorait, ou qui regrettait, ou qui mourait à petit feu, toujours en imposant sa réalité. Il comprenait qu'un artiste pouvait aussi être la personne affectueuse qui vous ôte les bandages. Un guérisseur. Un aideur d'acceptation.

C'était si bon de croire en soi. Oui, bien sûr, aimer Lizzy, tous les deux. Il faudrait qu'il aime aussi sa femme, alors, bien sûr. Il pouvait. Il pouvait, s'il n'était pas tout seul. Et tout à coup, après lui, c'était au tour d'une nouvelle Lizzy d'émerger calmée dans l'esprit de Claudio. Une femme très sympathique qui comprenait tout, même l'amour : vous aviez raison, Arminé. Une femme avec une réelle écoute, et qui ne partait pas en battant des talons sous prétexte qu'on annonçait l'arrivée de l'amour dans la maison. Ah, il se figurait tel un nabab avec ses deux femmes, dans l'harmonie. Il était à deux doigts de les imaginer en train de faire l'amour pour bien entériner le fait qu'on avait dépassé les problèmes du tout-venant.

À chaque nouveau coup de fil cinglant qu'il recevait : « Alors, Claudio, tu nous avais caché ça ! » (parce que c'était toujours la même phrase), il se réconfortait en pensant à la fusion de ses amours. Il ne doutait plus de son amour pour Lizzy. Il oubliait les gouffres infranchissables entre sa chambre et la sienne, les monceaux de silence, les mains retirées et les mains découragées. Il avait l'impression qu'il s'était marié la veille, avec Lizzy, dans des déploiements exceptionnels, eux deux sur un cheval. Le temps se contractait en poussant vers le haut les moments de bonheur avec Lizzy. Et hop il imbriquait ce paradis dans son idylle. Il rendait compatibles l'amour et l'amour. Il n'avait jamais autant aimé Lizzy. Il était le gourmand mouflet devant la grosse glace, à qui on dit : « Tu es sûr que tu aimes le cassis ? », et qui confirme, obstiné. Pour avoir la glace. Pour avoir une glace. Aveuglé par la solution, voilà ce qu'il était.

Lizzy lui avait téléphoné, un matin. Il était en chemin vers les Tuileries. Avril. Avec le ciel inaltéré, pont du Louvre. Il avait demandé :

— Est-ce que j'ai oublié quelque chose ?

Puis, comme, lourd silence, elle n'avait pas l'air de comprendre, il avait ajouté :

— En partant ?

Elle avait dit :

— Tu vas chez Edwina, ce soir ?

Il avait dit :

— Je les emmène dîner, peut-être chez Le Duc.

Elle avait dit :

— Est-ce qu'il y aura cette fameuse Arminé Alischane ?

Il s'était arrêté sur le pont, le cartable au vent.

Malgré les dossiers qui le lestaient, son bras tendait à s'envoler. Il fallait parer, là.

— Arminé Alischane est une...

— Claudio, on va pas en faire une histoire, non ?

— Je n'en fais pas une histoire. Je n'en fais pas une histoire.

— Eh bien, moi non plus. Ça m'amuse, c'est tout.

Et voilà, ce qu'il avait redouté se produisait. Tout ce qu'on redoute arrive, c'est donc vrai cette sagesse zen. Le vent qui soufflait sur le pont passait dans le téléphone, il venait à la place de la voix de Claudio Barbaro justifier quatre années de presque adultère. Lui ne parlait pas. Les phrases qui venaient à l'esprit de Claudio, « ce n'est pas ce que tu crois », « je te supplie de me croire », « tu ne vas pas donner foi à des commérages », « qu'est-ce que tu me chantes ? », il s'efforçait de les récuser les unes après les autres. Il ne pouvait pas tenir ce langage, ce langage était bourgeois. Après le silence, il avait plutôt dit :

— Tu vas rire.

Il se jetait dans la gueule du « rien n'est important », dans les dispositions de son milieu. Au fond, mais il ne le savait pas, il demandait asile. Au fond, il n'irait pas ce jour-là aux Tuileries s'asseoir au bord du bassin. Au fond, il laisserait Arminé l'attendre, et puis Arminé lui laisser des messages, et puis Arminé s'inquiéter, le croyant mort, et puis Arminé le croyant assassiné par Boris Souratine, et puis Arminé en deuil, rue de Rivoli, Arminé dans le stade du deuil.

Pour le moment, sur le pont, entre deux rives, et il faut reconnaître que le dieu des emplacements avait bien fait les choses, il surveillait le trafic de la Seine. Lizzy ou bien lui, enfin l'un des deux avait raccroché. Avec l'idée de se retrouver le soir chez Le Duc, parce que c'était un bon restaurant de poissons. Le meilleur. Avec Edwina et Toby Kessel. Ensemble, de nouveau. Comme toujours. Comme pour toujours. Lizzy n'avait pas eu à dire : « Je t'aime, reviens-moi. » Il n'y avait même pas eu besoin d'amour. Et d'ailleurs, tout celui que, la veille, Claudio Barbaro éprouvait pour sa femme, était maintenant remplacé, enfin se remplaçait graduellement – un fichier qui se télécharge – par un autre sentiment, la reconnaissance : elle ne faisait pas d'histoires.

Il avait passé la journée au Palais, essayant de rester accaparé par son travail. Il n'avait pas pris de café, même un minuscule au comptoir, pour ne pas s'embarquer à penser. Il n'avait regardé son téléphone que pour surveiller si Lizzy avait appelé, et tout ce qui s'était affiché au nom d'Arminé, il l'avait effacé, sans l'écouter, sans le lire. Vers les dix-sept heures, il avait pensé un instant ôter le nom d'Arminé de son répertoire. En cogitant ce forfait, il avait repoussé le souvenir du soir de l'avenue Gabriel et des grandes grilles des Tuileries, qui se profilait, bien sûr. L'image d'Arminé Alischane donnant son numéro, avec les beaux doigts aux ongles orange sur ces mêmes touches. En balayant du bras le souvenir des Tuileries, il avait donné un coup à une femme. Il s'était excusé :

— Je vous ai fait mal ?

Son ventre se nouait parce que cette question, il ne la posait pas au passant, mais aux femmes.

Il avait réfléchi que, s'il éradiquait Arminé du répertoire, il ne saurait plus que c'était elle, quand le téléphone sonnerait. Or, il avait besoin de savoir, pour ne pas répondre. C'est ainsi qu'Arminé en tant que numéro avait été graciée.

En rentrant à son cabinet, il n'était pas passé par les Tuileries. Elle pouvait être là, assise, atrocement inquiète. Il avait pris un taxi, lequel malgré tout rue de Rivoli avait longé et le jardin des Tuileries, et la librairie Galignani, et l'hôtel Meurice. Et puis vers la place de la Concorde, il avait vu traverser Laurent, l'ingénieur agronome. Revoir le passé lui avait causé un choc.

La soirée chez Le Duc s'était bien déroulée, si on part maintenant sur les nouvelles bases de la dérision. Lizzy était curieusement de bonne humeur, quoiqu'il ne faille jamais s'y fier. Les yeux plissés par une pensée. Un climat taquin sur la tablée. Ils étaient tous des bulles de champagne ce soir-là. S'ils plongeaient dans autre chose, ils coulaient. Claudio Barbaro attendait l'irruption d'Arminé dans la conversation. Pas de la véritable Arminé, n'est-ce pas, car celle-ci elle était assise atrocement inquiète dans les jardins des Tuileries, où elle s'était sûrement laissé enfermer, mais plutôt de l'Arminé décidée par eux. Il n'allait pas bouger le petit doigt, sauf pour aider à la précipiter dans l'abîme.

— Alors, elle est comment, cette Alischane, Toby ?

C'est Lizzy qui posait la question. À Toby le

moins informé. Il planait en permanence entre le gin et son oisiveté.

— Elle est littéralement folle de ton mari.

C'est drôle comme l'authenticité circule dans le mensonge. La folie d'Arminé allait décidément être le mot d'ordre. Mais aussi, qu'est-ce qui se passait dans leur tête pour penser minimiser l'amour en le faisant porter tout du même côté ?

— Folle ? De Claudio ? avait demandé Lizzy.

Et réellement c'était drôle, le ton sur lequel elle le disait.

— Lizzy, ma chérie, il ne faudrait pas qu'une passion pour moi t'étonne à ce point, c'est vexant, à la fin, non ? avait commenté Claudio Barbaro.

Il commentait, c'est ça. Tous ils commentaient. Ils assistaient au truc. Quelque chose en dehors d'eux, qui ne pouvait pas les détruire. À la limite, ce n'était pas à eux que cette histoire arrivait. Et à Claudio Barbaro, rien n'était échu non plus.

— Je sais pas... c'est un peu... inattendu, non ?

Elle continuait, Lizzy.

Elle continuait, Edwina Kessel.

— Un aristocrate italien, pour une journaliste libanaise, elle est libanaise, tu sais ça ? C'est quand même un peu un Oriental. J'imagine que pour elle, c'est inespéré. C'est tombé sur Claudio, mais ça aurait pu tomber sur Alvaro ou n'importe lequel de la bande. Si elle avait vu Alvaro en premier, ce serait tombé sur Alvaro.

Et ce mot de « tomber », au moment où il la lâchait, était terrible. Le mot venait par-dessus la notion d'Alvaro, par-dessus l'idée que, pour les gens, Alvaro et lui étaient interchangeables. Il n'avait jamais été moins que son frère.

Quand Arminé fut par terre, plus bas que terre, plus bas que sous la terre dans la direction des stalactites, plus bas enfouie sous le géologique, aussi sûrement ensevelie qu'un produit toxique dont, au passage, on reconnaissait la radioactivité, la conversation prit un autre tour et repartit sur les ordres du jour : des amis à Santiago du Chili qui divorçaient. Un voyage à organiser. Le décès d'un ami, qui remontait maintenant à vingt jours, mais comme ils ne s'étaient pas revus depuis l'enterrement et que, là-bas, ils n'avaient pu se parler parce que c'était placé, ils faisaient revivre l'absent.

Il voulait attendre six jours pour appeler Arminé. Ce laps de temps lui semblait un délai raisonné. Alors, il lui expliquerait. Gentiment. Les premiers jours, l'effroi des textos, il en recevait plus de cinquante par jour, avec les mots arguments d'Arminé « où êtes-vous ? », « que se passe-t-il ? », « Laurent est à côté de moi, nous vous embrassons. Où êtes-vous ? », « J'ai dit à un passant que je vous aimais ». Au bout de quatre jours, le nom d'Arminé, au début si vivant dans le téléphone de Claudio Barbaro, commençait de se raréfier, et maintenant il n'y avait plus rien. Il ne s'était pas attendu qu'elle rende la mort plus difficile. Une chose dont il était sûr, c'est qu'elle avait ce cerveau surnaturel, et qu'elle cernerait l'inexorable aussi sûrement que si elle avait été là, sous la table, recroquevillée, humiliée par la méchanceté, chez Le Duc. Il n'avait pas fait ça dans son dos. De toute manière dans le dos elle avait des ailes qui respiraient, un organisme, elle était présente aux paroles même de dos. Un jour, le silence absolu. Je veux dire après l'arrêt des textos, le silence avait continué. C'était fini. Claudio avait lu, dans un roman policier, que quand on étouffe quelqu'un, mettons avec un coussin, la personne met longtemps à mourir après qu'elle a cessé de bouger. Il faut se méfier. Avant la mort, il y a parfois l'agonie. Et puis, il y a des gens qui en reviennent. Il se faisait des alarmes à base d'ailes qui se redéployaient à partir d'un squelette. Trois jours de coussin encore pressé avaient succédé au silence mort d'Arminé. Je peux te dire ce qu'elle faisait, pendant ce temps : après la journée que je t'ai décrite et où elle avait erré dans leur espace, elle avait, dès le lendemain, téléphoné au cabinet de Claudio Barbaro. Elle était bien trop intelligente pour ne pas déduire que Lizzy, ça y est, était entrée dans le jardin des Tuileries, enfin que c'était une possibilité. Elle avait demandé à parler à maître Barbaro. Elle avait appris qu'il était au Palais. Et puis le lendemain, elle avait fait appeler Yasmine Aristi, et puis la même réponse.

— Il faut que tu te battes, disait Yasmine. Écris-lui une longue lettre.

— Non.

— Attends-le en bas de son cabinet, et parle-lui.

— Non.

Toutes les études de linguistique d'Arminé avaient consisté à reconstituer, à partir d'un faible corpus de quelques mots, la structure globale d'une langue, par déduction, par les petits bouts que l'examinateur mettait à votre disposition. Elle pouvait plus facilement que quiconque déduire : Claudio Barbaro n'était pas mort. Il était juste loin. Loin, mais si loin que c'était à s'agenouiller pour la plus pathétique des prières, celle dans laquelle on avoue qu'on perd la foi. Yasmine Aristi tenait compte des épaules effondrées de son amie. Les Alischane dans la tranchante défaite, le cou sans force.

Comme Lizzy, Edwina, Toby, Boris et les autres, Yasmine réalisait qu'Arminé aimait un homme depuis quatre ans. Maintenant, plus indiscutables, venaient les détails, le jardin des Tuileries, la librairie, l'hôtel, le chemin vers la sexualité, tous les bosquets au bord de cette route, le beau gazon de la confiance, à flanc de coteaux. Le précieux au jour le jour qui avait aidé Arminé à vivre. Elle disait :

— Je ne sais pas, Yasmine, il y a peut-être quelque chose que j'ai mal fait. L'amour, peut-être ? C'est l'amour peut-être que je ne sais pas faire, que je ne ferai jamais ?

Brisée de le dire, elle le disait :

— Je me suis peut-être bercée d'illusions ?

Elle était bien trop intelligente pour lutter contre un vaincu. Le découragement se métastasait partout en Arminé Alischane. Elle disait :

— Au premier obstacle, Claudio Barbaro a...

Et Yasmine :

— C'est toi qui t'arrêtes à l'obstacle. Saute-le. Saute-le, Arminé !

Elle faisait rigoler son amie avec cette image. Elle continuait dans cette voie, si l'humour pouvait alléger quoi que ce soit.

— Allons, il n'est pas très haut, en plus, cet

obstacle, d'après ce que tu m'as dit ! Haut comme trois pommes !

Yasmine posait trois pommes les unes au-dessus des autres sur la terrasse de pierre, pour construire Claudio Barbaro. C'était naïf et drôle. Sauf que ces fruits, la grossière installation, eh bien pour Arminé c'était une nouvelle fois l'homme qu'elle contemplait autrefois avec amour dans les plus petits galets de la plage de Gatti. Il avait juste changé d'apparence.

C'est fou, de voir l'amour. C'est comme un fantôme de quelqu'un, non pas qui a existé, ainsi qu'on le pose habituellement, mais d'une chose dont on sait maintenant qu'elle peut naître. Cette révélation ouvrait aussi l'amour en Yasmine Aristi, par le visage, par le corps et par les bras de Guillaume Stevenet. Au moment où elle y pensait, Arminé avait dit :

— Toi, tu aimes Guillaume Stevenet. Est-ce que tu te bats ?

Les Alischane.

Yasmine avait repoussé la question avec sa main.

— Guillaume ne m'aime pas.

— Moi, c'est pareil. Claudio Barbaro ne m'aime pas.

— Mais non, tu ne peux pas comparer, voyons. Tu n'es pas faite comme moi. Vous, des choses ont été dites. Tu as le courage de t'exprimer. Tu as le don d'exprimer. Cet homme et toi, vous êtes allés dans l'amour. Où est-ce que je suis allée, moi ?

Au bout des six jours qu'il s'était imposés, de discrétion colossale, même dans la rue, Claudio Barbaro en avait attendu un septième, un huitième, et bientôt un mois entier entre lui et Arminé

Alischane. Tant et si bien qu'à la fin il jugea cruel de remuer le couteau dans la plaie. Maintenant que, sous le coussin, il était certain de trouver une asphyxiée, à quoi servait de la ressusciter, juste pour s'excuser de l'avoir tuée ? Un taxi l'attendait le matin en bas de chez lui. Il se mettait bien au fond de la banquette.

Une star qui essaie de passer inaperçue ne s'y prend pas autrement. Comme quoi il avait vraiment un statut maintenant dans la vie.

Elle était allée trouver Boris Souratine. Elle avait pris l'avion pour Saint-Tropez, parce que c'est là-bas qu'il se reposait en suivant, au téléphone, l'avancée de la rumeur Barbaro. Il avait su que Lizzy était prévenue, Edwina l'avait dit à Ferdinand Sashi qui le lui avait répété, à lui. Il savait même quelle vague cela avait fait, et comment Claudio Barbaro, maintenant, prenait l'humour d'usage pour décaler Arminé dans la conversation et la mettre surtout loin de lui, tout en pouvant se vanter un peu d'avoir été l'objet d'un rite. Boris avait su aussi qu'Arminé avait quitté son travail. Dès le lendemain, quasiment. Il avait des espions partout, c'était son côté bloc soviétique.

Il l'avait vue déboucher sur le quai, alors qu'il lisait le journal du jour à la terrasse de chez Sénéquier. Il avait tout de suite évalué qu'elle ne venait pas en amie. C'était pareillement clair qu'elle ne venait pas non plus en petite amie. Il ne fallait pas trop en rêver. Elle s'était mise debout face à lui. Elle tenait un sac trop petit pour que ce soit un sac de voyage, pas même un baise-en-ville, ne rêvons pas, là non plus. Elle venait en visite. Il l'accueillait comme il pouvait.

— Arminé ! Quelle surprise !

Il avait beau faire comme si, en fait, ça n'en était pas une et qu'il disait ce mot au second degré, et qu'il l'attendait assumant ses actes, la tension était magistrale, le regard de Boris Souratine n'osait croiser celui d'Arminé. Elle avait, dans les instants forts, quelque profondeur vertigineuse qui lui sortait du jais de ses pupilles.

Elle avait posé :

— Tu as dit aux autres ce que tu voyais entre Claudio Barbaro et moi.

— Arminé, ma vieille, j'ai moi aussi le droit au langage. Tu n'as pas le monopole des mots.

Elle avait, dans ces yeux qu'on a dits, une préparation de culture et de divin. Boris Souratine avait attendu si longtemps qu'Arminé pose sur lui ce regard-là. La sainteté n'est rien d'autre que l'attention.

Elle avait posé une main sur la table, il avait posé le journal sur la table. Il se dépouillait.

Elle avait tourné la tête vers les bateaux et la mer.

Et retour vers lui :

— Boris, tu as le don de voir les choses, et tu vois ce que tu en fais ? Qu'est-ce que ça t'a apporté de révéler un scoop ? Penses-tu que je vais perdre Claudio Barbaro ? Je ne le perdrai jamais. Il est là.

Elle ne désignait aucun endroit en elle où il pouvait être, et Boris Souratine eut la vague frayeur qu'il soit là, tapi derrière, apte à se venger. Il jeta un coup d'œil alentour. Il ne put s'en empêcher, d'où tout de suite après, il en fit un jeu.

— Ouh, j'ai peur peur peur. Il va me tuer.

C'est à cause d'elle qu'il repartait vers l'ironie. C'était sa faute à elle.

— Non, Claudio Barbaro ne va pas te tuer.

— Encore faudrait-il qu'il y arrive !

Il postulait par là que lui, le robuste Russe, ne craignait pas les mouches. Encore l'ironie et c'était sa faute à elle. À elle.

— Tu as une arme, n'est-ce pas, Boris ? Tu as ce revolver avec lequel tu joues toujours.

— Et ?

— Je vais te dire ce que tu as fait avec ce revolver.

— Je n'ai pas touché à ce revolver depuis...

— Avec ce revolver, sans le toucher, si tu veux, tu as voulu me blesser profondément. Tu as eu ce revolver dans les mains, sans le toucher, chez Edwina Kessel, avenue Gabriel, et tu as bien visé ma tête, Boris, et tu as bien tiré, la balle est bien partie dans la bonne direction. Tout cela, tu l'as bel et bien fait, et la balle, sois sans crainte, m'a atteinte et projetée face contre terre. Une fois à terre, comme tu vois le sang s'étend, mes yeux sont ouverts. Alors, Boris, tu me crois morte. Enfin disons que ce que tu as voulu tuer, tu le crois mort. Mais écoute bien ce que je vais te dire : la balle a glissé. Il arrive qu'une balle, au lieu de se ficher dans le cerveau, ripe le long du crâne entre la peau et l'os, et ressorte. C'est rare. Mais cela arrive. Il m'arrivera ça, à moi, et j'ai une grande foi dans ce que peuvent faire mes mots, comme ceux que je te dis là, même si tu ne t'en rends pas compte. Tu verras, un jour viendra où d'horreur devant ton geste,

Boris, un jour tu retourneras l'arme contre toi, la balle atteignant ton cerveau, cette fois-ci sans la moindre erreur de trajectoire. Et les faits, ce qu'ils seront alors : mon amour, vivant bien qu'assassiné, et Boris mort, bien que prodigieux détenteur d'un arsenal. Voilà.

Il comptait la dévisager avec une certaine distraction, par pitié pour sa crédulité et le pauvre pouvoir qu'avec tant de courage elle plaçait dans le langage. Il leva les yeux vers le front d'Arminé, là où commençait cette attendrissante fée, sauf qu'il ne put que réagir, incapable de souveraineté.

— Tout est dans ta tête, Arminé.

Ils restèrent quelques minutes à se mesurer, il semblait à Boris Souratine que les saisons changeaient, qu'on installait les terrasses, et puis qu'on les rangeait, et puis que c'était l'hiver avec les manteaux de fourrure, et puis les pluies du printemps, bref que le temps passait avec tout qui se modifiait sauf le front de cette femme qu'il aurait tellement pu aimer si seulement elle avait été accessible. Il avait dit :

— La noirceur n'est pas dans la blatte, elle est en moi. Mais ne me juge pas, parce que tu sais pas ce que c'est.

Il savait qu'il ne la reverrait jamais. Il l'avait empêchée d'aller dans la vie, mais elle repartait dans le sublime. Il n'était pas éditeur pour rien. Il avait toujours eu l'intuition de l'écrit. Dans ce qu'elle venait de lui adresser, il voyait deux conséquences imminentes : l'une, c'était qu'il mourrait par balle, y compris si personne jamais ne touchait un revolver, et l'autre, c'était qu'elle avait fui en littérature, qu'il ne l'aurait jamais. Qu'éditeur, il n'aurait pas cet écrivain. Alors qu'est-ce que c'était son métier. Qu'est-ce que c'était sa vocation ? Du coup, il vit par où la balle était venue, et que personne ne l'avait tirée : au fond, il restait dans la mort.

Peut-être que rien de la suite ne serait arrivé si, à un moment donné, Claudio Barbaro n'avait cru devoir rassurer une fois de trop son épouse. Était-ce parce qu'il était avocat, drogué par l'instinct de plaider ? On sait qu'un avocat, tant qu'un jugement ferme n'a pas été rendu, reste dans l'incertitude. Était-ce parce que, de sa vie, il n'avait enterré une affaire ? Je pencherais plutôt pour le remarquable enfant qu'il s'entêtait à être auprès de sa femme. Il avait été puni par la raillerie, et puis aussi sauvé par elle, avocat ou pas, il aurait pu continuer de vivre dedans, l'air de rien. Il avait bien malheureusement la manière pour. Une ou deux plaisanteries par mois sur cette Alischane, très vite une ou deux par an auraient suffi. Mais il y avait un bénéfice qu'il n'avait pas, et qui le rendait fou. Et écoute bien lequel : il n'avait pas l'amour de Lizzy. Il ne pensait même plus à celui d'Arminé. Arminé était morte. Il se rendait bien compte qu'il l'avait tuée. Et même le jardin des Tuileries, tous les coins, là, il était étonné que ce soit fleuri, jusqu'à ce qu'il se dise enfin que c'était toujours le cas, les cimetières. De toute manière, on a vu qu'il n'y allait plus. Au fond, qui se rend sur la tombe des gens, hein ? Bien sûr, il avait cet embarras qu'Arminé ne reposait sans doute pas en paix. À un dîner, Boris Souratine lui avait confirmé qu'Arminé avait disparu. Claudio Barbaro avait eu un cauchemar où on la lui ramenait et, autopsie, on découvrait qu'elle avait été sauvagement sacrifiée. Dans son rêve, il souffrait mille morts lui-même du chétif et désarminé corps de la bien-aimée. Pour cette raison, il ne faisait pas d'analyse, pour pouvoir, le lendemain d'un tel rêve, avaler deux Lexomil et se réenclencher en barbare. Non, le vrai bénéfice qu'il n'avait pas, c'était l'amour de Lizzy. Il virevoltait autour de sa femme, garni des attrayantes propositions qu'il avait faites jadis, aller au cinéma, avoir voir une expo, se faire des salles spécifiques du Louvre, les Canova, un bistrot, et parfois il essayait cette formule magique :

— On a encore près de trente ans à vivre si Dieu le veut. Les gens vivent de plus en plus vieux, on peut prendre soin l'un de l'autre, voyager, se délasser, parler aux autres, aller vers les autres, on peut grandir, non ?

Elle disait non. Elle se refoutait dans le refus et l'indifférence. Elle lui tournait le dos dans la cuisine, et dans ce dos il n'y avait pas de regard, il y avait du non. Il disait :

— Tu ne veux pas me regarder ?

Elle lui faisait face.

Il n'y avait pas de regard non plus sur son visage.

L'amour, il pouvait se le foutre au cul, ce qui ramenait au renoncement. Il avait l'habitude.

Quelques années après leur mariage, il était réellement allé se faire foutre, par d'autres personnes que Lizzy que ça n'intéressait plus avec lui. Et là, il recommençait, il sortait. Hélas, une fois dehors, il n'allait pas bien loin. Il y avait toujours un parc à longer, avec ses hautes grilles. Il y avait toujours une femme enfermée dedans. Il y avait toujours ses mains à lui projetées hors du taxi, qui partaient tenir ses grilles, son front projeté hors du taxi coincé entre deux grilles, les forces du jardin qui venaient le voir au parloir : comment allez-vous, Claudio Barbaro ? Est-ce que la détention se passe bien ? Avez-vous vu votre avocat ? Il regagnait sa cellule : le taxi. Sa cellule : le restaurant. Sa cellule : la maison. Il pissait non loin de son lit. Un détenu.

C'est que, lui, il avait pris le pli d'aimer. On pouvait pas lui retirer cette évolution.

De rebuffade en rebuffade, il s'était monté la tête sur le coup qu'en réalité Lizzy lui en voudrait d'avoir été infidèle. À partir du moment où il avait eu ce concept à l'esprit, il n'avait quasiment plus réussi à travailler. Eh oui, bien sûr, Lizzy en était restée à la version qu'on lui avait donnée. Tous, les Gabriéliens, ils croyaient que Claudio Barbaro avait fait l'amour avec Arminé Alischane. Lui-même, il l'avait peut-être laissé croire, c'est humain. Tiens, un peu comme par hasard, confondu avec un homonyme, on a le compte crédité à la banque, et on ne rectifie pas l'erreur. Il avait laissé planer le doute. De sorte qu'il devait parler à sa femme, une bonne fois. Elle croyait avoir été trompée. Il la détromperait, eh. L'adultère serait oublié. Ils iraient au cinéma et voir les Canova.

Il la guettait pour lui avouer.

Il la rejoignait dans la cuisine et attendait le bon moment.

Il la rejoignait dans la salle de bains et attendait le bon moment.

Il l'avait attirée dans le salon qui était le terrain social où, même seuls, ils avaient toujours eu une certaine onctuosité.

— Ma chérie, il y a quelque chose dont il faut que nous parlions, pour que tu sois tout à fait délivrée et sereine.

Elle le toisait, genre : vaste programme.

— Ma chérie, nous n'avons jamais parlé réellement d'Arminé Alischane. Ne me regarde pas ainsi, elle a disparu. De ma vie. Une fois que je t'aurai dit ce que tu dois savoir, tu verras, tu me considéreras autrement. Arminé Alischane n'était pas ma maîtresse, Lizzy. Ton ressentiment est infondé. Tu comprends ? Je ne dis pas cela pour mentir. À quoi cela me servirait-il de mentir aujourd'hui ? J'ai rencontré cette Arminé chez Edwina et Toby Kessel. Un été. Juillet, tu n'étais pas là. Tu n'es jamais là en juillet. Elle était venue là au bras de Boris Souratine, elle ne faisait pas l'amour avec lui non plus. Je crois qu'elle ne faisait l'amour avec personne. C'est vrai que c'était une femme originale, elle avait quelque chose de couronné. Et vois-tu, Lizzy, eh bien cela je ne l'ai même pas remarqué, je n'ai pas vu cette femme. Peut-être parce qu'elle était singulière, je ne l'ai pas vue. Pour moi, la seule singularité est la tienne, Lizzy. Où tu ne souffres pas la concurrence. C'est elle qui m'a vu. Elle me dira, après, car oui, je l'ai revue et cela n'est pas faux, je l'ai revue pendant quatre ans, elle me dira que la clef de tout avait été mon intonation. Mon intonation qui avait attiré son attention. Alors moi au moment où cette fille apparaît dans notre vie, car sans cesse je pense à toi là-dedans, Lizzy, je suis en train de parler, je me retourne, et je te jure, je te jure, Lizzy, qu'elle tombe amoureuse de moi instantanément et que je subis cet amour, tout de suite, dès le départ. J'en étais mal à l'aise. C'est vrai que ce soir-là je l'ai raccompagnée, mais seulement jusqu'à la place de la Concorde. De mon point de vue, nous nous sommes quittés bons amis. Une vie remuait dans mon cœur, je veux te dire ces choses, Lizzy, je dois te les dire, je suis transparent, oui j'ai pu penser sur cette place que l'amour se présentait à moi. Mais je ne l'ai pas retenu. Et je ne l'ai pas fait pour toi, je l'ai fait par toi, par le tamis de ce que tu aurais pu en penser, et écoute-moi bien, Lizzy, je l'ai fait pour moi, pour continuer si heureux avec toi. Ensuite, je suis parti en vacances et je t'ai retrouvée. J'ai pensé à cette fille avec orgueil, parce que je suis un homme. C'est tout. Il faut que tu saches qu'à mon retour je l'ai croisée par hasard dans les jardins des Tuileries, et que nous sommes devenus deux personnes qui se voient. Et elle était amoureuse de moi. Et elle disait ces choses énormes auxquelles on ne peut pas croire. Le fait que j'étais beau. Le fait que j'étais grand. Immense. Qui ne plongerait pas quelques instants dans ces mots ? Parfois, il y a eu des baisers. Je ne veux pas te le cacher. J'ai essayé, par mes baisers, de rendre hommage aux compliments de cette femme. Mais nous n'avons jamais fait l'amour, voici le facteur important que je voulais te donner, car je sais que nos amis pensent autre chose. Nos amis n'étaient pas là quand je répondais à cette femme qu'elle se trompait.

— Elle se trompait sur quoi ?

Il n'avait pas cessé de la tenir en haleine, mais il ne repérait pas comment elle prenait les choses. Au fond, elle était la Lizzy illisible d'avant Arminé.

— Elle se trompait sur ce qu'est l'amour. Je la mettais en garde, elle pouvait se faire mal. Elle, elle croyait que l'amour peut surgir et s'amplifier dans les limites de trois baisers. Elle croyait qu'on est libres avec des ailes, en plus, et ceux sans ailes elle leur en décelait malgré ça, repliées. Elle n'avait pas conscience que le mariage vous prend. Qu'être lié par l'ordre des réalités vous prend. Elle croyait qu'on peut prendre un homme, l'aimer et l'emmener, et que les autres l'accepteront.

— Qui ça, les autres ?

— Toi. Tu te rends compte qu'elle pensait que toi tu l'accepterais.

— Que moi je l'accepterais ?

— Tu te rends compte qu'elle pensait à t'aimer, toi aussi ! Elle croyait que ça pourrait être sublime !

Lizzy considérait, sur le tapis, les motifs de pivoines imbriqués dans la laine. Pour clore la question, Claudio Barbaro avait ajouté :

— Bref, pour te dire : ne va pas croire que j'aie eu une réelle histoire avec cette femme, car comme tu le vois, ce n'est pas le cas.

Dans la foulée, des fondations plus profondes s'effondraient. Le même mois, il avait son père malade, Atalanta à Milan que les médications barbaient et qui l'appelait cinq fois par jour, des coups de fil aussi de sa sœur Margherita qui était auprès des parents et ne pouvait demeurer plus longtemps à Milan. Il apparaissait que son mari le nobliau, au moment de montrer un vrai esprit chevaleresque, en allant frictionner les bras de Carlo Barbaro, préférait se rendre à son club du Corpo de la Nobiltà Italiana. Et il voulait sa femme de préférence à la maison, pour la cohérence sociale. Alvaro était débordé. Claudio se retrouvait seul, happé par Milan. Avec personne à qui parler. Par-dessus le marché, depuis qu'il avait parlé à Lizzy, elle ne sortait plus de sa chambre, elle y campait avec des galettes de riz, on aurait dit qu'elle avait incrusté les pivoines du tapis dans ses iris, avec le pistil en relief, elle ne pouvait plus fermer les yeux, les gardait écarquillés, irrités. Une seule fois, Claudio Barbaro avait vu un tel regard : sur Edwina Kessel après son lifting.

Il se demandait si elle avait bien compris, Lizzy, qu'il n'avait rien à se reprocher.

Il faisait sans cesse l'aller-retour entre Milan et Paris. Deux pôles pour l'accueillir, un dans chaque endroit, tous les deux aussi polaires l'un que l'autre. Atalanta à Milan, et Lizzy à Paris.

Il engueulait son frère au téléphone.

— Alvaro, merde, il faut que tu viennes voir papa. Ne me laisse pas.

Et Alvaro, au début, faisait lui aussi le chemin, parfois avec Claudio. Il avait vite ralenti les visites. Il avait toujours un conseil d'administration à présider. Un congrès dont il était le commanditaire.

Toutes les révolutions de la radiologie de l'an 2000 se concentraient sur cette période de la maladie du père. On aurait dit qu'il faisait progresser la médecine plutôt que s'occuper du malade. Carlo Barbaro souffrait de ce que, vers son abdomen, l'artère, après s'être embouteillée, restait silencieuse aux écouteurs spéciaux dans lesquelles elle aurait dû, sinon chanter, du moins fredonner l'air de la vie. En plus, Carlo connaissait par cœur la musique du corps, elle avait été son métier, en conclusion il entendait parfaitement bien que les machines étaient muettes, pour lui c'était aussi éloquent qu'un électrocardiogramme plat. Il parlait de sa mort comme d'une sortie dont justement il ne voulait pas entendre parler. Il voulait vivre.

Il avait fini par faire un accident cardiovasculaire. Il ne bougeait plus.

Six mois de fuites d'Alvaro avaient passé dans la maison de Milan, quand Claudio avait carrément dit à son frère :

— Mais enfin, est-ce que tu aimes papa ?

— Je sais, je sais, Dido... je vais venir. Je n'y arrive pas, en ce moment. C'est trop sinistre de voir papa dans cet état. Comment tu fais, toi ? En plus, je suis un peu amoureux. Je me change les idées, vraiment. Toute cette ambiance à Milan ne te renvoie pas à la mort ?

Claudio se taisait, à l'autre bout du fil.

— Claudio, tu es là ?

— Amoureux ? Mais qu'est-ce que c'est, être amoureux ?

Parce qu'il ne savait plus, vraiment. Alvaro ne savait pas non plus, ou en tout cas Alvaro ne savait pas le dire. Il n'avait pas accès à ce langage. Les dieux du langage ne lui avaient pas accordé leur bonus. Et, fugitivement, Claudio Barbaro, assis sur le lit de son père qui dormait, avait une pensée pour les dieux du langage, ces gens que, jadis, il avait fréquentés.

Il dînait le soir seul avec Atalanta. Il mangeait sur une table basse, avec les doigts, comme si une autre mère, cette fois-ci à eux deux, n'était pas là pour les surveiller. C'est à cette occasion-là qu'il avait confié à sa mère qu'en plus de perdre son père, il lui semblait qu'il perdait sa femme. Elle avait demandé pourquoi. Est-ce que c'était pourquoi il pensait ça, ou pourquoi il la perdait ? Car à la seconde question, désolé il ne pouvait pas répondre. Et :

— Pourquoi tu penses ça ? avait demandé Atalanta.

— Lizzy est spéciale en ce moment.

— Ta femme est spéciale. On te l'a toujours dit.

— Quelque chose lui a déplu. Je lui ai raconté cette histoire de cet ami, et depuis, elle est bizarre.

— Et donc ?

— C'est un ami. Marié. Il est marié. Il a rencontré une autre femme, et il a su résister, il n'a pas trompé sa femme. Pourtant, l'autre femme, ah tu l'aurais aimée, elle avait ce que tu dis toujours de la distinction, que c'est une affaire d'héroïsme particulier. Et elle aimait mon ami au point qu'elle le berçait. Et elle avait son idée du sublime et que c'était là, entre eux. Alors moi je racontais cette histoire, parce que c'est extraordinaire ce que cet homme a fait. Il est resté invulnérable. Moi, je ne sais pas, je le trouve grand, immense, non ? Je ne sais pas si moi je serais capable de faire une chose pareille.

— J'espère bien que tu ne ferais pas une chose pareille.

— Mamma, tu n'as pas compris. Mon ami n'a pas trompé sa femme.

— Mon chéri, on ne se protège pas de ce qui est immense.

— Qu'est-ce qu'on fait, alors ?

— On ne réfléchit pas trop.

— Mais ne pas céder, se montrer invulnérable...

— Balivernes. Un imperméable, c'est pour se protéger de la pluie. Et un invulnérable, c'est pour se protéger de l'amour. Et Lizzy, ce qu'elle a dû penser, c'est que Dieu merci être aussi con n'était pas arrivé à toi. Pour le reste, ce qui rend ta femme sombre, Dieu seul le sait. C'est peut-être d'avoir entendu parler de quelque chose de sublime et qui n'était pas arrivé à elle.

Dans sa chambre, Carlo Barbaro ouvrait parfois les deux yeux en même temps, mais répertorier ce qu'il allait devoir quitter à jamais lui faisait trop mal au cœur, alors il les refermait. Ou bien, il avait un déclic et au contraire refusait l'obscurité, il voulait la lumière en plus des yeux ouverts. L'arythmie, je souffre d'arythmie. Beaucoup de Barbaro étaient morts avant lui. Il était loin d'être seul. En plus, il y avait Claudionino, Barbaro vivant, toujours là pas très loin du lit, quand c'était pas avachi dessus, le dos et bientôt la tête contre le pied de lit, avec un livre. Si Carlo bougeait, Claudio fermait le livre, mais il avait mis son doigt dedans pour le reprendre bientôt. Bah, c'était bien de lire. Il se souvenait de lui, lecteur au bord du lac Léman, sur un banc. Il avait lu tout seul, pendant des années. Il souriait. Souriait-il ? Non, sinon Claudio aurait refermé son livre. Non, les grâces de Carlo Barbaro maintenant étaient pour lui seul, plus personne pour percevoir quoi que ce soit. Alvaro était venu. Il avait demandé si ça allait. Oui, ça allait. Ça s'en allait, mon fils. Il avait regardé Alvaro lui prendre la main. Ensuite, il avait senti le contact. L'amour. Tu ne peux pas, mon enfant adoré, voir mourir ton père. C'est trop difficile, n'est-ce pas ? Il pouvait les phrases qu'il voulait, même les plus sentimentales, maintenant qu'il n'était plus entendu. Quand mon père à moi est mort j'avais vingt-trois ans. J'étais à l'enterrement au milieu de l'argent, et ma mère me disait de m'occuper des Lorenzin, d'aller vers eux. Ils sont tout seuls, elle disait. À la fin, elle me montrait du menton les gens seuls que je devais distraire. Entendez-vous, mes fils ?

Claudio lisait un livre qu'il venait de retrouver là dans la bibliothèque et qu'il avait longtemps recherché en vain à Paris chez les bouquinistes. On ne le rééditait plus trop depuis les années 60. C'était un roman de Jerzy Andrzejewski, *Les Portes du paradis*. Il y avait le tour de force de ce livre qui n'était qu'une phrase, sur cent soixante pages. C'est ce sur quoi on avait sans doute mis l'accent à sa sortie. Par là-dessous, derrière cette phrase, le livre racontait une croisade d'enfants vers Jérusalem, avec un prêtre en leader, et cette horde d'enfants, en réalité des adolescents, qui tous étaient amoureux les uns des autres et n'avaient entrepris cette croisade que pour mieux se donner une chance de rapprochement. Pris dans le désir, voilà comme étaient ces croisés-là. Et tous, tour à tour, se confessaient au prêtre, et le prêtre seul savait, à la fin, qui aimait qui. Comme Dieu qui, seul, sait qui aime qui. Claudio avait choisi la lecture la plus difficile à interrompre, d'abord parce que phrase unique, et puis parce que ce livre ne parlait que d'amour. Ça ne l'empêchait pas de glisser son doigt entre les pages quand son père bougeait.

Au début, il avait essayé de parler. Il savait que le père entendait, parce que si on disait au père d'ouvrir ou de fermer les yeux, il le faisait. Parfois, le père parlait. Il demandait : « Quel jour on est ? » Ou bien, il demandait : « Le jour. » Ce dernier mot signifiait qu'il voulait davantage de lumière. Quand le soleil entrait dans la chambre, à un moment de la journée où, à partir de mars, il allait jusqu'au lit, Carlo ouvrait sa main paume en l'air pour la remplir de chaleur, et si Claudio plaisantait devant cette main exhibée : « Tu fais du nudisme ? », le père avec cette main faisait un doigt à son fils, pour lui montrer où il pouvait se le coller, son humour.

Quand Claudio s'absentait, et que la solitude durait trois, quatre jours, Carlo s'ennuyait. Il aimait bien éprouver un poids sur le lit. Lui, tout seul, il était trop léger maintenant. Atalanta aussi s'asseyait auprès de lui. Elle ne faisait pas le poids non plus. Il aurait quand même voulu lui exprimer sa gratitude. Pour une femme qui avait voulu fuir les emmerdements, elle n'avait pas de chance. Un an de mariage la tête dans les fioles, coincée à Milan.

Claudio lui avait dit que ça faisait un an, maintenant. Si elle partait, c'était comme si elle ne l'avait jamais épousé. Elle lui donnait des nouvelles de leur milieu, en oubliant de citer, bien entendu, les récents décédés. Il n'y avait plus qu'à faire la soustraction pour savoir qui avait disparu. Ils clabotaient tous. Mon Dieu, ce que les gens mouraient. Personne ne savait se tenir. Atalanta se levait. Le lit s'en émouvait à peine.

Et enfin, revenait Claudio. Carlo Barbaro aurait voulu parler pour proclamer à son fils combien c'était merveilleux, la pesanteur de son corps. Ce Claudio, il était plus massif et puissant qu'il n'y paraissait. Est-ce que quelqu'un le lui avait déjà dit ? Est-ce qu'il était au courant de sa vigueur ? Ah, merde, la parole aurait servi, là. Oui, Claudio était un bon avocat, mais qu'est-ce qu'on s'en fout, des avocats ? L'important, c'était l'effet qu'on produit, étendu sur un lit, non ?

Il voulait dire, aussi : qu'est-ce que tu lis ? De loin, sans ses lunettes, il ne pouvait pas lire, même le titre. Et plus précisément, il voulait dire : « Qu'est-ce que tu lis, comme ça ? » « Comme ça » incluait le doigt entre les pages, les yeux dans le vague, les heures passées aussi le livre sur le cœur, l'endroit-lit du père choisi pour la lecture, le poids parfois encore plus lourd de Claudio chargé d'on ne sait quoi sur le couvre-lit, les mois qui passaient, la main qui pouvait ou pas attraper le soleil, le silence de ce fils.

C'est à ce fils qu'il avait parlé d'amour, autrefois. Il avait bien fait.

Après un an et demi, Claudio, couché sur le lit du père, avait enfin pensé : « Où est-elle ? » Cette question le faisait bruyamment respirer, aussi fallait-il que le père soit profondément endormi. Il l'était, aujourd'hui. Où est-elle ? Où est-elle ? Où est-elle ? Un vélo qu'il poussait, cette phrase, maintenant elle avait de l'élan. Il investissait cette question du pouvoir d'une tête chercheuse. La question allait partir dans le ciel, survoler la terre, et revenir ici à Milan informer Claudio. Elle serait épuisée d'avoir sillonné la planète degré par degré. Elle serait en loques. Le « Où », après le « Elle ». Elle mourait en donnant la réponse. C'était un bon endroit pour mourir, la maison familiale. On avait l'infrastructure. Sa réponse à la main, bien sûr qu'il garderait les doigts serrés, la réponse à l'intérieur, jusqu'à ce qu'elle se calme, s'habitue à Claudio. Quand elle aurait arrêté de gesticuler dans sa main, il décrisperait ses doigts, et très vite, il lirait la réponse. Il le ferait en gardant son livre dans l'autre main, car il n'avait plus envie d'imaginer qu'il était un incapable.

En attendant sa réponse, il spéculait. Les retrouvailles avec Arminé. Non, pas les retrouvailles, il allait plus loin. Il sautait même la première fois où ils feraient l'amour. Il allait dans le couple. Ils étaient ensemble depuis longtemps, dans ce lieu sans limite où il retrouvait sa bien-aimée. L'Italie, loin dans l'avenir. Cette femme au bord d'un lit, à attacher la bride de ses sandales. Ses cheveux, son cou. Ses joues dignes de baisers. Une chemise de nuit, noire, une combinaison. Elle mettait une heure, deux heures, trois heures à attacher ces sandales, et puis elle les défaisait, une heure, deux heures, et le bras d'Arminé était si ravissant, les mains aux ongles orange, et lui dans ce lit tellement tranquille, ah mais tranquille tu ne peux pas savoir à quel point... dans la lumière.

Carlo Barbaro, lui, avait dépassé le stade où on se remémore. Il ne la reconnaissait pas, la femme qui devant lui sans cesse se relevait les poings dans les cuisses. Mais ne pas se souvenir, c'était la découvrir à nouveau, quelle chance la vieillesse, et quelle chance la maladie, et quelle chance l'oisiveté du malade, et quelle chance les déficits de la mémoire qui apportaient et réapportaient sans cesse renouvelée cette femme chaque fois inattendue. Quand elle souriait, elle se mettait de profil. Belle femme, vraiment créature aux yeux plissés de sentiments. Et dans l'ensemble la rencontre aveuglante, à qui tu ne pouvais plus que dire...

Carlo Barbaro avait eu un murmure.

Claudio avait glissé un doigt dans son livre.

La main du père était ouverte une dernière fois, paume au ciel, pour récupérer ce qui était récupérable. Claudio avait posé son livre. Son père avait senti le soleil. Sauf que quelque chose clochait : il était trois heures du matin. Claudio avait pensé ramper à quatre pattes jusqu'au visage de son père pour voir s'il dormait. Il avait pensé aller réveiller sa mère, et qu'elle vienne l'aider à voir si le père dormait. Il avait pensé téléphoner à sa sœur Margherita, qui avait toujours été protectrice avec lui, elle l'avait défendu contre l'omnipotence d'Alvaro. Il avait pensé envoyer un texto à Alvaro : « *Papa. Adesso.* », afin qu'Alvaro, qui éteignait son téléphone mobile durant la nuit, apprenne seulement demain en quoi il n'avait jamais été joignable. Eh bien, il s'était abstenu. Il avait grandi tout seul, figure-toi, en quelques mois. Il avait pensé se coucher sur la dépouille de son père, et dessiner des cœurs avec son doigt sur le plaid de laine polaire. Et il l'avait fait, pendant qu'« Où est-elle ? » avait déjà dépassé la botte de l'Italie et gagnait la Grèce.

Elle était facile à trouver, pour qui la connaissait. Mais est-ce que c'était la connaissance, de l'avoir aimée en se retenant ? Il ne l'avait jamais vue travailler. Il n'avait jamais acheté le journal dans lequel elle écrivait. Il n'avait jamais rencontré aucun de ses amis. Il ne savait pas qui elle voyait en dehors de lui. Si le nom de Yasmine Aristi amie d'Arminé était resté dans sa mémoire, c'était à cause du pétrole attaché au nom d'Aristi. Il n'y avait aucune Yasmine Aristi dans l'annuaire. Il n'avait rien approché d'Arminé, peut-être. Il n'avait rien engrangé de ce qu'elle avait pu dire sur ses relations et son social à elle.

Une malice de cette ignorance, c'est qu'il avait pensé appeler Boris Souratine, tellement Arminé lui apparaissait l'étrangère irréalisable. D'ailleurs, l'eût-il fait, cela n'aurait sans doute rien entravé. Souratine l'aurait sans doute renseigné. En effet, Boris Souratine, à cette époque, s'essayait à la bonté. Il en était à compatir. Il poussait ses auteurs à écrire plus long, plus lyrique. Il avait grossi et trônait assis sur son bureau. Il était maintenant un pacha à émouvoir. Il avait la larme facile. Il ne prétendait plus qu'on doive enfoncer la sonde si profond dans la boue des névroses. Ou bien alors tout à fait au fond, encore plus profond, jusqu'à la faire ressortir à l'air pur de l'autre côté. Il s'était acheté un ensemble de quatre tableaux avec des ciels. Le concept lui avait vite paru trop de complications, et il avait demandé au peintre de lui en faire juste un grand, avec un ciel. Et il passait des jours devant le nuage qui, tout doucettement, allait un jour sortir du tableau. Il avait cette idée qu'un jour, peut-être ce jour-là de la disparition du nuage, Claudio Barbaro le contacterait. Il était prêt, sinon à aider, du moins à ne pas jouir, c'était sa plus sidérante évolution. Et ce que je te propose : on va le laisser là, en sachant juste qu'il allait lutter pour ressusciter, jusqu'au jour où, entrant dans sa chambre pour la « faire », la femme de ménage, une Tropézienne qui avait vu cinq suicides en dix ans dans les villas des parcs, le trouverait une balle dans la gorge.

Dans sa quête, Claudio Barbaro ne songeait pas à composer le numéro d'Arminé. Imagine que cinq ans après les premières hésitations devant le téléphone ésotérique, il en était encore là, empêché par la machine. Bien sûr, sa retenue partait d'une noble intention. Ce qu'il voulait, lui, c'était isoler où était Arminé, et la rejoindre. Il rejetait les demi-mesures de la voix et de la parole. Il voulait Arminé en face de lui. Il voulait être devant elle avec son corps à lui, qui était sa dernière chance.

Il avait pris contact avec ce journal qu'il n'avait jamais lu, et où elle avait passé une partie de sa vie, même si jamais là. Elle n'y travaillait plus.

— Arminé Alischane est partie se consacrer à la recherche, avait dit l'homme sur lequel il était tombé.

Ah, mais c'est comme moi ! C'est comme moi ! voulait crier Claudio Barbaro.

Si cela pouvait être vrai, et qu'elle aussi le cherche.

Il avait demandé qui il pourrait avoir, enfin qui serait habilité à lui donner des informations. Il cogitait, par le mot « informations » de mettre le journaliste de son côté. Manigance superflue. Une des chances qu'il avait de naissance, c'était quelque autorité dans la voix. Ces pouvoirs avaient servi avec les nurses. L'homme, à l'autre bout du fil, était plutôt impressionné. Du coup, renforcé par l'effet qu'il produisait, Claudio Barbaro avait réglé la question :

— J'appelle de Milan.

Il n'avait pas eu trop longtemps à attendre pour qu'une autre voix le renseigne. Arminé, personne ici ne savait ce qu'elle était devenue. Mais elle avait de la famille à Paris. Ses parents devaient pouvoir dire où elle était. Voulait-il les coordonnées des parents ?

Évidemment qu'il les voulait.

Il prendrait ce qu'il y avait à prendre. Il ne ferait plus le malin.

À quelques secondes de parler à Aris Alischane, il appréciait, au niveau de son cœur, la façon dont sa chemise se soulevait et retombait. Une convulsion. Des soubresauts. Un ébranlement et il avait l'à-propos de se dire qu'il se mettait en branle, que c'était positif. Gérer le déséquilibre. Il attendait que quelqu'un décroche, avec l'idée folle que ce serait directement Arminé. À cause du bruit que faisait son cœur en tapant dans ses tempes, il se disait : elle va me parler, et je ne vais pas entendre. Quand l'ai-je vraiment écoutée, dans la vie ?

Très vite une voix d'homme à l'autre bout du fil, l'accent libanais présent chez Arminé uniquement dans certaines expressions. Pour dire « un rhume », par exemple, qui devenait « un rrrrlhume », un trésor de l'enfance. L'accent maison d'Arminé et tous les accents étaient la maison d'Arminé.

— Aris Alischane ?

— J'espère.

Les voilà les Alischane. Leur accès grand et immense au langage. Comme c'était près, l'amour. Ah, il touchait le miel et l'esprit de cette voix. Lui aussi voulait se mettre à formuler des choses surprenantes. Et Aris Alischane admettrait qu'il pouvait donner sa fille à cet homme inédit. Et il cherchait ce qu'on peut répondre à « j'espère », et à toute vitesse se répondait surtout à lui-même que « j'espère », Arminé n'avait fait que le répéter dans chacune de ses phrases, depuis le début avenue Gabriel, et que, pour elle, ne pas faire l'amour contenait de l'espérance, que tout ce temps la relation n'avait pas été la déception pour elle. Ce qui était affolant, c'est que si « Où est-elle ? » ne la trouvait pas, elle ne saurait jamais combien il la comprenait, maintenant.

— Je suis un ami d'Arminé. Et je cherche à reprendre contact avec elle. J'ai pensé que vous pourriez m'aider.

Il y avait mieux, comme inventivité épatante.

— Ma fille est en Grèce.

Claudio, lui qui avait tout lu sur la Grèce ! Le nombre de fois le front dans les pages, et tous les dieux qu'il avait aimés, et tous ceux qu'il pouvait incarner, rien que par sa culture. Et celui qui bouffait les couilles de son père, et celui qui... tous les dieux, je te dis. Les petits pénis des nobles statues. Les noms des dieux qu'il aurait voulu donner à ses enfants.

— Je suis Claudio Barbaro.

Honnête. Il venait nu.

Aris Alischane avait eu une sorte de cri :

— Barbaro !

Démasqué, Claudio Barbaro ne reculait pas devant la difficulté. Il se demandait seulement si Aris Alischane allait l'aider malgré les faits. Il se figurait une hostilité. Elle aurait été justifiée. Claudio Barbaro avait les éléments pour se justifier. Il n'avait pas commis l'adultère. Est-ce qu'on pouvait reprocher à un homme d'avoir été fidèle à ses engagements ? Il avait des arguments, dis-toi bien. Mais aussi, il vacillait. Le nom de Barbaro dans la bouche d'Aris Alischane se liquéfiait plein de *l*, adieu les *r* roulements de tambour, et Claudio Barbaro savourait qu'une main délicate et presque amie lui retire son glaive, le discours implacable qu'il avait préparé.

— Oui, je suis Claudio Barbaro, mais...

— Les Barbaro de la Vénétie ?

— Euh, oui.

— Au seizième siècle les Arméniens venaient vers vous.

— Je sais.

— On aimait terriblement les Vénitiens.

— Je sais.

— Et que puis-je pour vous, Claudio Barbaro de Vénétie ?

Il menait un combat, lui, Claudio Barbaro. Il était persuadé d'être là en train d'extorquer un renseignement.

— Où est-elle, en Grèce ?

— Elle vit là-bas.

— Oui, mais où ?

— La Grèce.

— Vous ne voulez pas me dire où, monsieur Alischane.

— Mais bien sûr, je veux bien vous dire où : elle est chez notre ami Souhel Aristi, sur l'île de Gatti.

— Où ?

Alors voici comment ils dialoguaient, en fait. Pour Claudio Barbaro, ces paroles demandaient à être dites plutôt deux fois qu'une. Et pour Alischane, il y avait une cohérence à ce qu'un Italien de Vénétie ne connaisse pas toutes les îles mignonnes et fantastiques de la mer Égée.

— Gatti, c'est au sud de Santorin. Mais vous pouvez l'appeler. Elle répond au téléphone. Avez-vous son numéro ?

— Je possédais l'ancien.

Il avait enterré son père, Atalanta agrippée à lui. Les morts. Alvaro effondré. Il était arrivé trop tard. Avec le père partait une partie de lui, au lieu que ce soit lui, Alvaro, comme Claudio, qui ait pris au passage la part d'amour que les morts vous laissent. On aurait dit que c'était d'un bras qu'Alvaro avait été dépossédé, car il en avait un, le gauche, qu'il tenait serré contre son torse. Claudio et lui étaient côte à côte de part et d'autre de la mère, Margherita non loin avec le nobliau. Par-dessus le crâne ratatiné d'Atalanta, Claudio avait demandé :

— Pourquoi tu tiens ton épaule ?

Alvaro avait répondu :

— Ça me tire. J'ai mal dans tout le bras. J'espère que c'est pas le cœur.

Comme il n'avait pas voulu voir mourir le père, le malheureux il se condamnait à frôler la mort, maintenant.

— Si ça continue il faut que tu voies un médecin, avait dit Atalanta.

Et elle avait levé vers ses enfants un regard de supplique, comme si, par ses propres paroles, elle prenait conscience de ce que son monde allait disparaître. Dans son désarroi, et aussi par son narcissisme, elle se voyait témoin de la perte de tous, seule survivante. Claudio avait posé sa main sur la nuque de sa mère. Et puis quand elle avait voulu se dégager, au lieu de se remettre à distance, il l'avait cette fois entourée de son bras, de son torse. Et quand elle avait eu le dos pris par l'amour, il lui avait soufflé dans l'oreille :

— *Mamma.*

À la porte du cimetière, il en aurait dansé.

Dès qu'il avait pu prendre Alvaro à part, il lui avait dit :

— J'ai épaulé maman. Elle était contente. Elle se laissait faire.

— Ah bon, elle se laissait faire... ?

Claudio Barbaro comprenait que les pouvoirs

supposés de son frère n'avaient été que des chimères. Les deux frères, à égalité, depuis le jeune âge, ils avaient couru après la docilité de l'amour.

— Qu'est-ce qu'elle a dit quand tu l'as enlacée ? demandait Alvaro.

— Rien. Elle se laissait faire.

— Elle se laissait faire.

— Oui, elle se laissait faire.

— Elle se laissait faire ?

Alvaro aurait pu se le faire confirmer cent fois tellement c'était un événement retentissant.

Mais le temps était venu pour Claudio Barbaro d'accomplir d'autres exploits. Ça allait en être un que de prendre un premier avion pour Paris, de ne pas se justifier auprès de Lizzy, et de repartir immédiatement pour la Grèce. C'en serait un second et de taille d'aller à Santorin. Là-bas, à Santorin, jadis un univers était mort. Une fois, sur le yacht familial, pile là dans la baie de Santorin, il avait lu l'histoire de cette île. Il aimait bien lire ce qui concernait les endroits visités. Une éruption volcanique mille six cents ans avant Jésus-Christ, d'une telle force que le volcan, cas rare, avait explosé. On le savait maintenant que les pierres étaient montées là-haut à trente kilomètres dans la stratosphère pour retomber sur les hommes, partout sur la terre. On le savait que la poussée avait provoqué un raz de marée dont on avait pu supposer, même si c'était à tort, qu'il avait détruit une civilisation. Santorin était un endroit pour les dégâts. Il y avait là-bas, il s'en souvenait, un site archéologique à visiter avec les maisons comme les humains d'antan les avaient laissées, tant de siècles auparavant. Ce mystère qu'on vous posait : que les ossements humains n'avaient pas été retrouvés. Que ces hommes et femmes étaient sans doute partis par bateau peu de temps avant la catastrophe, qu'ils avaient chaviré dans cette mer déchaînée, qu'ils avaient nagé, et puis qu'ils s'étaient noyés, dans la transe des éléments ? Oui, il avait été angoissé sur cette île. Il se souvenait comme les autres plongeaient du bateau, inconscients. Alvaro à poil et ravi dans l'eau soufrée autour du cratère, la trouvant génialement chaude. D'ailleurs parmi tous les lieux visités par bateau, tiens c'est celui que Claudio détestait le plus. Claudio ne s'était jamais jugé si dérisoire que sous les falaises de Santorin. Et c'est là qu'il devait se rendre, merde, pour prouver à quel point on pouvait compter sur lui.

Il rentrait à Paris, il n'y croisait pas Lizzy pour la bonne raison qu'en réalité elle était remontée de Milan avec lui, le lendemain de l'enterrement et que tout du long elle avait été dans l'avion auprès de lui. C'était comme s'il s'était à peine rendu compte qu'elle était là. Une nouvelle fois, dans le salon, il avait essayé de lui parler.

— Pour tout te dire, je vais entreprendre un voyage.

— Dis à cette femme...

— Lizzy...

— Par exemple.

À l'aéroport d'Athènes, en attendant la correspondance pour Santorin, il examinait une grande carte de la Grèce. C'était un tableau que les voyageurs venaient consulter, avec l'ensemble des lignes intérieures qui fabriquaient un quadrillage, une toile d'araignée. Avait-il peur ? Oui. La peur avait mûri, comme lui. Il trouvait sa peur plus saine. C'était presque un moteur. Même si : comment il ferait pour consoler Arminé ? Et si elle n'était pas triste ? Comment ça se jouerait d'être un homme qui se révèle si Arminé n'était pas à consoler ? Si elle l'avait oublié ?

Est-ce qu'il venait après l'amour ?

Pendant qu'il voyage, qu'au-dessus des Alpes le ciel est dégagé, qu'ensuite il voit Venise sur la gauche du hublot, qu'ensuite il voit la ville de Bari après sur la droite, nommée par le commandant de bord qui doit être originaire de là-bas, qu'ensuite c'est Corfou, puis Corinthe, avec les passagers émerveillés par le détroit si humain, bref pendant que Claudio Barbaro passe à l'acte, comme on dit, dans l'avion qui va vite quand on y pense, et si lentement quand on est dedans, je voudrais te montrer Arminé.

Arminé allait au village depuis une semaine, dans sa jeep. Elle se mettait au café Méra avec Souhel Aristi, et ils attendaient les bateaux. Il y avait le bateau de ligne, qui venait de Santorin deux fois par semaine. Puisqu'ils se trouvaient là ils attendaient aussi les autres, un voilier ancien, un bateau taxi, tout était possible. Souhel Aristi étendait la surveillance au trafic aérien. Eh, il était bien venu par avion, lui. C'était le mois de mai, tout le monde à l'ombre, sous l'auvent pimpant – Zeus venait de le changer – du café. Aris Alischane avait dit qu'à Paris des pluies de grêlons avaient lapidé ses oliviers. Il avait demandé trois fois s'il faisait beau à Gatti et chaque fois qu'Arminé avait donné la réponse, il avait appelé Hélène Ferdinakis, il l'avait fait revenir du bout de l'appartement, trois fois de suite, pour lui donner la même information. Pour lui, ces choses étaient capitales. Comme il vieillissait, il avait de plus en plus froid. Et puis, dès qu'il faisait chaud, de plus en plus chaud.

Aris Alischane n'avait pas rapporté l'appel de Claudio Barbaro de Vénétie comme un événement. C'était courant de dire à Arminé qui avait demandé après elle. Il s'acquittait de cette mission, de la même manière qu'il faisait suivre le courrier. On peut rendre des services. Là, il avait formulé ce qui l'avait étonné, à savoir que cet homme, qui se disait un ami d'Arminé, et qui d'ailleurs possédait une somptueuse élocution, et pour cela bravo, pensait qu'Arminé avait changé de numéro de téléphone. C'était aberrant, puisqu'il suffisait de composer le numéro d'Arminé pour tomber sur elle.

— Il a l'air particulier, celui-ci, avait dit Aris Alischane.

Et passant à autre chose, ou bien enfonçant le clou :

— C'est l'adresse qu'il voulait. Je serais pas étonné que tu le voies débarquer.

...

— Ça va rompre ta solitude.

Elle avait posé le pied sur cette île un an auparavant. Elle ne l'avait quittée depuis que pour Santorin ou Héraklion, et une fois pour Athènes, où elle avait retrouvé Hélène Ferdinakis. C'était comme si on ne pouvait plus l'éloigner de la Grèce. Et tu vois, elle, quand elle allait à Santorin pour faire les boutiques, elle aimait ça, cette île rescapée. Ici, les habitations étaient tellement en altitude, perchées sur la crête de la falaise, que d'aucun point de la ville, face à la mer, on n'entendait la mer. Et cela c'était le silence paix d'Arminé, dont l'esprit s'était immobilisé.

À quoi servirait-il que je te raconte son désarroi quand à Paris aux Tuileries, en quelques jours de silence, justement, sauf que c'était celui de Claudio Barbaro, elle avait compris que c'était fichu et qu'il valait mieux se taire. Que les mots, jamais, n'avaient servi à rien. Les corps resteraient sans inscription, ils ne s'inscriraient dans rien. Les pages resteraient blanches. À la limite, autant vivre à la montagne face à la neige, directement dans le blanc. Elle connaissait un refuge d'altitude, au-dessus d'Annecy, France, où tu pouvais t'éterniser, devant le vide rempli de blanc sur lequel tu ne pourrais jamais faire tenir aucun mot. Une véritable encre sympathique. La disparition. Elle y était allée, bien sûr. Bilan négatif. Elle avait mis ses mains derrière son dos, elle s'était châteaubrier les cheveux au vent, et la mer et les îles lui avaient manqué. C'est tout naturellement qu'elle s'était dirigée vers Gatti. Souhel Aristi était venu l'attendre sur le port, comme là maintenant tous les deux attendaient Claudio Barbaro. Dès le quai, Souhel Aristi avait compris qu'elle vivrait là, qu'ailleurs elle était morte. Il y avait eu une entente occulte entre eux, depuis le moment où, sur le quai, et alors que c'était une affaire entendue, elle avait dit « est-ce que tu m'accueilles ? », une question que maintenant elle regrettait de ne pas avoir posée dès le début à Claudio Barbaro, telle quelle, avec le tutoiement. Souhel savait qu'elle lui était venue. Il aurait pu dire, dès le quai, ce que serait leur vie, le premier levé, celui des deux qui investirait la jeep, celui des deux qui proposerait des promenades, celui des deux qui aurait l'idée de la gymnastique et, là-dedans, celui des deux qui trouverait la solution pour l'ouest. Il savait aussi qui dirait coupons les tomates et qui dirait juste croquons-les.

Ils formaient un couple. C'était un vieil homme qu'il fallait aussi accompagner à Santorin chez le médecin. Il fallait l'empêcher de garder ses jambes au soleil. Lui raconter que c'était normal, les jambes enflées. Être là le matin quand il les mettait en l'air pour montrer combien elles avaient dégonflé durant la nuit. Lui faire comprendre que partout où il avait mal, ça ne voulait pas dire qu'il allait mourir. Elle était bon public pour les questions d'ouest. Parce qu'il n'avait pas bougé, Souhel Aristi. Il continuait d'errer sur sa terrasse, avec la maudite colline qui lui interdisait l'ouest. Il se battait avec la paperasse. Pas une semaine ne s'écoulait sans un courrier vers la mairie, et un courrier de retour de la mairie vers lui. Les lettres passaient par la poste même si le postier avait la flemme de timbrer, et puis après la flemme d'arriver jusqu'à la maison, et qu'il avait fallu goudronner la piste pour que la camionnette fragile du postier n'y laisse pas son plancher et ses suspensions, à tant venir. Zeus le maire ne voulait rien entendre. Il refusait d'exploser cette colline. C'était le patrimoine de l'île, il pensait d'ailleurs à la faire classer par le machin du littoral pour qu'elle soit à jamais intouchable.

— Je suis à deux doigts de la faire visiter. Comme un site.

— Ah non, mais ça tu peux pas, Zeus, c'est un terrain privé ! avait hurlé Souhel Aristi.

Ce qui était drôle, dans ces cafés grecs, c'est qu'ils s'engueulaient de profil, tous assis face au large.

— Non, le versant ouest, tu ne l'as pas.

— J'ai la colline.

— Non, non, la frange avec la langue de sable, sur l'ouest, tu ne l'as pas.

— C'est à moi.

— Pas les contreforts. Pas la descente.

Ça devenait les contreforts de la colline, comme si c'était la naissance des Pyrénées. Ils se battaient comme des chiens et Souhel Aristi partait en brandissant le poing.

— Je vais tout mettre par écrit !

Il avait résolu de fabriquer sa digue, sans permis de construire, avec un fusil qu'il comptait acheter, même s'il ne passerait jamais à l'acte. Il n'avait plus de comptes à demander à personne. Le bateau qu'il avait commandé depuis Héraklion accostait au port avec le ciment dessus, le camion en sortait au vu et su de tout le monde. Qu'on ose lui faire une réflexion ! Il jouissait de la pathétique surveillance dont il était l'objet. Les bateaux de Gatti croisaient et recroisaient devant son angle de crique. Des tours de garde. Ils voulaient se faire passer pour la police des douanes, le Mossad ! Souhel Aristi n'avait pas peur. Il les emmerdait. Et il avait gagné. Un beau jour, moins de bateaux. Et plus du tout de bateau. Il scrutait avec ses jumelles :

rien. Au café Méra, il réalisait qu'on ne lui faisait plus trop d'histoires non plus. Est-ce qu'il avait la victoire ? Sans doute. Alors, grand seigneur, il avait reformulé par écrit une demande de permis de construire pour cette digue de cent mètres s'avançant dans la mer. Que ça se fasse légalement, à la brave. Gentil, courtois, généreux, beau joueur. En deux jours, le postier apportait la réponse : « Permis de construire objet digue : non accordé. » Le postier attendait le verdict. Il avait promis de le rapporter au village où Zeus, cérémonieusement, avait imposé à sa femme un complet embargo. Rien n'avait filtré. La nouvelle que le permis de construire était refusé et celle plus surprenante qu'il avait été demandé alors que la digue faisait déjà vingt mètres et que pour la détruire il faudrait tuer Souhel Aristi, firent le tour du village. On s'attendait à la guerre. Elle n'allait pas avoir lieu. Souhel Aristi inspectait son début de digue, il était découragé. Au fond, ce qu'il voulait, c'était séduire. Et puis qu'on fasse les choses dans l'amour. Il ne pouvait pas fonder son ouest sur le nord sinistre de la solitude.

Il était retourné au café. Il y avait la rumeur qu'il allait tuer en premier la femme de Zeus, pour asseoir sa vengeance. En tout cas, Zeus ne s'en souciait pas. Il buvait un ouzo, à l'heure de l'ouzo. Souhel Aristi s'était assis auprès de lui. Il y avait considérable motus, les autres étaient plutôt plus loin pour pas gêner le pugilat.

— Laisse-moi au moins exploser la colline.

— Je ne peux pas te laisser faire ça, Souhel.

— Mais pourquoi ?

— Est-ce que tu le sais, que la terre a tremblé à Santorin ?

— Hein ? Quand ça ?

— Il y a longtemps.

— En 56, elle a tremblé. Si c'est à ça que tu fais allusion.

— Oui, et à d'autres moments. La terre peut trembler si on touche à quoi que ce soit.

— Oui, mais moi, je veux juste de l'ouest. Vends-moi la plage de l'autre côté de la colline, alors.

— Non, là-bas c'est communal, c'est réservé.

— Réservé pour quoi ?

— Pour si on fait une fête.

— Une fête ? Sur la plage isolée ? Face à l'ouest ?

— On va quand même pas faire une fête où ça dérangera tout le monde et où il n'y aura pas d'ouest !

— Tu veux bien me mettre tout ça pas écrit ?

— Fais-moi un courrier, et je te répondrai.

Ce que la venue d'Arminé avait changé, c'était qu'après, le soir, il avait pu asseoir Arminé vers l'ouest, et la vue sublime il l'avait ! Il n'y avait qu'à admirer la gosse ! Mais pendant qu'il se repaissait d'elle, il voyait bien qu'elle fixait un autre point, elle, indéterminé vers le large en face d'eux, elle se focalisait sur un ouest à elle. Il lui disait : Pourquoi es-tu venue vivre ici, Arminé ? Comment ça se fait qu'une belle femme comme toi ne soit pas plus accompagnée ? Qu'est-ce qui s'est passé dans ce journal, avant tu adorais y travailler ? Pourquoi tu ne vas pas te changer les idées à Beyrouth où on reconstruit ? Qu'est-ce que tu fabriques ici avec un vieillard ? Elle avait eu un mot plaisanterie. Il n'en avait pas obtenu davantage.

À part ça, elle lui lisait des livres. Souhel, la lecture l'avait toujours rasé. En revanche, il aimait bien le contact. Et à force, il aimait bien les idées écrites. La voix d'Arminé. Le débit. Il découvrait que, dans les livres, les collines explosent. C'était vachement intéressant. Il parlait comme la petite, maintenant.

Un mois avant l'arrivée de Claudio Barbaro, il avait dit à Arminé :

— Dis-moi, Arminé, ce que tu me lis, là, ce sont des choses que tu as écrites ?

— Mais non, c'est *La Liberté ou la Mort*, de Níkos Kazantzákis !

— Eh bien, tu devrais écrire ce livre.

— Pardon ?

— Le livre de cet homme, prends-le, écris-le.

— Mais Souhel...

— Oh zut, tu ne le feras pas... tu n'as aucune imagination.

— Au contraire.

— Si tu avais de l'imagination, tu me comprendrais. Parce que recopier un livre c'est difficile à imaginer, donc c'est même de l'imagination d'exception.

Il ne l'avait pas lâchée, jusqu'à ce qu'elle le fasse. Elle devait recopier le livre, soir après soir. Il venait surveiller qu'elle formait bien ses lettres et qu'elle pourrait se relire, qu'elle ne se fichait pas de lui. Sans doute que si Claudio Barbaro n'était pas venu modifier, comment dire, le thème du roman, elle aurait en effet, un jour, eu fini de recopier l'intégralité de *La Liberté ou la Mort.* Souhel Aristi n'avait pas de sixième sens pour la littérature, et il allait, cet homme, parachever la volonté de Boris Souratine en remettant Arminé dans l'écriture.

Dans la grande maison, il avait deux pièces spéciales. L'une consacrée à la paperasse concernant les permis de construire, pleine, saturée. L'autre vouée aux travaux d'Arminé, et à remplir, vidée. Pour le moment, il était impuissant à faire inventer Arminé. Elle avait cette satanée immobilité. Un état dans l'état, voilà l'expression qui venait à l'esprit de Souhel. Mais il progressait, il l'extirpait.

— Écris.

Il lui lisait le livre de Kazantzákis, au besoin. Elle recopiait.

Elle, elle disait des mots comme :

— C'est tout cet ouest que tu n'as pas, ça te monte à la tête ! Je ne sais pas, Souhel, si en t'interdisant cet ouest, Zeus n'a pas combiné de l'amour pour toi. Il faut rudement aimer un homme pour choisir de le rendre fou dans de telles limites !

Lui, il pointait du doigt le calepin qu'il avait placé non loin d'elle, avec lequel il la suivait, pour être franc.

— Note-le, ça !

— C'est pas dans Kazantzákis.

— Note quand même.

— Mon vieux Souhel, tu n'as pas besoin d'ouest, crois-moi. Tu prends bien assez de soleil comme ça. Le soleil t'a cogné.

— Note ça, aussi ! Note tout, on sait jamais ! Un jour, tu écriras sur moi. Promets-le. Promets-le, mon chat. Je suis un bon sujet de livre. Tu vois comment j'étais ? Eh bien, j'ai voulu de l'ouest. Il y a tous les papiers là-bas dans la chambre, tu auras une base. Ne peux-tu pas écrire un livre sur quelqu'un qui y croit ?

— Ça je sais pas, Souhel.

— Tu diras que nous n'avons pas été des gens banals, même moi qui ne suis pas un Alischane. Mais tu diras que, comme tous les autres, nous avons eu la banalité d'aimer.

— Aimer, tout était dans ma tête.

C'était la première fois qu'elle se confiait. Il n'était pas homme à se jeter sur les gens.

— C'est si banal d'aimer dans sa tête, si tu savais. Les pires des banquiers je les assommais d'un fruit, si je le leur offrais. Et mon geste les ramenait toujours à un amour dans leur tête. Tout ce que à quoi on croit, Arminé, est vrai, si tu l'écris.

Claudio Barbaro était descendu avec les passagers du bateau de ligne, au milieu des vélos, des motocyclettes, des cartons de matériel électroménager, des grosses femmes qui revenaient du marché à Santorin. C'est pour cette raison que le bateau faisait l'escale, à cause du marché. À cette saison, commençait aussi la première vague de touristes, et pour eux Zeus avait créé le Bureau Adéquat du Tourisme où, pour le moment, il n'y avait personne, le garçon qui le tenait était au lycée à Santorin jusqu'en juin.

Souhel, comme Arminé, fixait la panse du bateau, par où sortaient les candidats à l'île de Gatti. Entre ceux qu'ils connaissaient et les touristes reconnaissables, il comptait qu'un homme seul serait sa proie.

Facile à isoler, en quelque sorte. Il savait par Aris que cette venue avait du bon, elle romprait la solitude d'Arminé. Il n'était pas contre. Il ne prenait pas cette visite contre lui. Lui, il était du cercle de la solitude d'Arminé, plus près que n'importe qui. Et il se disait aussi, plus rationnellement : si Aris a donné sa fille au monde, quel droit ai-je, moi qui vais disparaître, de l'y soustraire ? Les jeunes – pour lui Arminé était jeune – devaient vivre. Combien de fois par an voyait-il ses enfants ? Et quand ils venaient à Gatti, est-ce que c'était pour lui ou pour les vacances ? Il était résigné. Tout ce qu'il voulait, c'était la vue à l'ouest. Pour le reste, il poussait l'introspection jusqu'à se demander s'il avait vraiment voulu des enfants. Est-ce qu'il n'y avait pas plutôt la fatalité de la femme enceinte, comme il y avait la fatalité de l'argent du divorce ? Est-ce ce qu'il avait voulu des femmes ? De laquelle pouvait-il dire, aujourd'hui, que sans elle il n'aurait pas été un homme ? Il tombait sur le prénom d'Arminé, c'était comme s'il lisait un panneau, la bonne réponse, preuve que les prénoms ont valeur d'évidence. Il essayait de mettre sa mère en second. Sa mère hyper-pudique qui, jadis dans le très loin jadis, le lavait sans regarder, ou bien après elle lui demandait de se laver tout seul, parce qu'elle avait peur de gêner, parce que sa peur gênait. Il avait fui par l'ouest. Presque tous les Orientaux le faisaient. Ce qu'il aurait voulu, maintenant : avoir de nouveau, par un rembobinement du temps, sa vigueur, ses enfants petits auprès de lui. Il s'y prendrait autrement, à la Alischane. Une seule épouse à aimer. Ça se fait à deux. Ça ne se fait qu'à deux. Et ces pensées venaient à son esprit café Méra alors qu'il ne savait rien de ce que venait chercher l'étranger, preuve alors là cette fois-ci qu'une amplitude, un sens profond de Claudio Barbaro, venait jusqu'à lui.

Pendant qu'il se posait des questions, au fond, sur l'amour, il tâchait de repérer ce Barbaro. Arminé n'avait donné aucune indication. Devant Souhel, elle avait prévenu le café Méra, où tout visiteur aboutissait en l'absence du lycéen du Bureau Adéquat du Tourisme, que, si un étranger demandait où vivaient Souhel Aristi et Arminé Alischane, il fallait délivrer le renseignement, il ne fallait pas faire plus de manières. Comme si c'était le genre, de résister ! On n'avait jamais ici gardé une adresse pour soi. On était trop content de déployer l'île, et d'établir qu'elle avait plusieurs routes ! Bien sûr, Souhel avait eu une vague puce à l'oreille, mais à peine, pas de quoi y passer la main, quand il avait vu Arminé, pour la cinquième fois, se faire confirmer par Zeus qu'il avait bien compris : un homme allait venir. Mais bon, il y avait la question d'un courrier égaré, qui retenait toute son attention. Il avait pensé à autre chose, si je puis dire.

À un moment, Arminé s'était avancée vers l'embarcadère, Souhel et Zeus et les autres s'étaient dit que ça y est, l'homme devait être là. Ils continuaient de ne pas le voir, par je ne sais quel antimiracle. Claudio, lui, minuscule à la sortie du bateau, étudiait encore la masse du *Santorini Express*, stupéfait qu'un si grand bateau puisse entrer dans ce port, sidéré que ce soit comme à Santorin, non pas le paysage, ici plus plat, mais lui, sa condition d'homme rien à côté du gigantesque. Le dos au café Méra, pour son arrivée. Quand il s'était enfin tourné vers l'île, il avait de nouveau été réduit à néant, cette fois-ci ébloui par le front de maisons chaulées, la réverbération. Les quelques voitures qui partaient dans tous les sens. Il fixait ces voitures, un enfant au Salon de l'automobile. Et puis, il avait levé des yeux plus larges. L'île si infime, de loin, voici que de près elle était complètement habitée. Ça surprenait toujours les voyageurs que, sur ces îles, il y ait autant de vies. Il avait de nouveau baissé les yeux. Il avait chaud dans son jean Helmut Lang, il ne se trouvait plus si bien. Il voulait se doucher avant d'y aller.

Elle aurait marché vers lui, il l'aurait vue. Mais je te l'ai dit, depuis un an et demi qu'elle était là, elle était frappée d'immobilité. C'était incompréhensible qu'elle se soit rendue au café Méra pour l'attendre. Je pourrais d'ailleurs te démontrer en quoi cette attention-là était surtout politesse ancestrale des Alischane, et en quoi la politesse, c'était un repère à chacun de ses actes. Celui qu'elle était venue attendre s'appelait un visiteur, il méritait la courtoisie. Celui vers lequel elle ne pouvait marcher s'appelait Claudio Barbaro.

Elle était devant le café. Il l'avait reconnue par un réflexe de dépaysé, quelqu'un qui repère le panneau Hertz dans une ville inconnue, ce genre. Et il avait aussitôt cessé d'avancer, au fond comme il l'avait toujours fait. Là, elle ne venait pas. Ni elle souriait, ni elle ne souriait pas. Pas foudroyée par le revirement de situation, on aurait cru, alors que lui, il était en train de se dire que le destin est phénoménal, qui aurait pu supposer que la première personne qu'il verrait, ce serait elle ! Il apparaissait que dans la catégorie surprise, ça ne suffisait pas. Et elle ne bougeait pas.

C'est lui qui avait dû avancer. Il avait une valise à la main et il avait fait plus que l'entièreté du chemin en venant en Grèce, pourtant c'était à lui d'avancer. Arminé avait remarqué la valise, Claudio Barbaro attendait qu'elle en plaisante, puisque pour l'émotion pure, il lui semblait que le moment était passé. Mais rien, elle restait là, indéchiffrable.

Claudio Barbaro était à portée de voix, maintenant. Il avait montré sa valise et il avait dit fort, il ne pouvait pas faire autrement s'il voulait parler d'emblée :

— Soyez indulgente, on ne peut pas tous arriver sur un cheval. Déjà, par bateau, c'est pas si mal, non ?

Là, elle avait souri. Ça s'était plissé. Et encore, il ne trouvait pas qu'elle le regardait droit dans les yeux. Elle souriait autour. Est-ce que c'était bon signe ? Il appréciait la situation à partir de l'hostilité première qu'il s'était attendu à trouver. Des bras dans lesquels il s'était dit qu'il tomberait, en réponse au choc bonheur d'Arminé. Le oui qu'il proférerait. C'était difficile même de balbutier oui à Arminé, là : elle ne posait aucune question. Il n'y avait pas non plus l'autre choc dépassement de soi des retrouvailles. Il avait essayé, pour marquer le moment de somptuosité, que ce soit fantastique, car jamais un homme n'avait fait un grand pas sans attendre de récompense.

— Je suis là, non ?

— Je me demandais par quel bateau vous arriveriez.

Et cette phrase, sur ce quai, en plein soleil, avec la femme dont les cheveux avaient poussé, donc que le temps avait façonnée, donc le temps avait passé, avait semblé à Claudio Barbaro le message qui disait je vous attends depuis toujours, vous êtes celui que j'ai à mon bras depuis la nuit des temps, mon amour vous sentez la fleur d'oranger, j'aime votre odeur et l'odeur c'est important. Mais bon, comme c'était pas tout à fait ça, il avait lâché sa valise.

— Dites-moi que je suis le bienvenu.

— Je ne suis pas le Bureau Adéquat du Tourisme, mais vous êtes le bienvenu.

— Vous ne me pardonnez pas, n'est-ce pas ? Moi je demande pardon.

Elle avait fait un pas, un minuscule pas en poussant une tong, avec le pied on aurait dit qui suivait la tong en second. N'importe, il s'en satisfaisait : ah, tu vois, elle réagit. Elle vient vers toi. Ce n'est pas à sens unique. Pour lui, le sens unique, c'était qu'on n'aille pas vers lui. Quand c'était lui qui n'allait pas vers les autres, ça portait un autre nom, qu'on chercherait à l'occasion, y avait pas le feu, peut-être le sens pratique. Oui, elle l'avait attendu, bien sûr. Elle l'aimait depuis le début. Quand elle l'avait vu avenue Gabriel, rien que la voix, elle l'avait avoué elle-même, rien que l'intonation, encore moins que la voix, hop elle l'avait aimé pour la vie.

Elle va se jeter dans tes bras, tu vas voir.

Et puis non. Et puis rien ne se passait selon ses

préméditations. Il se disait : je vais me laisser porter, on verra bien ce qui arrivera.

Heureusement, Souhel Aristi les avait rejoints.

— Le voici enfin !

Et Claudio Barbaro :

— Vous êtes Aris Alischane.

— C'est très aimable à vous, Claudio Barbaro, avait chantonné la voix suave de Souhel Aristi.

Il était écrit que Claudio Barbaro n'y comprendrait rien, de toute manière.

Les voici ensuite montant dans la jeep, Arminé, Claudio, et Souhel, Souhel derrière faisant croire que c'était ce qu'il préférait, Claudio devant à côté d'Arminé vers qui il n'osait se tourner, il se braquait sur le paysage, la route qui longeait la mer, les tavernes pas fermées, les oliviers avec un bruit de trousseau de clefs, les cyprès que Zeus avait tâché d'implanter pour que l'ensemble rende aussi un peu comme si on était à Corfou, pour lui comble de l'exotisme, les coins verts que les sources alimentaient. Claudio Barbaro revenait, malgré lui, sur les tongs aux pieds d'Arminé. Les mains d'Arminé sur le volant. Elle demandait tranquillement s'il avait fait bon voyage. Est-ce que la correspondance à Athènes n'avait pas été trop longue ? Le temps qu'il faisait à Paris. Elle disait comment, ici, au printemps, tout ressuscitait depuis quelque temps, à ceci près qu'elle parlait de la nature. Elle lui désignait des fleurs sur le bas-côté. Des gerbes, ou bien des arbres constellés de richesses. Il se disait : des fruits. Il y avait une réelle paix dans la voiture, il avait même pu croire que ça allait être comme avant, en mieux.

— Et vous aussi, vous vivez ici ? avait-il demandé à Souhel Aristi.

— Oui, ici, c'est ma maison, avait répondu Souhel Aristi.

Pour une fois qu'il pouvait désigner l'île et la faire sienne.

Pour cet étranger qu'il voyait peiner, Souhel s'était penché vers la banquette avant.

— Mon nom à moi, c'est Souhel Aristi.

Claudio Barbaro avait pensé : cet homme n'est pas Souhel Aristi, roi du pétrole. Et pendant qu'ils roulaient, Claudio Barbaro avait aussi pensé : oui, bien sûr, c'est Souhel Aristi, le roi du pétrole. Il découvrait que les hommes peuvent changer du tout au tout.

Ils avaient cahoté jusqu'au moment où, loin en aval de la route, était apparue la maison plate et blanche de Souhel, qu'il avait en secret voulue comme la maison blanche des Alischane à Beyrouth. La baie avec l'amorce de digue, qu'on chaulait chaque année et qui avait fini par avoir les formes inoffensives d'une colline enneigée, les enfants de Yasmine l'utilisaient comme toboggan.

Arminé avait freiné, elle avait dit :

— On y arrive.

Claudio Barbaro avait tourné son buste vers elle pour exprimer son plein accord, la raison de sa venue. Encore qu'au lieu de l'adhésion qu'il avait jadis trouvée chez Arminé, il se heurtait toujours à un regard plus vaste, qui passait sur lui et englobait aussi les collines et le reste du panorama. Il n'était pas le centre du monde. Mettons qu'il l'ait pensé, qu'il ait fini par penser qu'il l'était, eh bien il ne l'était plus, en tout cas. Il était peut-être embrassé par le sublime d'Arminé, mais tout petit dedans, rendu à ses dimensions réalistes et désespérantes. Son corps n'avait plus d'action, il n'exerçait plus aucun charme. Il ne faisait plus d'effet. Avec « je ne fais plus d'effet », il avait accompagné la descente de la jeep vers la maison Aristi. Et quand la voiture avait freiné une nouvelle fois, cette fois-ci définitivement devant la tonnelle engloutie de bougainvilliers, il avait regretté d'être venu.

Comprends ceci : il ne s'était pas attendu que ce soit facile, il savait qu'il avait fait souffrir cette femme, qu'elle l'avait attendu jardin des Tuileries, qu'elle l'avait imploré au téléphone pendant plusieurs jours à l'époque où il désertait, qu'elle avait pleuré de lucidité, que son dernier texto ça avait été : « Votre silence. » Mais il avait aussi l'orgueil des hommes qui se déclarent et qui attendent un certain ébahissement. Le paradoxe des hommes : croire que revenir, c'est venir, et que ce sera lampion incomparable la façon dont, enfin, ils accepteront d'être la lumière. Il venait pour lui dire ce qui s'était passé dans sa tête à Milan. Il comptait bien que ce soit possible, d'être un nouvel homme juste à cause d'un déplacement.

Elle, elle s'était transformée. Vois toi-même si pour elle ce n'était pas une évolution, d'avoir admis qu'elle ne pourrait faire du sublime, et qu'il faudrait maintenant qu'on fasse du sublime pour elle, comme Souhel Aristi en confectionnait chaque jour en l'obligeant à lire et à écrire. À sa place, n'importe quelle femme aurait traversé la douleur jusqu'aux confins de la colère. Qui peut en faire l'économie ?

Parce qu'elle était Arminé Alischane, elle s'était juste remise profondément en cause. Elle avait fini par penser qu'elle s'était trompée. Avec tous les Alischane. Que cette vie soit un poème de Musset, ça n'était plus à elle de le prouver. D'où, elle pouvait vivre à choisir des tomates bosselées auprès d'un vieil homme. Elle ne demandait plus du sublime pour elle. Il n'y en aurait pas. Même quand elle feuilletait le *Vogue* italien, qu'elle rapportait de Santorin, elle trouvait là-dedans plus de sublime qu'en elle-même.

Alors qu'est-ce qu'elle avait pensé, quand son père lui avait annoncé la venue prochaine de Claudio Barbaro ? La femme qui avait dit à Boris Souratine « penses-tu que je vais perdre Claudio Barbaro ? », qui avait fanfaronné qu'elle ne le perdrait jamais, avait un jour admis que l'espoir, c'est encore du sublime, et que le désespoir aussi, c'en est, et elle s'était dépossédée et de l'un, et de l'autre. Les seules peurs qui lui restaient, c'était de voir mourir Souhel Aristi, et de ne rien savoir faire quand le sang venant taper dans l'oreillette du cœur, il y aurait thrombose, caillot, départ. Elle vivait par lui. Il était en train de la sauver, puisque, petit à petit, il la renvoyait vers l'art. Il y avait des jours où, recopiant des phrases de Kazantzákis, elle rajoutait sa patte. Kazantzákis écrivait : « Et si on retournait dans notre petite maison, hein, femme, lui fit-il, le souffle coupé de désir », Arminé ajoutait : « La femme le regardait toujours avec des yeux d'incompréhension, et parfois c'était signe qu'il avait su se faire accepter. » Ensuite, elle le lisait à Souhel comme si c'était de Kazantzákis. Souhel Aristi ne pouvait pas connaître par cœur les sept cents pages de *La Liberté ou la Mort*. Il n'avait pas de culture, en plus. Il sentait juste une harmonie, qu'il imputait très intelligemment à la littérature.

Les journées qui se débobinèrent à Gatti, pendant à peu près une quinzaine de jours, avaient l'implacabilité du quotidien. Une chambre dans la maison était celle de Claudio Barbaro, ce qui pour commencer lui avait donné beaucoup à penser. Il se demandait vraiment si cette situation était du platonique ou du néant. La chambre contenait ce que la Grèce peut inventer. Le dessus-de-lit blanc, la chaise turquoise, une table jaune citron, et c'était peint à la peinture à bateau. Par terre, le sol était partiellement chaulé, dans les joints larges entre les pierres. La pièce aussi marbrée que le sable de la plage. Le lendemain de son arrivée, Claudio avait dit que son père était mort, et apparition de fleurs dans la chambre. Leurs tiges étaient longues et quatre pétales mauves partaient à plat, bouleversants. Il avait pleuré tous les jours de la semaine en contemplant ces fleurs, qui d'ailleurs ne fanaient pas, au contraire musclaient leur franchise, avec un violet plus foncé à l'endroit où elles se rattachaient à leur cœur. Il pleurait sur son père mort et sur sa mort à lui : l'indifférence d'Arminé.

Il n'arrivait à rien. C'était une vie absurde, où il était accepté comme un frère par un homme qu'il ne connaissait pas, et où celle qu'il aimait ne le voyait pas. C'était du néant. Ça n'était pas du platonique. Le plus étrange, c'est qu'ils s'entendaient bien, tous les trois. On ne peut pas dire que l'ambiance était lourde. Une fois, ils étaient allés les trois à Cnossos, en Crète, pour voir le site. Elle l'avait accompagné dans les vestiges, pendant que Souhel attendait à la buvette. Il avait touché la taille d'Arminé, vers le corps qu'il était venu prendre, maintenant qu'il n'était plus l'heure d'écouter sa peur. Mais rien ne s'était emboîté à lui. Elle était une statue de distance. Ils avaient marché dans Cnossos. Elle lui avait posé des questions sur l'archéologie – il s'était passionné pour ces questions pendant ses études, jusqu'à suivre un double cursus en plus du droit –, à plusieurs reprises, il avait posé une main sur le bras d'Arminé. Tout le temps, il était tombé sur un bras inerte. Une statue de vide, voilà ce qu'elle était devenue. Il avait voulu retirer la main aussitôt, sauf qu'à chaque fois il l'avait laissée encore quelques secondes, moitié par acquis de conscience, moitié par bravoure de piqué. Elle ne voulait plus de lui. Elle n'aidait plus.

Une autre fois, mais alors là après des semaines et des semaines, il était installé ici maintenant, avec *À la recherche du temps perdu* qu'il relisait dans la Collection Blanche, la bibliothèque était grande – Arminé avait apporté ses livres de France –, elle avait proposé Santorin. Il avait dit oui, il disait oui à tout. Pour lui, c'était un geste important, le fait de retourner avec elle vers les falaises qui l'avaient tant rebuté. Il s'exécutait, pourtant. En chemin, dans la jeep, avec Souhel badin qui les accompagnait jusqu'au bateau, Claudio Barbaro reprenait courage. Il était pieds nus dans ses mocassins de daim, plus heureux dans son corps, oui, ou ensuite moins empêtré sur le quai, au café Méra, que le jour de son arrivée. Zeus lui avait fait des compliments sur son allure.

— Vous êtes un homme élégant. Souhel me dit que vous êtes avocat.

Claudio Barbaro tombait des nues. C'est qu'il avait oublié ses forces anciennes.

— Ici, mon métier n'a pas tellement d'importance, avait répondu le grand avocat de droit international.

Et objection immédiate de Souhel Aristi :

— Ah si, on a des litiges.

Claudio Barbaro avait sincèrement éclaté de rire. Le premier rire sincère qu'il s'autorisait depuis son arrivée. Et non celui derrière lequel il cachait son désappointement.

À Santorin, la falaise. Il avait prévenu Arminé qu'il avait le vertige. Il ne voulait pas trop aller en haut. Il voulait retourner à Gatti. Alors, elle avait proposé :

— On va rester au bas de la falaise, si vous voulez.

Mais il ne voyait pas où, l'idée ne lui plaisait pas du tout.

Alors Arminé avait proposé :

— On va se baigner.

Mais se baigner, elle était folle ! Il n'avait pas de maillot de bain.

Alors Arminé avait proposé :

— On va acheter des maillots là, au port.

Mais il ne voulait pas se baigner dans l'eau de ce port, c'était l'eau d'un port.

Alors Arminé avait proposé :

— On va prendre une barque à moteur qui va nous déposer à un autre endroit.

— Non.

— Comme vous voulez.

Comme il voulait ? D'où, leurs deux corps bientôt près de la crique en dessous d'Io, une des villes de la falaise. Un minuscule port de pêche, avec des poissons à gogo comme tout le temps en Grèce, cette folie de la mer au moindre bout de pain jeté dans l'eau. Et puis, plus loin, les rochers d'où Arminé promettait qu'on pouvait sauter, et elle sautait. Arminé en maillot de bain. Le corps moins victorieux, peut-être plus accessible, d'ailleurs, si seulement elle l'avait été, elle, accessible. Il n'aurait jamais cru que la voir nue, ce serait là au pied d'une falaise, que d'ailleurs elle serait cachée et par un vêtement, et par cette horrible immobilité qui hurlait de tout elle, alors qu'elle s'élançait pour plonger. D'accord, elle bougeait, mais elle s'éloignait. Elle était partie en crawl.

Arminé s'était retournée, elle avait vu que Claudio Barbaro était encore sur le rocher, avec le maillot qu'ensemble ils avaient jugé injouable, à part que c'était le seul de la boutique à la taille de Claudio. Elle était là, la tête dans l'eau. Devant elle le corps autrefois désiré, autrefois scintillant, autrefois refusé de Claudio Barbaro. Elle battait des pieds, sous l'eau, pour se tenir en équilibre. Elle pensait au fait qu'il était venu. Il avait dit que son père était mort. Il avait ouvert sa valise, il n'avait pas dit qu'il repartirait, d'une certaine façon il avait dit qu'il ne repartirait pas. Et avec cette bonté incorruptible qui était en elle, elle pensait : le malheureux, et moi qui ne peux plus.

Ils avaient nagé sans se toucher. Un masque pour deux, qu'ils se filaient à tour de rôle. Tantôt c'était lui qui furetait, hypnotisé par les jambes d'Arminé qu'il essayait de suivre. Tantôt c'était elle, le masque dirigé vers les profondeurs, le si lointain où la falaise pouvait continuer de s'enfoncer dans la mer.

Souhel Aristi allait avoir une idée sensationnelle, qui serait la délivrance de nos deux héros. Mais avant, il allait déjà se douter que, sous son toit, l'amour couvait. C'est ce jour où Arminé et Claudio Barbaro étaient partis pour Santorin. Au café Méra, Souhel Aristi se trouvait dans l'impossibilité de répondre aux questions les plus élémentaires de Zeus : Qui est cet homme ? D'où Arminé le connaît-elle ? A-t-il des enfants ? L'aime-t-elle ?

— Donc, tu ne sais rien.

Ce « L'aime-t-elle ? » avait été déterminant. Souhel Aristi avait téléphoné à sa fille.

— Yasmine, avait-il dit, il y a ici ce Claudio Barbaro.

Elle était à New York dans un théâtre, mais cela ne l'avait pas empêchée de hurler :

— Claudio Barbaro ! Nom de Dieu !

C'est ce « Nom de Dieu ! » qui lui avait semblé excessif et en même temps criant d'une vérité à admettre.

Il avait quitté le café. Il rentrait chez lui.

Il était croyant, de plus un fin stratège, à part pour la colline. Là, il allait combiner les deux.

Souhel Aristi était vieux. On dit que les vieux croient de plus en plus en Dieu, et que c'est par appréhension de la mort, mais c'est juste qu'ils savent mieux la reconnaître. Ils sont moins loin. Il avait aussi l'âge où on ne voit plus Dieu comme un concurrent. Il avait bien saisi tout le parti qu'on pouvait tirer d'un Dieu tout-puissant.

Il avait fait le tour de sa colline, oui sa colline, y compris la partie communale qu'il enculait avec de la braise, et il n'avançait pas vite dans la caillasse et tant mieux ça lui avait pris deux heures de réflexion terminale. Tout du long, l'ouest le regardait. Enfin un juste retour des choses.

Le soir, il était retourné au bateau, pour chercher Arminé et Claudio Barbaro. Son plan était au point. Il avait cueilli les deux tourtereaux, qu'il jugeait à part lui assez penauds. Ce soir-là, ça l'arrangeait. Il s'était collé derrière dans la jeep, sur un nouveau coussin que la femme de Zeus lui avait cousu. Il examinait neuf les nuques de ces deux idiots. Leurs corps pas rapprochés. Tu vas voir ! il pensait. Et bien malin qui sait auquel des deux il s'adressait, en vrai.

Ils avaient dîné. Ils avaient parlé de Santorin. Souhel avait raconté les origines du pétrole. Arminé, celles du langage. Claudio Barbaro, celles de la noblesse. Puis, après cette journée épuisante, ils étaient tous allés se coucher. Arminé avait recopié une page de *La Liberté ou la Mort*, et Claudio Barbaro s'était étendu sur son lit, devant les fleurs mauves immortelles. Quant à Souhel Aristi, il avait fermé les portes autour de la chambre d'Arminé, et puis il était allé frapper à celle de Claudio Barbaro.

— Mets tes chaussures et retrouve-moi sur la plage. Et tu fais pas de bruit, hein.

C'était la première fois qu'il tutoyait son invité.

Il était allé attendre Claudio Barbaro sur la plage. Il était debout, pressé. Arrivait son homme. Claudio Barbaro avait eu une journée éprouvante, avec des hauts et des bas, cas de le dire.

— Que se passe-t-il ?

— Tu me suis, avait ordonné Souhel Aristi. Je veux te montrer quelque chose.

Ils avaient longé la plage et pris le sentier qui allait vers l'ouest. C'était la nuit noire et Souhel répétait, régulièrement :

— Tu me suis.

Sinon, les buissons d'épineux.

Enfin, rapidement, ils étaient arrivés à un point décidé par Souhel Aristi, dans le sombre opaque. Souhel savait s'orienter sur son île. Il s'était arrêté sans hésitation.

— Ici. Tu t'assieds là-dessus.

Comme par enchantement, à la main de Souhel Aristi s'était matérialisé le coussin mirobolant de la jeep.

— Et toi ? avait demandé dans le noir Claudio Barbaro.

Puisqu'on se tutoyait.

— Moi, je reste debout, je parle.

En effet, il avait parlé. Il avait dit :

— Claudio Barbaro, nom de Dieu... nom de Dieu, Claudio Barbaro, qu'est-ce que tu fous ? Tu veux que cette femme t'aime ? Tais-toi. Je ne t'ai pas fait venir ici pour que tu parles. Je ne t'ai même pas fait venir ici pour te demander de parler à cette femme. C'est moi qui parle. Tu as fait le voyage jusqu'ici, c'est bien. Tu veux changer ta vie, c'est bien. Ton père est mort, écoute, d'une certaine façon, c'est bien. Tu as du chagrin, c'est bien. Alors écoute-moi bien, je ne veux pas de bavardage. J'ai deux questions à te poser. C'est tout. Pour cette femme, voudrais-tu déplacer des montagnes ?

Comme Claudio ne répondait pas, il avait dit :

— Ça c'est ma première question. Réponds. Voudrais-tu déplacer des montagnes ?

— Oui.

— Très bien. Claudio Barbaro, veux-tu être mon avocat ?

— Euh, oui, bien sûr, mais...

— C'est ma seconde question. Oui, ou non ?

— Oui.

— Serre-moi la main, mon ami. Tu ne le vois pas mais, derrière toi, il y a une colline. La colline qui nous empêche de voir à l'ouest. Depuis des années que je suis ici, je demande le permis pour dynamiter cette colline et avoir une ouverture sur l'ouest. Les documents sont dans la maison, et aussi à la mairie. Zeus, le maire, m'a toujours refusé ce permis. Règle cette affaire pour moi. Tu veux bien ?

— Mais oui je peux essayer de t'aider, Souhel. Il faut que je regarde par rapport au droit grec, je vais voir ça, dès demain. Mais quel rapport avec Arminé ? avait demandé dans le noir Claudio Barbaro.

— Alors le rapport... écoute, Claudio, voici ce que je te propose. Moi, je vais rentrer à la maison. Toi, tu restes ici seul dans le noir, et tu vas finir par mieux y voir, tes yeux vont s'habituer. Et puis quand tu verras suffisamment pour distinguer le sentier sur lequel nous sommes et qui mène tout droit à la maison, retourne-toi. Il y aura une masse plus sombre : ce sera la colline. Peut-être Dieu te donnera la grâce de voir ce qu'il te faut dans la vie bouger de tes mains, Claudio Barbaro, car personne ne le fera pour toi.

Et Souhel Aristi avait précisé :

— Ne te préoccupe pas du coussin.

Disparition de Souhel Aristi, Claudio Barbaro est assis dans la nuit. Il entend la mer malaxer des galets. Il entend les frémissements des buissons qui se détendent. On s'en fout de ce qu'il entend, maintenant il commence à voir. Un cargo passe au large, le sentier, la maison qu'il devine, il se retourne : la colline est grande, elle est immense. Comment faire sauter ça ? Il songe au matériel, aux lois. Et puis soudain, il songe que la colline ne bougera pas toute seule, même s'il est venu là se coller tout près d'elle, et qu'il a peut-être une chose à faire, lui, à quoi il n'a pas encore pensé, une chose évidente à quoi on n'avait pas pensé.

Dès le lendemain, Claudio Barbaro avait ouvert les documents. Je t'ai expliqué comme il était fulgurant, en tant qu'avocat. Très vite, il avait refermé les dossiers, il n'avait pas besoin de ces éléments. Il était allé trouver Zeus, à la mairie. Et Zeus avait dit que c'était ainsi, que la colline ne s'ouvrirait jamais, que c'était trop dangereux, que ça pouvait faire trembler la terre, que l'île, elle était intouchable, sublime, qu'avocat ou pas ça ne changeait rien. Mais Claudio Barbaro n'était pas Souhel

Aristi. Lui, son métier consistait à intégrer les objections de l'autre. Oui, avait-il dit à Zeus, oui tu as raison, ouvrir c'est dangereux, mais moi je suis là, je ne dis pas qu'on va ouvrir, je dis qu'on regarde si c'est possible, qu'on fait venir des géomètres, qu'on fait venir des géologues, que ces gens font des rapports et c'est toi, Zeus, qui parles avec eux, car ça n'est pas à moi de te décider, c'est à toi d'être certain que, si ta terre tremble, elle n'en mourra pas. Et ça, c'est très important, car au moment où elle tremblera, si on en vient là, moi-même je suis contre si c'est pour te voir affolé, précipité dans l'abîme. J'ai fait le tour de la terre. J'ai vu toutes sortes d'îles. Pas une n'avait le charme de la tienne. Zeus avait dit : As-tu vu Corfou ? Oui, je l'ai vue, avait répondu Claudio Barbaro, et par Dieu, c'est une île inracontable, mais c'est ton île que je préfère.

Zeus avait dit : Fais venir les géologues.

Et tu sais quoi, monter le dossier avait pris encore trois mois, eh une colline ne se gagnait pas facilement. Souhel était là pour témoigner. Claudio Barbaro était efficace. Il passait sa vie à Santorin, maintenant, c'était là-bas le Bureau du littoral. Il dévissait les non de principe, mais moins les questions de défense de l'environnement. Il voyait l'horreur de l'échec, il allait échouer. À Santorin, il avait sympathisé avec un jeune ingénieur qu'il refusait d'amener à Gatti, et si Arminé partait avec lui ? Il rencontrait l'ingénieur là-haut dans la ville au-dessus de la falaise. Il n'avait plus peur. C'est là qu'un jour l'ingénieur lui avait expliqué le permis de faire sauter la colline, il ne l'aurait jamais, mais ce qu'il pouvait lui, ingénieur et fonctionnaire d'État, c'était détruire le dossier, et si lui Claudio promettait de faire disparaître la paperasse à la mairie de Gatti ainsi que chez Souhel Aristi, il y avait peut-être une solution. Pendant la guerre, beaucoup de collines avaient été minées, et par les Italiens, et par les Allemands. Les travaux de déminage avaient eu leurs limites, des facteurs d'erreur, tout ça était connu, n'étonnerait personne. Ça arrivait encore, une explosion fortuite. Par conséquent, si aucun document officiel ne demandait à percer la colline qu'est-ce qui empêchait qu'elle saute, d'elle-même, un peu aidée... ?

Tel quel Claudio Barbaro l'avait exposé au maire de Gatti. La légalité et la solution plus inventive. Alors, qu'est-ce qu'on faisait ? On restait murés ou on se débrouillait seuls ?

Zeus avait dit : Je vais réfléchir, mais c'est non.

Claudio Barbaro avait dû avouer à Souhel Aristi :

— Je ne peux pas, c'est infaisable.

Souhel Aristi avait fermé les yeux, il avait secoué la tête.

— Tu le fais. Sinon, tu le feras jamais.

Sur cette nébuleuse injonction, Claudio Barbaro était parti pour Santorin, au plus haut de la falaise, il se penchait, même. Déplacer des montagnes, déplacer des montagnes ! J'aimerais t'y voir, toi ! Il gueulait des trucs à l'espace. Et hop, comme de bien entendu, justement, il s'y voyait, dans la colline ouverte, à passer royal là où, avant, il n'avait fait que se cogner et rebondir de plus en plus violemment et de plus en plus loin.

Il avait marché, presque couru vers le bateau, et

ensuite, sur le quai de Gatti, vers le café Méra. Souhel y était, avec Zeus. Ils s'entendaient mieux depuis que c'était un autre qui se battait tout seul. Claudio Barbaro s'était planté devant eux :

— Zeus, on va s'y prendre autrement. J'aime Arminé Alischane, je l'aime depuis cinq ans, et si tu me demandes quand a commencé ma vie, je te réponds que j'aime Arminé Alischane depuis cinquante-cinq ans. J'avais un travail, une épouse, des amis, une famille, j'avais un monde, Zeus, et tu vois maintenant je n'ai plus que cette femme, et il faut que j'aille vers elle d'un bond, tu comprends ? Tu comprends ce que ça veut dire, un bond ? Il faut que je saute de quelque part. C'est elle qui sautait sur moi, jadis. Elle prenait de l'élan depuis rien que ses chaussures à talon, et crois-moi, elle fondait sur moi, elle me désirait. Maintenant, elle est paralysée par la déception. En plus, elle se fossilise, à force. Je ne peux plus l'avoir que par surprise. Je l'aime, nous l'aimons tous. Veux-tu que cette femme extraordinaire ne connaisse jamais la surprise ? Je suis certain que tu ne le veux pas. Alors voilà ce qu'on va faire : je ne vais pas trouver moi de la dynamite, c'est toi qui vas nous la procurer à tous, et ce sera ta décision, Zeus, ce que tu auras fait, non pas pour ton île, mais pour cette femme et pour moi. Ton cadeau. Tu vas prendre des artificiers et tu vas faire sauter cette colline, à l'endroit choisi par toi de la brèche, et quand la colline aura sauté, qu'il y aura ce passage, nous le prendrons tous, par ta décision, pour aller vers le flanc ouest. Nous le prendrons tous, sauf moi, car moi je me tiendrai là-haut sur une protubérance de la colline, en haut de la brèche, et de là-haut, je sauterai sur Arminé. Par surprise.

Zeus avait dit : Je vais réfléchir, mais c'est oui.

Ça avait été une explosion historique, puisqu'elle permettait une histoire. L'artificier était venu plusieurs fois par semaine, il coûtait d'autant plus cher qu'il trafiquait ce déchiquetage sans autorisation, sans protection, avec les risques inconsidérés que ça faisait courir à tous. Arminé, Souhel Aristi, Claudio Barbaro, et Zeus lui-même l'avaient suivi pendant des jours, tandis qu'il prenait et des mesures et, d'ailleurs, dans le tas, la mesure du danger : la maison de Souhel jugée trop proche de la colline, la hauteur de la colline et ses implications dans la suite des événements. D'ailleurs, à cette occasion, on réalisait que cette montagne dont on s'était fait un Everest ne mesurait que quinze mètres, et la face était sauvée car c'était quinze mètres de solide immémorial, sous un semblant de terre salée. Il y avait aussi l'orientation de l'explosion, les forages à effectuer pour placer les explosifs, la réaction des blocs de pierre, bref tout un ensemble de choses qu'Arminé écoutait attentivement, heureuse pour Souhel. Souhel Aristi n'avait cessé de mettre en avant le rôle de Claudio Barbaro dans ce miracle. Quand il voulait parler de Claudio Barbaro avec Arminé, il commençait maintenant ses phrases par « Tu ne devineras jamais ce que Claudio a réussi cette fois-ci... ». À telle enseigne que Zeus avait fini par le calmer.

— Arrête.

— Je prépare la petite.

— Arrête, tu vas tuer l'effet de surprise.

L'effet de surprise devait emporter Arminé, Souhel Aristi n'avait pu que descendre d'un ton.

Arminé demandait souvent à l'artificier ce que l'explosion allait provoquer. Il lui disait que sept à huit gros blocs de roche allaient se fendre à tour de rôle et que cette victoire, c'était la mission première de l'artificier, mais qu'ensuite il fallait que ces roches, entraînées par l'explosion, s'évacuent dans la bonne direction, vers la mer, et ce dernier point c'était la mission seconde tout aussi capitale de l'artificier. Elle demandait si le choc pouvait faire trembler la terre jusqu'à Santorin. Il disait que non, que ça non. Mais il disait, si on est près, il faudra se boucher les oreilles, avec des casques spéciaux. Elle demandait s'il se passerait d'autres choses. Il disait non, à part le cœur qui entonnerait lui-même des boums mais qui se régulerait tout seul, après, et on pourrait profiter du bonheur d'avoir fait sauter des choses. Il était artificier.

Sinon, toute seule, elle avait noté certains changements. Claudio Barbaro ne semblait plus rien attendre d'elle. Elle était incapable d'en penser quoi que ce soit. Elle savait qu'il était venu pour elle. Elle n'avait rien oublié, non plus. Elle se souvenait qu'elle avait fait la roue. Elle ne lui voulait aucun mal. C'était un être Alischane incapable de ressentiment. Jamais dans sa famille un seul mot n'avait été prononcé contre les Turcs en général. Aris Alischane avait toujours refusé de haïr, même si personne n'aurait pu le faire retourner en Turquie. Elle était comme son père l'avait rêvée. Mais de là à pardonner... À Paris, au moment de la séparation, si Arminé avait mieux vécu sa douleur, si elle s'était débattue et avait échoué, par exemple, elle aurait sans doute pu pardonner plus facilement. À une rage saine aurait succédé une souffrance inévitable, avec les cicatrisations qu'elle induit, au lieu de cette extrême violence qu'elle s'était imposée à elle-même en stoppant en elle son seul bien véritable, plus fort que son intelligence, plus fort que sa gentillesse : tout ce qui est vivant dans ce monde. C'est bien cela qu'elle avait pitoyablement voulu ravager en se frappant d'immobilité. Elle était faite pour être tout ce qui est vivant dans ce monde, pour aller et agir, pour déplacer elle-même la montagne, et Dieu sait comme elle l'avait fait merveilleusement tournoyer, cette montagne, en faisant la roue avenue Gabriel. Elle avait un don que Claudio Barbaro avait découragé. Mais découragé non pas au sens de perdre son courage, mais vraiment qu'on vous le piétine, qu'on vous le massacre à coups de non et de silence. Quand il avait mis le coussin sur l'histoire pour asphyxier cet amour, Claudio Barbaro avait stoppé chez Arminé l'irrigation d'un endroit, et à cet endroit, mettons à l'endroit de l'élan, ça s'était arrêté. Elle était morte d'inquiétude, voilà. Il l'avait tuée en l'inquiétant.

Elle aurait voulu réparer les choses elle-même, elle avait toujours fait tout toute seule. Mais elle ne pouvait pas.

Maintenant, plus rien. Maintenant Souhel Aristi, le regarder vieillir, et l'aimer lui, au début par hasard, et puis après, pour le cadeau qu'il avait fait de lui remettre un ordinateur dans les mains, il l'avait obligée à écrire. Même si elle n'écrivait pas tant que ça. Elle ne pouvait le faire vraiment : tout ce qui est vivant dans le monde, c'est le romanesque, hélas.

Le matin de l'explosion, elle était avec Souhel et les autres, quelque part dans la montagne, pas très loin mais suffisamment en hauteur pour assister au spectacle. L'artificier s'activait en bas, avec des hommes à lui. Le village était réuni. Mine de rien trois mille personnes venues vérifier l'île. La plupart savait que ce moment avait trait à l'amour, même si pas un n'était fichu de redire le pourquoi du comment.

Ça avait explosé.

Un bruit terrible et le premier bruit n'était rien à côté des sept autres secousses que le cœur allait se prendre. On ne pouvait même plus se concentrer tellement on se bouchait les oreilles. Puis, les huit explosions terminées, on n'avait rien vu que de la poussière et après, dans le silence complet mais relatif (les cœurs cognaient), on avait contemplé cette poussière qui s'élevait, on avait cru qu'elle allait monter indéfiniment, sauf qu'elle était restée au-dessus de la maison de Souhel, alors là on avait pensé que la maison de Souhel aussi avait sauté. Ensuite, la poussière était redescendue, lentement, à bien se tasser comme une couverture militaire au-dessus de la colline. Claudio Barbaro avait déjà dévalé la montagne, filant vers la colline, sous la poussière. Et puis, la poussière avait disparu. Arminé aidait Souhel à descendre. Souhel n'arrêtait pas de dire :

— Va devant, Arminé, ne m'attends pas ! Ne m'attends pas !

Non, elle voulait rester auprès de lui.

Il avait fini par lui dire, avec tout ce qu'il pouvait placer d'ordre arbitraire dans sa voix, en cette occasion de joie :

— Mais va aider Claudio, voyons !

Alors là, oui, elle avait obéi. Elle avait couru jusqu'à la brèche. On voyait mal à cause des morceaux à déblayer, mais enfin on devinait l'ouest, c'était enfin l'ouest !

Lui, Claudio Barbaro, il était sur un éboulis, en faction derrière un rocher.

Il croyait qu'il n'allait pas la trouver.

Il croyait que tout était raté et que lui-même était un raté.

Il croyait que pleurer pendant le reste de sa vie n'enlèverait jamais la poussière que maintenant il portait sur lui.

C'est alors que « Où est-elle ? » qui voltigeait depuis un an maintenant, depuis la mort de Carlo Barbaro, avait enfin accordé sa réponse. Claudio Barbaro avait entendu qu'on l'appelait.

— Claudio ? Claudio ?

Elle marchait incertaine, elle se demandait encore à quoi elle devait aider Claudio Barbaro. Et Claudio Barbaro, qui la suivait des yeux depuis son promontoire, n'avait plus eu qu'à sauter sur elle pour tout inverser, et créer la surprise qui allait libérer leurs mouvements, et à lui et à elle.

Maintenant tu sais que ça existe. Je t'ai raconté l'histoire d'Arminé Alischane et de Claudio Barbaro pour que tu saches qu'une histoire qui semble sublime peut être vraie, et qu'il serait idiot d'ignorer que, parfois, le sublime est la vérité. Je veux encore te répéter ces mots de sublime et de vrai, pour qu'ils soient liés à jamais pour toi.

Je ne t'ai pas manipulé. Je t'ai amené ici avec une promesse, et tu m'as suivie, j'en connais la raison : je t'ai fait miroiter le succès d'un amour.

Aimes-tu l'endroit où nous sommes ? C'est dans ce café que Souhel Aristi a vu tant de fois reculer l'ouest. C'est ici que les permis de construire lui ont tous été refusés, de la bouche même de Zeus, que je ne peux te montrer car il est mort depuis des années, emporté avant Souhel Aristi. Souhel Aristi suivait le cercueil, effondré, c'était la première fois qu'un homme mourait dont il avait souhaité la perte. C'est ici que Claudio Barbaro, frais débarqué du bateau de ligne, examinait ses chaussures en daim, et clignait des yeux au front des maisons chaulées. C'est ici que Claudio Barbaro est venu faire la dernière plaidoirie de sa vie, celle pour l'explosion de la colline. Et c'est ici qu'Arminé et Claudio Barbaro viennent tous les jours depuis des années, hormis les fois où ils sont en voyage, si on accepte de ne pas appeler aussi voyage le fait d'être ici à Gatti. Tu peux être sûr qu'ils ont vu l'Inde qu'il lui avait promise, ainsi que la Turquie des derviches tourneurs qu'il lui avait promise, le Portugal, et des îles insolites, même certaines avec de très hautes falaises.

Comment les trouves-tu ? Moi, je les trouve beaux. C'est bien, tu ne demandes pas leur âge. Eh oui, ils sont dans la vieillesse. Si tu comptes, tu verras qu'ils ont plus de soixante-dix ans, maintenant. J'avais peur au début que tu ne sois déçu par leur gracilité, elle leur vient des années qui les font repartir vers les origines. J'avais peur que tu te les sois figurés plus imposants. Il y a donc au moins la première chose comprise par toi, à savoir que le temps sert l'amour, en faisant repartir en sens inverse tout ce qui se heurte au mur de la mort, comme une houle. Le désir qui meurt avec le temps, c'est parce qu'on n'avait qu'un désir et qu'on n'avait pas un désir de temps. Je te l'avais dit, au début, qu'ils feraient l'amour en temps voulu. Mais toi je sais ce qui s'est passé dans ta tête. Tu as vu les embûches, tu as vu les impossibilités, et comme eux tu as douté, et à des moments tu avais oublié que je t'avais annoncé le bonheur.

T'attendais-tu à ce qu'elle soit ainsi ? Te l'ai-je bien décrite ? Ah, ce n'est plus la femme encore jeune qui dansait, semelles compensées kaki et orange, avenue Gabriel à Paris. Ici, sur une île grecque, si on possède de belles chaussures à talon, on les porte plus volontiers dans le patio de sa maison que sur les dénivellations des sentiers.

De tes yeux tu peux voir comment cet homme tient la main de cette femme. La main qu'on tient calmement. Tu vois comme elle a le cou oblique, ça c'est parce qu'il est près d'elle, elle penche à la végétale, vers la lumière. Il penche, lui aussi, as-tu remarqué ? Il penche car la lumière, c'est ce qu'il y a entre eux. Tu vois leur tranquillité, leur faculté de contemplation qui leur vient du sublime, tu sais sans doute qu'il n'y a pas de sublime sans contemplation. Et je vais te dire à quoi tu assistes, au bout du bout : tu assistes à un sourire. Tu ne pourras plus vivre sans cette nouvelle conscience. Quand les gens expliqueront : « On ne changera pas les hommes », souviens-toi de ce que je t'annonce ici, tu ne pourras même plus discuter. Bah, ce ne sera plus la peine, car à ton air, les gens déduiront qu'ils se trompent. Ils se sentiront grossièrement dans l'erreur, sans doute même à cause de ton silence. Qui te croirait, si tu racontais cette histoire ? Les gens sont crédules, mais combien de gens sont croyants ? Tu sais ce que les gens te rétorqueraient ? Que tu as rêvé. Que moi je t'ai amené à rêver, que c'est bien mon genre. Que je t'ai manipulé, comme si, avec mes mains, je t'avais dit des mots, je t'avais maudit. Ça, des jeux de mots, les gens en font. Surtout pour mettre de la distance entre eux et la vie. On essaiera aussi de te prouver que ce ne sont que de belles images. Que le réel, une fois de plus, est en dehors de toi. Que ton intuition de la vérité n'est ni intuition ni vérité. Que tu ne peux jamais te faire confiance. Jamais.

Mais toi, à présent, tu sais. Tu sais Armen et Loussiné Alischane, tu sais le cousin levantin, tu sais Aris Alischane et Hélène Ferdinakis, tu sais Carlo Barbaro, tu sais Atalanta Barbaro née Contarini, Alvaro Barbaro, Margherita Barbaro, Lizzy Barbaro, et le profil de chaque Barbaro est dans tes doigts tellement je te les ai fait toucher. Tu sais Yasmine et Souhel Aristi, Zeus maire de Gatti. Tu sais Boris et mama Souratine. Tu sais José Pereira policier d'origine portugaise. Tu sais les vendeurs de chez Galignani, librairie, Paris. Tu sais Laurent des Tuileries. Tu sais Ferdinand Sashi, et tu seras bien étonné en lisant ses livres de découvrir un homme sensible, qui avait mis le meilleur de lui au seul endroit où on ne pourrait jamais le baiser, ses romans. Tu sais Edwina Kessel et tu ne passeras plus jamais avenue Gabriel sans penser que les plus grossières personnes ont parfois un grand rôle dans l'amour magnifique. Et tous ces êtres figés par la mort ou par l'Histoire sont souples pour toi. Tu les vois en transparence dans la nuque d'Arminé et de Claudio Barbaro. Et réfléchis, bon Dieu, à ce que tu ignorais avant cette histoire. Bon Dieu, alors un individu, c'est ça, ça porte tout ça, ça a la mémoire de tout ça ? ! Qu'est-ce qui se passe ? Quel sinistre réalisme pousse les hommes à fuir l'infini de leur tête ? Mais, d'où sortent les histoires si ce n'est de nos têtes ? Et que sont nos têtes, sinon la vie ? Et qui osera dire que nos têtes ne sont pas la vie ? Et pourquoi quand on dit « tout ça, c'est dans ta tête », considère-t-on que c'est inférieur et sujet à méfiance ? Et si ce qui était dans la tête, c'était juste la réalité qui germine et à laquelle il faut donner naissance ? Moi, je crois qu'il y a des individus qui laissent sortir le sublime de leur tête et l'incarnent.

Je crois que, sans eux, ce serait abominable.

Ils vont se lever. Il ne faudra pas les regarder. Ou bien, au contraire, on n'a qu'à les regarder, mais alors franchement, illuminés. Au fond, je suis pour leur montrer mon vrai visage. Avec des gens qui s'aiment, on peut. Depuis combien de temps sommes-nous là ? Je ne sais plus. Qu'avons-nous bu depuis tout ce temps ? Qu'avons-nous mangé pendant tout ce temps ? Combien de temps cela prend-il de raconter une histoire ? J'ai l'impression que ça a duré des jours. Oh, j'ai l'impression que ça duré des années. Mais eux aussi, alors, ça voudrait dire qu'ils seraient restés là depuis des jours, des mois, assis dans ce café, le dos contre le muret, à compter les bateaux qui entrent dans le panorama, sans retourner vers leur quotidien ? Ça voudrait dire qu'ils se seraient arrêtés pour nous, le temps de leur histoire ? Ça voudrait dire qu'en plus de l'amour qu'ils se portent l'un l'autre, ils éprouveraient un autre amour, celui-ci pour nous, pas seulement pour les détails de la baie ?

Tiens, tu vois, qu'est-ce que je t'avais dit ? Ils se lèvent.

Comme ils sont grands ! Le penses-tu qu'on grandisse en s'aimant ?

As-tu senti leur regard sur nous ? On n'est pas des voyeurs. On est regardés nous aussi. Tu comprends bien que c'est un échange. J'espère que tu réalises, enfin j'espère que tu comprends que maintenant c'est à nous, et que « c'est à nous », ça signifie que c'est à notre tour.

Et si on s'asseyait sur leurs chaises ?

8636

Achevé d'imprimer en France (Malesherbes)
par Maury-Imprimeur
le 4 mars 2008.
Dépôt légal mars 2008. EAN 9782290008676

Éditions J'ai lu
87, quai Panhard-et-Levassor, 75013 Paris
Diffusion France et étranger : Flammarion